12

CAMILLE FLAMMARION

LA
FIN DU MONDE

Je vis ensuite un ciel nouveau
et une terre nouvelle; car le premier ciel et la première terre
étaient passés.
APOCALYPSE, XXI, 1.

24

PARIS
ERNEST FLAMMARION, LIBRAIRE-ÉDITEUR
26, RUE RACINE, 26
1894

LA

FIN DU MONDE

ŒUVRES DE CAMILLE FLAMMARION

OUVRAGES PHILOSOPHIQUES

Uranie, roman sidéral. 1 vol. in-12. 30ᵉ édition.
Récits de l'Infini. Lumen. 1 vol. in-12. 12ᵉ édition.
Lumen. 1 vol. in-18. 50ᵉ mille.
La Pluralité des mondes habités. 1 vol. in-12. 35ᵉ édition.
Les Mondes imaginaires et les Mondes réels. 1 vol. in-12. 22ᵉ édition.
Dieu dans la nature. 1 vol. in-12. 24ᵉ édition.
Les Derniers jours d'un philosophe, de Sir H. Davy. 1 vol. in-12.

ASTRONOMIE PRATIQUE

La Planète Mars et ses conditions d'habitabilité. Étude synthétique, accompagnée de 580 dessins télescopiques et 23 cartes aréographiques. 1 vol. gr. in-8ᵒ.
Les Étoiles doubles, catalogue des étoiles multiples en mouvement, avec la discussion des orbites. 1 vol. in-8ᵒ.
Études sur l'Astronomie, recherches sur diverses questions. 9 vol. in-18.
Grand Atlas céleste, contenant plus de cent mille étoiles. In-folio.
Grande Carte Céleste, contenant toutes les étoiles visibles à l'œil nu.
Planisphère mobile, donnant la position des étoiles visibles chaque jour.
Carte générale de la Lune.
Globes de la Lune et de la planète Mars.
L'Astronomie, Revue mensuelle, fondée en 1882. 12 vol. gr. in-8ᵒ.
Observatoire de Juvisy et *Société astronomique de France :* **Observations et travaux.**

ENSEIGNEMENT DE L'ASTRONOMIE

Astronomie populaire, exposition des grandes découvertes de l'astronomie contemporaine. 1 vol. gr. in-8ᵒ. 100ᵉ mille.
Les Étoiles et les Curiosités du Ciel, Supplément de l'*Astronomie populaire.* 50ᵉ mille.
Les Terres du Ciel, description des planètes de notre système. 1 vol. gr. in-8ᵒ. 50ᵉ mille.
Les Merveilles célestes. 1 vol. in-12. 45ᵉ mille
Petite Astronomie descriptive. 1 vol. in-12.
Qu'est-ce que le Ciel? 1 vol. in-18.
Copernic et le Système du monde. 1 vol. in-18.
Petit Atlas astronomique. 1 vol. in-24.
Annuaires astronomiques.

SCIENCES GÉNÉRALES

Le Monde avant la création de l'homme. 1 vol. gr. in-8ᵒ. 55ᵉ mille.
L'Atmosphère, météorologie populaire. 1 vol. gr. in-8ᵒ. 28ᵉ mille.
Mes Voyages aériens. 1 vol. in-12.
Contemplations scientifiques. 2 vol. in-12.
L'Éruption du Krakatoa et les Tremblements de terre. 1 vol. in-18.

VARIÉTÉS LITTÉRAIRES

Dans le Ciel et sur la Terre. 1 vol. in-12.
Rêves étoilés. 1 vol. in-18.
Clairs de lune. 1 vol. in-18.

13820. — Imprimeries réunies, rue Mignon, 2, Paris.

CAMILLE FLAMMARION

LA
FIN DU MONDE

Illustrations par Jean-Paul Laurens, Rochegrosse, E. Bayard, Robida, P. Laurens, Schwabe, Grasset, Saunier, Merwart, Vogel, Bach, Guillonnet, Rudaux, Myrbach, Amédée, Baldo, Chovin.

Gravure par Méaulle.

> Je vis ensuite un ciel nouveau et une terre nouvelle; car le premier ciel et la première terre étaient passés.
>
> Apocalypse, xxi, i.

PARIS
ERNEST FLAMMARION, LIBRAIRE-ÉDITEUR
26, RUE RACINE, 26
1894

PREMIÈRE PARTIE

AU VINGT-CINQUIÈME SIÈCLE. — LES THÉORIES

Jean-Paul Laurens.

F. Méaulle

CHAPITRE PREMIER

LA MENACE CÉLESTE

Impiaque æternam timuerunt sæcula noctem.
VIRGILE, *Géorgiques*, I, 468.

Le magnifique pont de marbre qui relie la rue de Rennes à la rue du Louvre et qui, bordé par les statues des savants et des philosophes célèbres, dessine une avenue monumentale conduisant au nouveau portique de l'Institut, était absolument noir de monde. Une foule houleuse roulait, plutôt qu'elle ne marchait, le long des quais, débordant de toutes les rues et se pressant vers le portique envahi depuis longtemps par un flot tumultueux. Jamais, autrefois, avant la constitution des États-Unis d'Europe, à l'époque barbare où la force primait le droit, où le militarisme gouvernait l'humanité et où l'infamie de la guerre broyait sans arrêt l'immense bêtise humaine, jamais, dans les grandes émeutes révolutionnaires ou dans les jours de fièvre qui marquaient les déclarations de guerre, jamais les abords de la Chambre des représentants du peuple ni la place de la Concorde n'avaient présenté pareil spectacle. Ce n'étaient plus des groupes de fanatiques réunis autour d'un drapeau, marchant à quelque conquête du glaive, suivis de bandes de curieux et de désœuvrés « allant voir ce qui se passerait »; c'était la population tout entière, inquiète, agitée, terrifiée, indistinctement composée de toutes les classes de la société, suspendue à la décision d'un oracle, attendant fiévreusement le résultat du calcul qu'un astronome célèbre devait faire connaître ce lundi-là, à trois heures, à la séance de l'Académie des sciences. A travers la transformation politique et sociale des hommes et des choses, l'Institut de France durait toujours, tenant encore en Europe la palme des sciences, des lettres et des arts. Le centre de la civilisation s'était toutefois déplacé, et le foyer du progrès brillait alors dans l'Amérique du Nord, sur les bords du lac Michigan.

Nous sommes au vingt-cinquième siècle.

Ce nouveau palais de l'Institut, qui élevait dans les airs ses terrasses et ses dômes, avait été édifié à la fin du vingtième siècle sur les ruines laissées par la grande révolution sociale des anarchistes internationaux qui, en 1950, avaient fait sauter une partie de la grande métropole française, comme une soupape sur un cratère.

La veille, le dimanche, tout Paris, répandu par les boulevards et les places publiques, aurait pu être vu de la nacelle d'un ballon, marchant lentement et comme désespéré, ne s'intéressant plus à rien au monde. Les joyeux aéronefs ne sillonnaient plus l'espace avec leur vivacité habituelle. Les aéroplanes, les aviateurs, les poissons aériens, les oiseaux mécaniques, les hélicoptères électriques, les machines volantes, tout s'était ralenti, presque arrêté. Les gares aéronautiques élevées au sommet des tours et des édifices étaient vides et solitaires. La vie humaine semblait suspendue dans son cours. L'inquiétude était peinte sur tous les visages. On s'abordait sans se connaître. Et toujours la même question sortait des lèvres pâlies et tremblantes : « C'est donc vrai!... » La plus effroyable épidémie aurait moins terrifié les cœurs que la prédiction astronomique si universellement commentée; elle aurait fait moins de victimes, car déjà la mortalité commençait à croître par une cause inconnue. A tout moment, chacun se sentait traversé d'un électrique frisson de terreur.

Quelques-uns, voulant paraître plus énergiques, moins alarmés, jetaient parfois une note de doute ou même d'espérance : « On peut se tromper », ou bien : « Elle passera à côté », ou encore : « Ça ne sera rien, on en sera quitte pour la peur », ou quelques autres palliatifs du même ordre.

Mais l'attente, l'incertitude est souvent plus terrible que la catastrophe même. Un coup brutal nous frappe une bonne fois et nous assomme plus ou moins. On se réveille, on en prend son parti, on se remet et l'on continue de vivre. Ici, c'était l'inconnu, l'approche d'un événement inévitable, mystérieux, extra-terrestre et formidable. On devait mourir, sûrement; mais comment? Choc, écrasement, chaleur incendiaire, flamboiement du globe, empoisonnement de l'atmosphère, étouffement des poumons..., quel supplice attendait les hommes? Menace plus horripilante que la mort elle-même! Notre âme ne peut souffrir que jusqu'à une certaine limite. Craindre sans cesse, se demander chaque soir ce qui nous attend pour le lendemain, c'est subir mille morts. Et la Peur! la Peur qui fige le sang dans les artères et qui anéantit les âmes, la Peur, spectre invisible, hantait toutes les pensées, frissonnantes et chancelantes.

Depuis près d'un mois, toutes les transactions commerciales étaient arrêtées; depuis quinze jours le Comité des Administrateurs (qui remplaçait la Chambre et le Sénat d'autrefois) avait suspendu ses séances, la divagation y ayant atteint son comble. Depuis huit jours, la Bourse était fermée à Paris, à Londres, à New-York, à Chicago, à Melbourne, à Liberty, à Pékin. A quoi bon s'occuper d'affaires, de politique intérieure ou extérieure, de questions de budget ou de réformes, si le monde va finir ? Ah! la politique ! Se souvenait-on même d'en avoir jamais fait ? Les outres étaient dégonflées. Les tribunaux eux-mêmes n'avaient plus aucune cause en vue : on n'assassine pas lorsqu'on attend la fin du monde. L'humanité ne tenait plus à rien ; son cœur précipitait ses battements, comme prêt à s'arrêter. On ne voyait partout que des visages défaits, des figures hâves, abîmées par l'insomnie. Seule, la coquetterie féminine résistait

encore, mais à peine, d'une façon superficielle, hâtive, éphémère, sans souci du lendemain.

C'est que, du reste, la situation était grave, à peu près désespérée, même aux yeux des plus stoïques. Jamais, dans l'histoire entière de l'humanité, jamais la race d'Adam ne s'était trouvée en présence d'un tel péril. Les menaces du ciel posaient devant elle, sans rémission, une question de vie ou de mort.

Mais remontons au début.

Trois mois environ avant le jour où nous sommes, le Directeur de l'Observatoire du mont Gaorisankar avait téléphoné aux principaux Observatoires du globe, et notamment à celui de Paris [1], une dépêche ainsi conçue :

« *Une comète télescopique a été découverte cette nuit par* 21ʰ16ᵐ42ˢ *d'ascension droite et* 49°53'45" *de déclinaison boréale. Mouvement diurne très faible. La comète est verdâtre.* »

Il ne se passait pas de mois sans que des comètes télescopiques fussent découvertes et annoncées aux divers Observatoires, surtout depuis que des astronomes intrépides étaient installés : en Asie, sur les hauts sommets du Gaorisankar, du Dapsang et du Kintchindjinga ; dans l'Amérique du Sud, sur l'Aconcagua, l'Illampon et le Chimborazo, ainsi qu'en Afrique sur le Kilima-N'djaro

---

1. Depuis trois cents ans environ, l'Observatoire de Paris n'était plus que le siège de l'administration centrale de l'astronomie française. Les observations astronomiques se faisaient en des conditions incomparablement préférables à celles des cités basses, populeuses et poussiéreuses, sur des montagnes émergeant dans une atmosphère pure et isolées des distractions mondaines. Des fils téléphoniques reliaient constamment les observateurs avec l'administration centrale. Les instruments que l'on y conservait n'étaient plus guère appliqués qu'à satisfaire la curiosité de quelques savants fixés à Paris par leurs fonctions sédentaires, ou à la vérification de certaines découvertes.

et en Europe sur l'Elbrouz et le Mont-Blanc. Aussi cette annonce n'avait-elle pas plus frappé les astronomes que toutes celles du même genre que l'on avait l'habitude de recevoir. Un grand nombre d'observateurs avaient cherché la comète à la position indiquée et l'avaient suivie avec soin. Les Neuastronomischenachrichten en avaient publié les observations, et un mathématicien allemand avait calculé une première orbite provisoire, avec les éphémérides du mouvement.

A peine cette orbite et ces éphémérides avaient-elles été publiées, qu'un savant japonais avait fait une remarque fort curieuse. D'après le calcul, la comète devait descendre des hauteurs de l'infini vers le Soleil, et venir traverser le plan de l'écliptique vers le 20 juillet, en un point peu éloigné de celui où devait se trouver la Terre à cette époque. « Il serait, disait-il, du plus haut intérêt, de multiplier les observations et de reprendre le calcul pour décider à quelle distance la comète passera de notre planète et si elle ne viendra pas heurter même la Terre ou la Lune. »

Une jeune lauréate de l'Institut, candidate à la direction de l'Observatoire, avait saisi l'insinuation au bond et s'était postée au bureau téléphonique de l'établissement central pour capter immédiate-

ment au passage toutes les observations communi-
quées. En moins de dix jours, elle en avait re-
cueilli plus d'une centaine et, sans perdre un
instant, avait passé trois jours et trois longues
nuits à recommencer le calcul sur toute la série
des observations. Le résultat avait été que le cal-
culateur allemand avait commis une erreur dans la
distance du périhélie et que la conclusion tirée par
l'astronome japonais était inexacte quant à la date
du passage à travers le plan de l'écliptique,
lequel passage était avancé de cinq ou six jours;
mais l'intérêt du problème devenait encore plus
grand, car la distance minimum de la comète à la
Terre paraissait encore plus faible que ne l'avait
cru le savant japonais. Sans parler pour le moment
de la possibilité d'une rencontre, on avait l'espoir
de trouver dans l'énorme perturbation que l'astre
errant allait subir de la part de la Terre et de la
Lune un moyen nouveau de déterminer avec une
précision extraordinaire la masse de la Lune et
celle de la Terre, et peut-être même des indica-
tions précieuses sur la répartition des densités à
l'intérieur de notre globe. Aussi la jeune calculatrice renchérissait encore sur les invitations précédentes en montrant combien il était important
d'avoir des observations nombreuses et précises.
La veille de la séance, elle avait complètement
expliqué l'orbite en comité académique.

C'est à l'Observatoire du Gaorisankar, toutefois,
que toutes les observations de la comète étaient

centralisées. Établi sur le sommet le plus élevé
du monde, à 8000 mètres d'altitude, au milieu
des neiges éternelles que les nouveaux procédés de la chimie électrique avaient chassées
à plusieurs kilomètres tout autour du sanctuaire,
dominant presque toujours de plusieurs cen-

Elle avait expliqué l'orbite en comité académique.

taines de mètres les nuages les plus élevés,
planant dans une atmosphère pure et raréfiée, la
vision naturelle et télescopique y était vraiment
centuplée. On y distinguait à l'œil nu les cirques
de la Lune, les satellites de Jupiter et les phases de
Vénus. Depuis neuf ou dix générations déjà, plusieurs familles d'astronomes séjournaient sur le
mont asiatique, lentement et graduellement accli-

matées à la raréfaction de l'atmosphère. Les premières avaient rapidement succombé. Mais la
science et l'industrie étaient parvenues à tempérer
les rigueurs du froid en emmagasinant les rayons
du Soleil, et l'acclimatement s'était fait graduellement, aussi bien que dans les temps anciens à
Quito et à Bogota, où l'on voyait, dès le dix-hui-
tième ou le dix-neuvième siècle, des populations heureuses vivre dans l'abondance, de jeunes
femmes danser sans fatigue des nuits entières, à
une altitude où les ascensionnistes du Mont-Blanc,
en Europe, pouvaient à peine faire quelques pas sans
manquer de respiration. Une petite colonie astronomique s'était progressivement installée sur les
flancs de l'Himalaya, et l'Observatoire avait acquis
par ses travaux et par ses découvertes l'honneur
d'être considéré comme le premier du monde. Son
principal instrument était le fameux équatorial de
cent mètres de foyer à l'aide duquel on était parvenu enfin à déchiffrer les signaux hiéroglyphiques
adressés inutilement à la Terre depuis plusieurs milliers d'années par les habitants de la planète Mars.

Tandis que les astronomes européens discutaient
sur l'orbite de la nouvelle comète et constataient
que vraiment cette orbite devait passer par notre
planète et que les deux corps se rencontreraient
dans l'espace, l'Observatoire himalayen avait
envoyé un nouveau phonogramme :

> « *La comète va devenir visible à l'œil nu. Tou-
> jours verdâtre.* ELLE SE DIRIGE VERS LA TERRE. »

L'accord absolu des calculs astronomiques, qu'ils vinssent d'Europe, d'Amérique ou d'Asie, ne pouvaitplus offrir le moindre doute sur leur précision. Les journaux quotidiens lancèrent dans le public la nouvelle alarmante, en l'accompagnant de commentaires tragiques et d'interviews multipliés dans lesquels ils faisaient

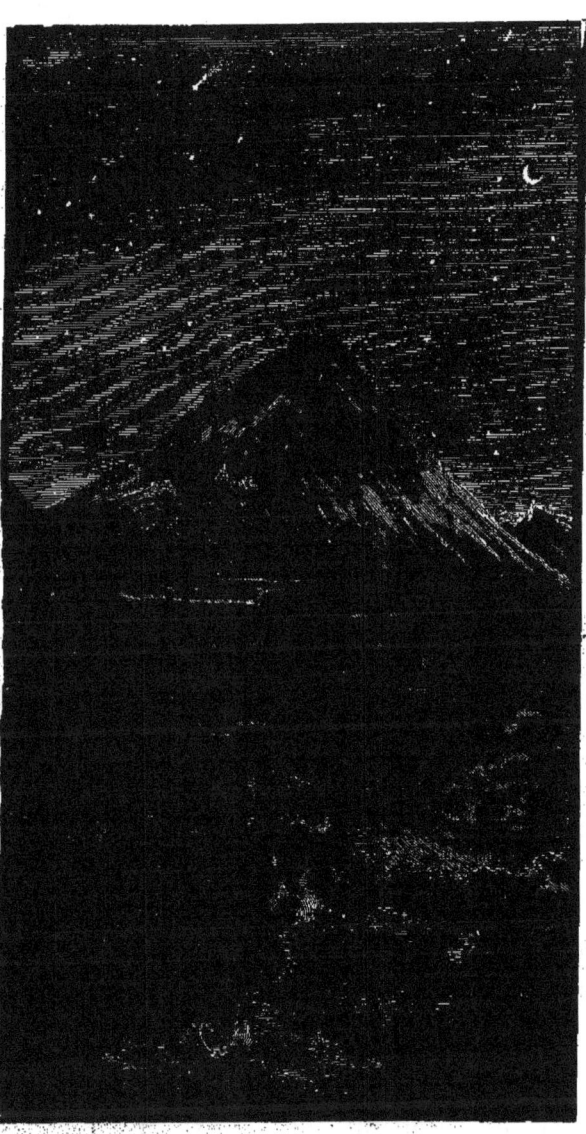

L'Observatoire du Gaorisankar était établi sur le sommet le plus élevé du monde.

tenir aux savants les discours les plus étranges.

C'était à qui renchérirait sur les données exactes du calcul, en les aggravant de dissertations plus ou moins fantaisistes. Mais, depuis longtemps, tous les journaux du monde, sans exception, étaient devenus de simples opérations mercantiles. La presse, qui avait rendu autrefois tant de services à l'affranchissement de la pensée humaine, à la liberté et au progrès, était à la solde des gouvernants et des gros capitalistes, avilie par des compromissions financières de tout genre. Tout journal était un mode de commerce. La seule question pour chacun d'eux se résumait à vendre chaque jour le plus grand nombre de feuilles possible et à faire payer leurs lignes par des annonces plus ou moins déguisées : « Faire des affaires», tout était là. Ils inventaient de fausses nouvelles qu'ils démentaient tranquillement le lendemain, minaient à chaque alerte la stabilité de l'État, travestissaient la vérité, mettaient dans la bouche des savants des propos qu'ils n'avaient jamais tenus, calomniaient effrontément, déshonoraient les hommes et les femmes, semaient des scandales, mentaient avec impudeur, expliquaient les trucs des voleurs et des assassins et multipliaient les crimes sans paraître s'en douter, donnaient la formule des agents explosifs récemment imaginés, mettaient en péril leurs propres lecteurs et trahissaient à la fois toutes les classes sociales, dans le seul but de surexciter jusqu'au paroxysme la curiosité générale et de «vendre des numéros».

Tout n'était plus qu'affaires et réclames. Sciences, arts, littérature, philosophie, études et recherches, les journaux ne s'en préoccupaient plus. Un acteur de second ordre, une actrice légère, un ténor, une chanteuse de café-concert, un gymnasiarque, un coureur à pied ou à cheval, un échassier, un cyclomane ou un vélocipédiste aquatique devenait en un jour plus célèbre que le plus éminent des savants ou le plus habile des inventeurs. Le tout était habilement masqué sous des fleurs patriotiques, qui en imposaient encore un peu. En un mot, l'intérêt personnel du journal dominait toujours, dans toutes les appréciations, l'intérêt général et le souci du progrès réel des citoyens. Longtemps le public en était resté dupe. Mais, à l'époque où nous sommes, il avait fini par se rendre à l'évidence et n'ajoutait plus aucune foi à aucun article de gazette, de telle sorte qu'il n'y avait plus de journaux proprement dits, mais seulement des feuilles d'annonces et de réclames à l'usage du commerce. La première nouvelle lancée par toutes les publications quotidiennes, qu'*une comète arrivait à grande vitesse et allait rencontrer la Terre* à telle date fixée d'avance, — la seconde nouvelle, que l'astre vagabond pourrait amener une catastrophe universelle en empoisonnant l'atmosphère respirable, — cette double prédiction n'avait été lue par personne, sinon d'un œil distrait et avec l'incrédulité la plus complète. Elle n'avait pas produit plus d'effet que l'annonce de la découverte de la fontaine

de Jouvence faite dans les caves du palais des Fées
de Montmartre (élevé sur les ruines du Sacré-Cœur)
qui avait été lancée en même temps.

Les littérateurs, les poètes, les artistes en
avaient même pris prétexte pour célébrer, en prose,
en vers, en dessins, en tableaux de tous genres, les
voyages cométaires à travers les régions célestes.
On y voyait la comète passant devant l'essaim
des étoiles effrayées, ou bien descendant du haut
des cieux, se précipitant et menaçant la Terre
endormie. Ces personnifications symboliques entretenaient la curiosité publique sans accroître les
premières terreurs. On commençait presque à
s'habituer à l'idée d'une rencontre sans trop la
redouter. La marée des impressions populaires
fluctue comme le baromètre.

Du reste, les astronomes eux-mêmes ne s'étaient
pas d'abord inquiétés de la rencontre au point de
vue de ses conséquences sur le sort de l'humanité,
et les revues astronomiques spéciales (les seules
qui eussent conservé quelque autorité) n'en avaient
encore parlé que sous forme de calculs à vérifier.
Les savants avaient traité le problème par les
mathématiques pures et le considéraient simplement comme un cas intéressant de la mécanique
céleste. Aux interviews qu'ils avaient subis, ils
s'étaient contentés de répondre que la rencontre
était possible, probable même, mais sans intérêt
pour le public.

Tout à coup, un nouveau phonogramme, lancé

Ils représentaient la Comète passant devant l'essaim des étoiles effrayées.

cette fois du Mont-Hamilton, en Californie,
vint frapper les chimistes et les physiologistes :

> « *Les observations spectroscopiques établissent
> que la comète est une masse assez dense, composée
> de plusieurs gaz*, dans lesquels domine l'OXYDE DE
> CARBONE. »

L'affaire se corsait. La rencontre avec la Terre
était devenue certaine. Si les astronomes ne s'en
préoccupaient pas outre mesure, étant accoutumés
depuis des siècles à considérer ces conjonctions
célestes comme inoffensives ; si même les principaux
d'entre eux avaient fini par mettre dédaigneusement
à la porte les innombrables intervieweurs qui
venaient incessamment les importuner, en leur
déclarant que cette prédiction n'intéressait pas le
vulgaire et que c'était là un pur sujet astronomique
qui ne les regardait pas, les médecins avaient
commencé à s'émouvoir et discutaient avec vivacité
sur les possibilités d'asphyxie ou d'empoisonnement. Moins indifférents pour l'opinion publique,
ils n'avaient point éconduit les journalistes, au
contraire, et en quelques jours la question avait
subitement changé de face. D'astronomique, elle
était devenue physiologique, et les noms de tous
les médecins célèbres ou fameux brillaient en
vedette à la première page des journaux quotidiens ;
leurs portraits occupaient les revues illustrées, et
une rubrique spéciale annonçait un peu partout :
« **Consultations sur la comète.** » Déjà même la
variété, la diversité, l'antagonisme des apprécia-

tions avait créé plusieurs camps hostiles se jetant
mutuellement à la tête des injures bizarres et

J.-P. LAURENS.
On voyait, dans ces figures allégoriques, la Comète menaçant la Terre
endormie.

traitant tous les médecins de « charlatans avides de
réclame ».

Cependant le Directeur de l'Observatoire de Paris, soucieux des intérêts de la science, s'était ému d'un pareil tapage, dans lequel la vérité astronomique avait été plus d'une fois étrangement travestie. C'était un vieillard vénérable, qui avait blanchi dans l'étude des grands problèmes de la constitution de l'univers. Sa voix était écoutée de tous, et il s'était décidé à transmettre aux journaux un avis déclarant que toutes les conjectures étaient prématurées jusqu'à ce qu'on eût entendu les discussions techniques autorisées qui devaient avoir lieu à l'Institut.

Nous avons dit, je crois, que l'Observatoire de Paris, toujours à la tête du mouvement scientifique par les travaux de ses membres, était devenu surtout, par la transformation des méthodes d'observation, un sanctuaire d'études théoriques, d'une part, et, d'autre part, un bureau central téléphonique des observatoires établis loin des grandes villes, sur les hauteurs favorisées d'une parfaite transparence atmosphérique. C'était un asile de paix où régnait la concorde la plus pure. Les astronomes consacraient avec désintéressement leur vie entière aux seuls progrès de la science, s'aimaient les uns les autres sans jamais éprouver les aiguillons de l'envie, et chacun oubliait ses propres mérites pour ne songer qu'à mettre en évidence ceux de ses collègues. Le Directeur donnait l'exemple, et, lorsqu'il parlait, c'était au nom de tous.

Il publia une dissertation technique et sa voix fut écoutée... un instant. Mais il semblait que la question astronomique fût déjà hors de cause. Personne ne contestait et ne discutait la rencontre de la comète avec la Terre. C'était un fait acquis par la certitude mathématique du calcul. Ce qui préoccupait, c'était maintenant la constitution chimique de la comète. Si son passage par la Terre devait absorber l'oxygène atmosphérique, c'était la mort immédiate par asphyxie; si c'était l'azote qui devait se combiner avec les gaz cométaires, c'était encore la mort, mais précédée d'un délire immense et d'une sorte de joie universelle, une surexcitation folle de tous les sens devant être la conséquence de l'extraction de l'azote et de l'accroissement proportionnel de l'oxygène dans la respiration pulmonaire. L'analyse spectrale signalait surtout l'*oxyde de carbone* dans la constitution chimique de la comète. Ce que les revues scientifiques discutaient surtout, c'était de savoir si le mélange de ce gaz délétère avec l'atmosphère respirable empoisonnerait la population entière du globe, humanité et animaux, comme l'affirmait le président de l'Académie de médecine.

L'oxyde de carbone! On ne parlait plus que de lui. L'analyse spectrale ne pouvait pas s'être trompée. Ses méthodes étaient trop sûres, ses procédés trop précis. Tout le monde savait que le moindre mélange de ce gaz dans l'air respiré amène rapidement la mort. Or un nouveau message télépho-

nique de l'Observatoire du Gaorisankar avait
confirmé celui du Mont-Hamilton, en l'aggravant.
Ce message disait :

> « *La Terre sera entièrement plongée dans la*
> *tête de la comète, qui est déjà trente fois plus large*
> *que le diamètre entier du globe, et qui va en*
> *s'agrandissant de jour en jour.* »

Trente fois le diamètre du globe terrestre !
Lors même que la comète passerait entre la Terre
et la Lune, elles les toucherait donc toutes les
deux, puisqu'un pont de trente terres suffirait pour
réunir notre monde à la Lune.

Et puis, pendant les trois mois dont nous venons
de résumer l'histoire, la comète était descendue
des profondeurs télescopiques et devenue visible
à l'œil nu : elle était arrivée en vue de la Terre, et,
comme une menace céleste, elle planait maintenant,
gigantesque, toutes les nuits devant l'armée des
étoiles. De nuit en nuit, elle allait en s'agrandis-
sant. C'était la Terreur même suspendue au-dessus
de toutes les têtes et s'avançant lentement, graduellement, épée formidable, inexorablement. Un
dernier essai était tenté, non pour la détourner de
sa route, — idée émise par la classe des utopistes
qui ne doutent jamais de rien, et qui avaient osé
imaginer qu'un formidable vent électrique pourrait
être produit par des batteries disposées sur la face
du globe qu'elle devait frapper — mais pour examiner de nouveau le grand problème sous tous ses

aspects, et peut-être rassurer les esprits, ramener l'espérance en découvrant quelque vice de forme dans les sentences prononcées, quelque cause oubliée dans les calculs ou les observations : la rencontre ne serait peut-être pas aussi funeste que les pessimistes l'avaient annoncé. Une discussion générale contradictoire devait avoir lieu ce lundi-là à l'Institut, quatre jours avant le moment prévu pour la rencontre, fixée au vendredi 13 juillet. L'astronome le plus célèbre de France, alors Directeur de l'Observatoire de Paris; le Président de l'Académie de médecine, physiologiste et chimiste éminent; le Président de la Société astronomique de France, habile mathématicien; d'autres orateurs encore, parmi lesquels une femme illustre, par ses découvertes dans les sciences physiques, devaient tour à tour prendre la parole. Le dernier mot n'était pas dit. Pénétrons sous la vieille coupole du vingtième siècle pour assister à la discussion.

Mais, avant d'entrer, examinons nous-mêmes cette fameuse Comète, qui écrase en ce moment toutes les pensées.

CHAPITRE II

LA COMÈTE

Vapores qui ex caudis Cometarum oriuntur
incidere possunt in atmospheras planetarum
et ibi condensari et converti in aquam, et
sales, et sulphura, et limum, et lutum, et
lapides, et substantias alias terrestres
migrare.

NEWTON, *Principia*, III, 671.

L'étrange visiteur était descendu lentement des profondeurs infinies. Au lieu d'apparaître brusquement, tout d'un coup, ce qui plus d'une fois a été observé pour les grandes comètes, soit lorsque ces astres arrivent subitement en vue de la Terre après leur passage au périhélie, soit lorsqu'une longue série de nuits nuageuses ou illuminées par la Lune a interdit l'observation du ciel aux chercheurs de comètes, la flottante vapeur sidérale était restée d'abord dans les espaces télescopiques, observée seulement par les astronomes. Dans les premiers jours qui suivirent sa découverte, elle n'était encore accessible qu'aux puissants équato-

riaux des obser-vatoires. Mais le public instruit n'avait pas tardé à la chercher lui-même. Toute mai-son moderne était couronnée par une terrasse supé-rieure, destinée, d'ailleurs, aux em-barquements aé-riens. Un grand nombre étaient agrémentées de coupoles tournan-tes. On ne con-naissait pas de famille aisée qui n'eût une lunette à sa disposition, et nul appartement n'était complet sans une biblio-thèque bien fournie de tous les livres de science. Au vingt-cinquième siècle, les habitants de la Terre commençaient à y penser.

La comète avait été observée par tout le monde, pour ainsi dire, dès le moment où elle était devenue accessible aux instruments de moyenne puissance. Quant aux classes laborieuses, pour lesquelles les loisirs sont toujours comptés, les lunettes postées sur les places publiques avaient été envahies par une foule impatiente dès la première soirée de visibilité, et tous les soirs les astronomes en plein vent avaient fait des recettes fantastiques et sans précédent. Un grand nombre d'ouvriers, toutefois, avaient leur lunette chez eux, surtout en province, et la justice aussi bien que la vérité nous forcent à reconnaître que le premier en France qui avait su découvrir la comète (en dehors des observatoires patentés) n'avait été ni un homme du monde, ni un académicien, mais un modeste ouvrier tailleur d'un faubourg de Soissons, qui passait la plus grande partie de ses nuits à la belle étoile et qui, sur ses économies laborieusement épargnées, avait réussi à s'acheter une excellente petite lunette à l'aide de laquelle il ne cessait d'étudier les curiosités du ciel. Remarque digne d'attention, jusqu'au vingt-quatrième siècle presque tous les habitants de la Terre avaient vécu sans savoir où ils étaient, sans même avoir la curiosité de se le demander, à peu près comme des aveugles uniquement préoccupés de leur appétit; mais depuis cent ans environ la race humaine s'était mise à regarder l'univers et à raisonner.

Si l'on veut se rendre compte de la route suivie

par la comète dans l'espace, il suffit d'examiner
avec quelque attention le tracé publié ici. Il représente le plan de l'orbite de la comète et son inter-
section avec celui de l'orbite terrestre, la comète
arrivant de l'infini, se dirigeant obliquement vers la
Terre et continuant son cours en se rapprochant

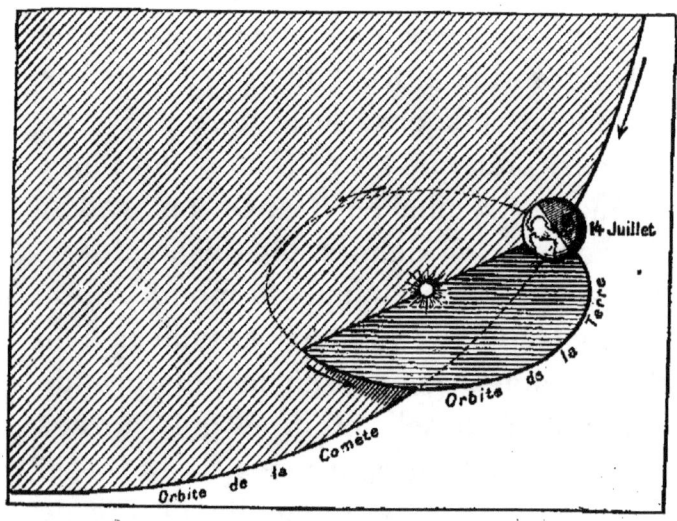

Route de la Comète et rencontre avec la Terre.

du Soleil, qui ne l'arrête et ne l'absorbe pas en
son passage au périhélie. On n'a pas tenu compte
de la perturbation apportée par l'attraction de la
Terre : cette influence aurait pour effet de ramener
la comète vers l'orbite terrestre après une révolution autour du Soleil, et de transformer l'orbite
parabolique en ellipse.

Toutes les comètes qui gravitent autour du
Soleil décrivent des orbites analogues, plus ou

moins allongées, ellipses dont l'astre radieux
occupe un des foyers. Elles sont nombreuses. Le
dessin que l'on voit ensuite donne une idée des
intersections qu'elles offrent avec l'orbite de la
Terre autour du Soleil et les autres orbites plané-

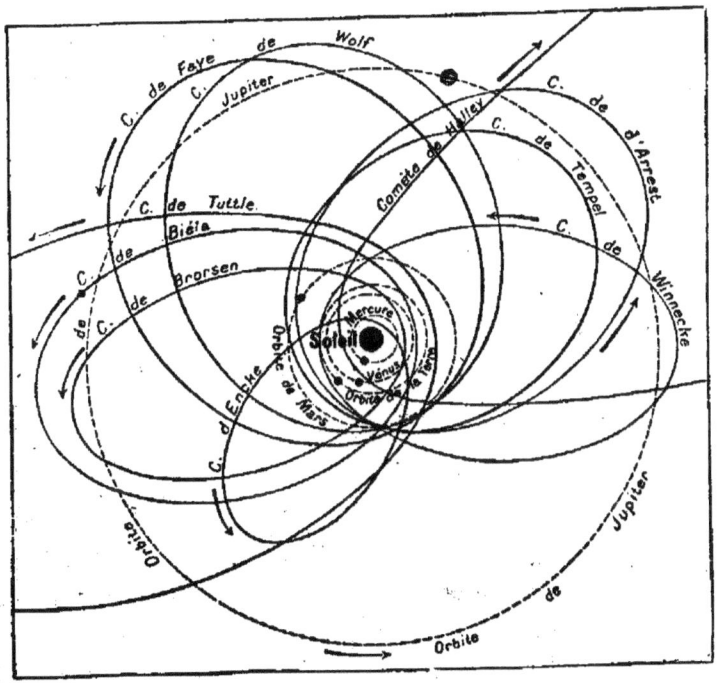

Comment des comètes peuvent rencontrer la Terre et les autres planètes.

taires. En examinant ces intersections, on devine
qu'une rencontre n'ait rien d'impossible ni même
d'anormal.

La comète était arrivée en vue de la Terre. Une
nuit de nouvelle lune, par un ciel admirablement
pur, quelques vues particulièrement perçantes

étaient parvenues à la distinguer à l'œil nu, non
loin du zénith, vers les bords de la Voie lactée, au
sud de l'étoile omicron d'Andromède, comme une
pâle nébulosité, comme une très légère bouffée de
fumée, toute petite, à peine allongée dans une
direction opposée au Soleil, allongement gazeux
dessinant une queue rudimentaire. C'est, du reste,
sous cet aspect qu'elle se présentait au télescope
depuis sa découverte. Personne n'eût pu soupçon-
ner, à cet aspect inoffensif, le rôle si tragique que
ce nouvel astre allait jouer dans l'histoire de l'humanité. Le calcul seul indiquait alors sa marche
vers la Terre.

Mais l'astre mystérieux avançait vite. Le lendemain déjà, la moitié des chercheurs arrivait à
l'apercevoir, et, le surlendemain, il n'y avait plus
que les vues basses aux binocles insuffisants qui
attendaient encore. En moins d'une semaine, tous
les regards l'avaient reconnue. Sur toutes les places
publiques, dans toutes les villes, dans tous les villages, on ne voyait que des groupes cherchant la
comète ou la montrant.

Elle grandissait de jour en jour. Les instruments
commencèrent à faire paraître en elle un noyau
distinct assez lumineux, qui était l'objet de dissertations affolées. Puis la queue se partagea
lentement en rayons divergeant du même noyau
et prit insensiblement la forme d'un éventail.
L'émotion envahissait déjà toutes les pensées,
lorsque, après le premier quartier de la lune et pen-

dant les jours de la pleine lune, la comète parut rester stationnaire et même perdre de son éclat. Comme on s'était attendu à la voir grandir rapidement, on espéra que quelque erreur s'était glissée dans le calcul, et il y eut un temps d'accalmie et de tranquillité. Après la pleine lune, le baromètre baissa tout à coup considérablement : le centre de dépression d'une forte tempête arrivait de l'Atlantique et passait au nord des îles Britanniques. Pendant douze jours le ciel resta entièrement couvert sur l'Europe presque entière.

Le soleil brilla de nouveau dans l'atmosphère purifiée, les nuages se dissipèrent, l'azur du ciel se montra pur et sans mélange, et ce n'est pas sans émotion que l'on attendit ce jour-là le coucher du soleil, d'autant plus que, plusieurs expéditions aériennes ayant réussi à traverser les couches de nuages, les aéronautes assuraient que la comète s'était considérablement développée. Les messages téléphoniques envoyés des montagnes d'Asie et d'Amérique annonçaient d'autre part son arrivée rapide. Mais, ô stupéfaction, lorsque, la nuit tombée, tous les regards étaient levés au ciel pour chercher l'astre flamboyant, ce n'est point une comète qu'ils eurent devant eux, une comète classique comme on a l'habitude de les voir : ce fut une aurore boréale d'un nouveau genre, une sorte d'éventail céleste prodigieux, à sept branches, lançant dans l'espace sept rayons verdâtres paraissant sortir d'un foyer caché au-dessous de l'horizon.

Pour tout le monde, il n'y avait aucun doute que
cette aurore boréale fantastique ne fût la comète
elle-même, d'autant plus qu'on ne pouvait apercevoir l'ancienne comète en aucun point du ciel
étoilé. L'apparition différait singulièrement, il est
vrai, des formes cométaires connues, et l'aspect
rayonnant du mysté-
rieux visi-
teur était ce
qu'il y avait
au monde de
plus inat-
tendu. Mais
ces forma-
tions ga-
zeuses sont
si bizarres,
si capri-
cieuses, si
multiples,
que tout est

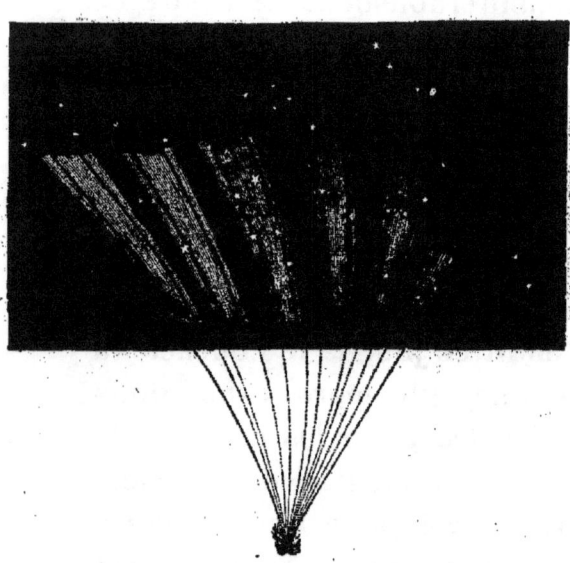

Comète dessinée à Lausanne par l'astronome
Chéseaux en 1744.

possible. Et puis ce n'était pas absolument la
première fois qu'une comète offrait un tel aspect.
Les annales de l'astronomie mentionnaient entre
autres une immense comète à six queues observée en 1744 et qui avait été à cette époque l'objet
de nombreuses dissertations. Un dessin fort pittoresque fait *de visu* par l'astronome Chéseaux, à
Lausanne, l'avait autrefois popularisée. La comète

de 1861, avec sa queue en éventail, offrait un autre
exemple de ce genre de visiteurs célestes, et l'on
rapportait aussi que, le 30 juin de cette année-là,
il y avait eu rencontre, bien inoffensive d'ailleurs,
entre la Terre et l'extrémité de la queue. Mais, lors
même qu'on n'en eût jamais vu auparavant, il fallait
bien se rendre à l'évidence.

Sur ces entrefaites, les discussions allaient leur
train, et une véritable joute astronomique s'était
établie entre les revues scientifiques du monde
entier, seuls journaux qui eussent, comme nous
l'avons vu, gardé quelque crédit dans l'épidémie
mercantile qui avait depuis longtemps envahi l'humanité. Le point capital, depuis qu'on savait à
n'en pas pouvoir douter que l'astre marchait directement vers la Terre, était la distance à laquelle
il se trouvait chaque jour, question corrélative de
celle de sa vitesse. La jeune lauréate de l'Institut,
nommée tout récemment chéfesse du bureau des
Calculs de l'Observatoire, ne laissait plus passer
un seul jour sans envoyer une note au *Journal
officiel des États-Unis d'Europe*.

Une relation mathématique bien simple relie la
vitesse de toute comète à sa distance au Soleil, et
réciproquement. Connaissant l'une, on peut trouver
l'autre en un instant. En effet, la vitesse d'une
comète est tout simplement égale à la vitesse d'une
planète, multipliée par la racine carrée de 2. Or
la vitesse d'une planète, à quelque distance que ce
soit, est réglée par la troisième loi de Kepler, en

vertu de laquelle les carrés des temps des révolutions sont entre eux comme les cubes des dis-
tances. On le voit, rien n'est plus simple.

Ainsi, par exemple, à la distance de Jupiter, cette
magnifique planète gravite autour du Soleil avec
une vitesse de 13000 mètres par seconde. Une
comète qui se trouve à cette distance vogue donc
avec la vitesse que nous venons d'inscrire, multipliée par la racine carrée de 2, c'est-à dire par le
nombre 1,4142. Cette vitesse est par conséquent
de 18380 mètres par seconde.

La planète Mars circule autour du Soleil avec
une vitesse de 24000 mètres par seconde. A
cette distance, la vitesse de la comète est de
34000 mètres.

La vitesse moyenne de la Terre sur son orbite
est de 29460 mètres par seconde, un peu plus lente
en juin, un peu plus rapide en décembre. Dans
le voisinage de la Terre, celle de la comète est donc
de 41660 mètres, indépendamment de l'accélération
que l'attraction de la Terre pourrait d'autre part lui
apporter.

Voilà ce que la lauréate de l'Institut prit soin de
rappeler au public, d'ailleurs élémentairement initié
à la théorie des mouvements célestes.

Lorsque l'astre menaçant arriva à la distance de
Mars, les craintes populaires s'aggravèrent en
cessant d'être vagues, en prenant une forme définie,
fondée sur une appréciation exacte et facile de
cette vitesse : 34000 mètres par seconde, c'est

2040 kilomètres par minute, c'est 122 400 kilomètres à l'heure!

Comme la distance de l'orbite de Mars à celle de la Terre n'est que de 76 millions de kilomètres, au

Ce fut une aurore boréale d'un nouveau genre.

taux de 122 400 kilomètres à l'heure, cette distance serait franchie en six cent vingt et une heures, ou en vingt-six jours environ. Mais, à mesure qu'elle approche du Soleil, la comète va de plus en plus vite, puisque à la distance de la Terre sa vitesse est

3

de 41 660 mètres par seconde. En raison de cet accroissement de vitesse, la distance entre les deux orbites serait franchie en cinq cent cinquante-huit heures ou en vingt-trois jours six heures.

Mais la Terre ne devant pas être, au moment de la rencontre, précisément sur le point de son orbite traversé par une ligne allant du Soleil à la comète, puisque la comète ne se précipitait pas sur le Soleil, la rencontre ne devait se produire que près d'une semaine plus tard, soit le vendredi 13 juillet, vers minuit. Nous n'avons pas besoin d'ajouter que dans une telle occurrence tous les préparatifs habituels de la « fête nationale » du 14 juillet avaient été oubliés. Fête nationale! On n'y songeait guère. Le 14 juillet ne devait-il pas plutôt marquer le deuil universel des hommes et des choses? Il y avait, du reste, déjà plus de cinq siècles que cet anniversaire d'une date fameuse était — avec intermittences, il est vrai — célébré par les Français : chez les Romains eux-mêmes, les souvenirs fêtés aux « *circenses* » n'avaient jamais duré aussi longtemps. On entendait dire de toutes parts que le 14 juillet avait assez vécu. Il était déjà mort quinze fois, mais ne devait plus ressusciter.

Au moment où nous parlons, on était seulement au lundi 9 juillet. Depuis cinq jours le ciel restait parfaitement beau, et toutes les nuits l'éventail cométaire planait dans l'immensité du ciel, avec sa tête, ou son noyau, bien visible, pailleté de points lumineux qui pouvaient représenter des corps

solides de plusieurs kilomètres de diamètre et
qui, assuraient quelques calculateurs, devaient se
précipiter les premiers sur la Terre, la queue
étant toujours opposée au Soleil, et, dans le cas
actuel, en arrière du mouvement et sensiblement
oblique. L'astre flamboyait dans la constellation
des Poissons; l'observation de la veille, 8 juillet,
donnait pour sa position précise : ascension droite
$= 23^h 10^m 32^s$; déclinaison boréale $= 7° 36' 4''$. La
queue traversait tout le carré de Pégase. La comète
se levait à $9^h 49^m$ et planait toute la nuit dans le
ciel.

Pendant les jours d'accalmie dont il vient d'être
question, une sorte de revirement s'était opéré
dans l'opinion générale. Un astronome ayant fait
une série de calculs rétrospectifs avait établi que
déjà plusieurs fois la Terre avait rencontré des
comètes, et que chaque fois la rencontre s'était
traduite en une inoffensive pluie d'étoiles filantes.
Mais l'un de ses collègues avait répliqué que la
comète actuelle était loin d'être comparable à un
essaim de météores, qu'elle était gazeuse, avec un
noyau composé de concrétions solides, et il avait
rappelé à ce propos les observations faites sur une
fameuse comète historique, celle de 1811.

Cette comète de 1811 ne laisse pas, en effet, de
justifier à certains égards des craintes non chimériques. On prit soin de rappeler ses dimensions.
Sa longueur atteignait 180 millions de kilomètres,

c'est-à-dire plus que la distance de la Terre au
Soleil, et, à son extrémité, sa queue avait 24 millions de kilomètres de largeur. Sa tête mesurait
1 800 000 kilomètres de diamètre, soit *cent quarante
fois* le diamètre de la Terre, et l'on remarquait dans
cette tête nébuleuse elliptique, remarquablement

La comète de 1811.

régulière, un noyau brillant comme une étoile,
offrant à lui seul un diamètre de 200 000 kilomètres.
Ce noyau paraissait extrèmement dense. Elle fut
observée pendant seize mois et vingt-deux jours.
Mais ce qu'il y eut peut-être de plus remarquable
en elle, c'est que son immense développement fut
atteint sans qu'elle s'approchât du Soleil, car elle
n'en arriva pas à moins de 150 millions de kilo-

mètres. Elle demeura toujours aussi à plus de
170 millions de kilomètres de la Terre. Si elle s'était
approchée davantage du Soleil, comme la dimension des comètes augmente à mesure qu'elles
subissent davantage l'action solaire, son aspect
eût certainement été plus prodigieux encore et sans
doute terrifiant pour tous les regards. Et comme
sa masse était loin d'être insignifiante, si son vol
l'avait conduite directement en plein cœur du
Soleil, sa vitesse accélérée au taux de 500 et
600000 mètres par seconde au moment de sa rencontre avec l'astre radieux aurait pu, par la seule
transformation du mouvement en chaleur, élever
subitement la radiation solaire à un tel degré que
toute la vie végétale et animale terrestre aurait pu
être consumée en quelques jours...

Un physicien avait même fait cette remarque
assez curieuse qu'une comète, égale ou supérieure
à celle de 1811, pourrait ainsi amener la fin du
monde sans même toucher la Terre, par une sorte
d'explosion de lumière et de chaleur solaires analogue à celle que les étoiles temporaires ont pré-
sentée à l'observation. Le choc donnerait, en effet,
naissance à une quantité de chaleur égale à six
mille fois celle qui serait engendrée par une composition d'une masse de houille égale à celle de la
comète.

On avait fait ressortir que si, dans son vol, une
telle comète, au lieu de se précipiter sur le Soleil,
rencontrait notre planète, ce serait la fin du monde

par le feu. Si elle rencontrait Jupiter, elle porterait
ce globe à un degré de température assez élevé
pour lui rendre sa lumière perdue et le ramener
pour un temps à l'état de soleil, de sorte que la
Terre se trouverait éclairée par deux soleils, Jupiter devenant une sorte de petit soleil nocturne
beaucoup plus lumineux que la Lune et brillant de
sa propre lumière... rouge, rubis ou grenat du
ciel, circulant en douze ans autour de nous... Soleil
nocturne! C'est dire qu'il n'y aurait presque plus
de nuits pour le globe terrestre.

Les traités astronomiques les plus classiques
avaient été consultés; on avait relu les chapitres
cométaires écrits par Newton, Halley, Maupertuis,
Lalande, Laplace, Arago, les *Mémoires scientifiques*
de Faye, Tisserand, Bouquet de la Grye, Cruls, Hol-
den et leurs successeurs. C'était encore l'opinion
de Laplace qui avait le plus frappé, et l'on avait
remis en lumière ses paroles textuelles :

L'axe et le mouvement de rotation de la Terre
changés; les mers abandonnant leur ancienne position
pour se précipiter vers le nouvel équateur; une grande
partie des hommes et des animaux noyés dans ce déluge
universel ou détruits par la violente secousse imprimée
au globe terrestre; des espèces entières anéanties;
tous les monuments de l'industrie humaine renversés :
tels sont les désastres que le choc d'une comète pourrait
produire.

La constitution physique des noyaux cométaires
était surtout l'objet des plus savantes controverses.

On avait cherché dans les annales de l'astronomie les dessins qui indiquaient le mieux la variété de ces noyaux, leur activité lumineuse, les évolutions des aigrettes. On avait rappelé, entre autres, les

Tête de la Comète de 1861.

points lumineux observés autrefois, en 1868, dans la comète de Brorsen, et les radiations mouvementées observées dans la tête si curieuse de la grande comète de 1861, et l'on mettait en regard les hypothèses relatives à des condensations gazeuses, pulvérulentes ou solides même, et à des décharges électriques prodigieuses, transformant d'un jour à l'autre les têtes chevelues de ces étranges voyageuses.

Ainsi marchaient, couraient les discussions, les recherches rétrospectives, les calculs, les conjectures. Mais ce qui, en définitive, ne pouvait manquer de frapper tous les esprits, c'était le double fait constaté par l'observation que la comète actuelle présentait un noyau d'une densité considérable, et que l'oxyde de carbone dominait incontestablement dans sa constitution chimique. Les craintes, les terreurs étaient revenues. On ne pensait plus qu'à la comète, on ne parlait plus que d'elle.

Déjà des esprits ingénieux avaient cherché des moyens pratiques, plus ou moins réalisables, de se soustraire à son influence. Des chimistes prétendaient pouvoir sauver une partie de l'oxygène atmosphérique. On imaginait des méthodes pour isoler ce gaz de l'azote et l'emmagasiner en d'immenses vaisseaux de verre hermétiquement fermés. Un pharmacien habile en réclames assurait l'avoir condensé en pastilles et avait, en quinze jours, dépensé huit millions d'annonces. Les commerçants savaient tirer parti de tout, même de la mort universelle. Il s'était même formé tout d'un coup des compagnies d'assurances s'engageant à boucher hermétiquement toutes les issues des caves et des sous-sols et à fournir pendant quatre jours et quatre nuits la quantité d'oxygène pur (et même parfumé) nécessaire à la consom-

GRASSET

La Comète arrivait, grandissant de jour en jour...

mation d'un nombre déterminé de poumons. Tout espoir n'était pas perdu, surtout pour les riches. On parlait aussi de préparer les tunnels pour le peuple. On discutait, on tremblait, on s'agitait, on frémissait, on mourait déjà..., mais on espérait encore.

Les dernières nouvelles annonçaient que la comète, s'étant développée à mesure qu'elle approchait de la chaleur et de l'électrisation solaires, aurait au moment de la rencontre un diamètre soixante-cinq fois plus grand que celui de la Terre, soit 828 000 kilomètres.

C'est au milieu de cet état d'agitation générale que s'ouvrit la séance de l'Institut, attendue comme la suprême décision des oracles.

Par sa situation même, le Directeur de l'Observatoire de Paris fut inscrit en tête des orateurs. Mais ce qui paraissait attirer le plus l'attention publique, c'était le diagnostic du Président de l'Académie de médecine, sur les effets probables de l'oxyde de carbone. D'autre part, le Président de la Société géologique de France devait aussi prendre la parole, et le but général de la séance était de passer en revue toutes les théories scientifiques sur les diverses manières dont notre monde devra fatalement finir. Mais, évidemment, la discussion de la rencontre cométaire devait y tenir le premier rang.

D'ailleurs, nous venons de le voir, l'astre menaçant était suspendu sur toutes les têtes; tout le monde le voyait; il grandissait de jour en jour; il arrivait avec une vitesse croissante; on savait qu'il n'était plus qu'à 17 992 000 kilomètres, et que cette distance serait parcourue en cinq jours. Chaque heure rapprochait de 149 000 kilomètres la main céleste prête à frapper. Dans cinq jours, l'humanité blême respirerait tranquillement... ou plus du tout.

CHAPITRE III

LA SÉANCE DE L'INSTITUT

Facevano un tumulto, il qual s'aggira
Sempre in quell'arja senza tempo tinta,
Come l'arena quando il turbo spira.

DANTE, *L'Inferno*, III, 10.

Jamais, de mémoire d'homme, l'immense hémicycle construit à la fin du vingtième siècle n'avait
été envahi par une foule aussi pressée. Il eût été
mécaniquement impossible d'y ajouter une seule
personne. L'amphithéâtre, les loges, les tribunes,
la corbeille, les allées, les escaliers, les couloirs,
les embrasures de portes, tout, jusqu'aux marches
du bureau, tout était couvert d'auditeurs, assis ou
debout. On y remarquait le Président des États-

Unis d'Europe, directeur de la République française, le Directeur de la République italienne et celui de la République d'Ibérie, l'ambassadrice générale des Indes, les ambassadeurs des Républiques britannique, allemande, hongroise et moscovite, le roi du Congo, le président du Comité des Administrateurs, tous les ministres, le préfet de la Bourse internationale, le cardinal-archevêque de Paris, la Directrice générale de la Téléphonoscopie, le président du Conseil des aéronefs et chemins électriques, le Directeur du Bureau international de la Prévision du temps, les principaux astronomes, chimistes, physiologistes et médecins de la France entière, un grand nombre d'Administrateurs des affaires de l'État (ce qu'on appelait autrefois députés ou sénateurs), plusieurs écrivains et artistes célèbres, en un mot un ensemble rarement réuni des représentants de la science, de la politique, du commerce, de l'industrie, de la littérature, de toutes les formes de l'activité humaine. Le Bureau était au complet : président, vice-présidents, secrétaires perpétuels, orateurs inscrits; mais ils n'étaient plus costumés comme autrefois d'un habit vert perroquet, ni affublés de chapeaux à claque et d'épées antiques : ils portaient simplement le costume civil, et depuis deux siècles et demi toutes les décorations européennes avaient été supprimées; celles de l'Afrique centrale étaient au contraire des plus luxueuses.

Les singes domestiqués, qui remplaçaient depuis un demi-siècle déjà les serviteurs humains devenus introuvables, se tenaient aux portes, plutôt par obéissance aux règlements que pour vérifier les cartes d'entrée, car longtemps avant l'heure l'envahissement avait été irrésistible.

Le Président ouvrit la séance en ces termes[1] :

« Mesdames, Messieurs,

« Vous connaissez tous le but suprême de notre réunion. Jamais, certainement, l'humanité n'a traversé une phase pareille à celle que nous subissons en ce moment. Jamais, en particulier, cette salle antique du vingtième siècle n'a réuni pareil auditoire. Le grand problème de la fin du monde est, depuis quinze jours surtout, l'objet unique de la discussion et de l'étude des savants. Ces discussions, ces études vont être exposées ici. Je donne immédiatement la parole à M. le Directeur de l'Observatoire. »

L'astronome se leva aussitôt, tenant quelques notes à la main. Il avait la parole facile, la voix agréable, la figure jovienne, le geste sobre, le regard très doux. Son front était vaste, et une magnifique chevelure blanche toute bouclée encadrait sa

---

1. Il serait superflu de faire remarquer pour nos lecteurs que la langue du vingt-cinquième siècle est ici traduite en celle du dix-neuvième.

tête. C'était un homme d'érudition et de littérature autant que de science, et sa personne entière inspirait la sympathie en même temps que le respect. Son caractère était manifestement optimiste, même dans les circonstances les plus graves. A peine eut-il dit quelques mots, que les physionomies se transformèrent, de lugubres et altérées devenant subitement calmes et rassérénées.

« Mesdames, fit-il dès le début, c'est à vous que je m'adresse les premières, en vous suppliant de ne plus trembler de la sorte devant une menace qui pourrait bien n'être pas aussi terrible qu'elle le paraît. J'espère vous convaincre tout à l'heure, par les arguments que j'aurai l'honneur d'exposer devant vous, que la comète dont l'humanité entière attend la prochaine rencontre n'amènera pas la ruine totale de la création terrestre. Sans doute, nous pouvons, nous devons même nous attendre à quelque catastrophe; mais quant à la fin du monde, vraiment, tout nous conduit à penser que ce n'est pas ainsi qu'elle arrivera. Les mondes meurent de vieillesse et non d'accident, et vous savez mieux que moi, mesdames, que le monde est loin d'être vieux.

« Messieurs, je vois ici des représentants de toutes les sphères sociales, depuis les plus élevées jusqu'aux plus humbles. On s'explique parfaitement que, devant une menace aussi apparente de la destruction de la vie terrestre, toutes les affaires aient absolument cessé. Cependant, personnellement, je vous avoue que, si la Bourse n'était pas fermée, et si j'avais jamais eu le malheur d'y faire des affaires, je n'hésiterais pas à acheter aujour-

Mesdames, c'est à vous que je m'adresse les premières...

d'hui les titres de rentes si subitement tombés au minimum. »

Cette phrase n'était pas finie qu'un fameux Israélite américain, prince de la finance, directeur du journal *le XXVᵉ Siècle*, qui occupait l'un des gradins supérieurs de l'amphithéâtre, se fit un passage, on ne sait comment, à travers les rangs

4

successifs, se précipita et roula comme une boule jusqu'au couloir d'une petite porte de sortie, par laquelle il disparut.

... Se précipita comme une boule.

Un instant interrompu par cet effet inattendu d'une réflexion purement scientifique, l'orateur reprit son discours.

« Notre sujet, dit-il, peut se diviser en trois points : 1° La comète rencontrera-t-elle sûrement la Terre ? Dans l'affirmative nous aurons à examiner : 2° quelle est sa nature, et 3° quels pourront être les effets du choc. Je n'ai pas besoin de faire remarquer à l'auditoire éclairé qui m'écoute que les mots fatidiques si souvent prononcés depuis quelque temps « *Fin du monde* » signifient uniquement « *Fin de la Terre* », laquelle terre est, d'ailleurs, sans contredit, le monde qui nous intéresse le plus.

« Si nous pouvions répondre négativement au premier point, il serait à peu près superflu de nous occuper des deux autres, dont l'intérêt deviendrait tout à fait secondaire.

« Malheureusement, je dois reconnaître que les calculs astronomiques sont ici comme d'habitude d'une exactitude scrupuleuse. Oui, la comète doit rencontrer la Terre et, avec une vitesse considérable, puisqu'elle doit nous arriver presque de face dans notre translation annuelle autour du Soleil. La vitesse de la Terre est de 29 460 mètres par seconde ; celle de l'astre cométaire est de 41 660 mètres dans la même unité de temps, plus l'accélération due à l'attraction de notre planète. Donc le choc se produirait à la vitesse de 72 000 mètres pendant la première seconde, si la comète arrivait justement de face. Mais elle arrivera un peu obliquement.

« Le choc est inévitable, avec toutes ses conséquences. Mais, je vous en prie, que l'auditoire ne se trouble pas ainsi !... Ce choc ne prouve rien en lui-même. Si l'on calculait, par exemple, qu'un train de chemin de fer doit rencontrer une nuée de moucherons, cette prédiction n'inquiéterait pas sensiblement les voyageurs. Il pourrait en être de même pour la rencontre de notre globe avec cet astre gazeux. Veuillez me permettre d'examiner tranquillement les deux autres points.

« Et d'abord, quelle est la nature de la comète ?

« Tout le monde ici le sait déjà : elle est gazeuse et principalement composée d'oxyde de carbone. A la température de l'espace (273 degrés au-dessous

de zéro) ce gaz, invisible dans les conditions terrestres, est à l'état de brouillard et même de poussière solide. La comète en est comme saturée. Ici
encore, je ne contredirai en quoi que ce soit les
découvertes de la science. »

Cet aveu amena une nouvelle contraction douloureuse sur la plupart des
visages, et l'on entendit
çà et là de longs soupirs.

« Mais, messieurs, reprit
l'astronome, en attendant
que l'un de nos éminents
collègues de la section de
physiologie ou de l'Aca-
démie de médecine veuille
bien. nous démontrer que
la densité de la comète est
assez grande pour per-
mettre sa pénétration dans
notre atmosphère respi-
rable, je penserai que sa rencontre ne se traduira
sans doute que par une jolie pluie d'étoiles filantes,
et n'exercera pas une influence fatale sur la vie
humaine. Il n'y a pas ici certitude ; toutefois la
probabilité est très forte : peut-être pourrait-on
parier un million contre un. Tout au plus les poumons faibles en seraient-ils victimes. Ce serait une
sorte d'influenza, qui pourrait tripler ou quin-
tupler le chiffre des décès quotidiens. Simple
épidémie !

« Si pourtant, comme les investigations télescopiques et les photographies s'accordent à l'in-
diquer, si pourtant le noyau contient des masses
minérales, sans doute métalliques, massives, des
uranolithes mesurant plusieurs kilomètres de diamètre et pesant des millions de tonnes, on ne peut
se refuser à admettre que les points sur lesquels
ces masses arriveront avec la vitesse dont nous
parlions tout à l'heure seront irrémédiablement
écrasés. Mais pourquoi ces points seraient-ils justement habités? Les trois quarts du globe sont
couverts d'eau. Ces masses peuvent tomber dans
la mer, former peut-être des îles nouvelles extra-
terrestres, apporter dans tous les cas des éléments nouveaux à la science, peut-être les germes
d'existences inconnues. La géodésie, la forme et
le mouvement de rotation de la Terre peuvent y
être intéressés. Remarquons aussi que les déserts
ne manquent pas sur le globe. Le danger existe,
assurément, mais n'est pas immense.

« Outre ces masses et ces gaz, peut-être aussi
les bolides dont nous parlions, arrivant avec la
nuée céleste, porteraient-ils dans leurs flancs des
causes d'incendie qu'ils sémeraient un peu partout
sur les continents; la dynamite, la nitroglycérine,
la panclastite, la royalite, l'impérialite même ne
sont que des jeux d'enfants à côté de ce qui
pourrait nous surprendre; mais ce ne serait pas
là non plus un cataclysme universel: quelques villes
en cendres n'arrêtent pas l'histoire de l'humanité.

« Vous le voyez, mesdames, messieurs, de cet
examen méthodique des trois points en présence,
il résulte que, sans aucun doute, le danger existe
et même est imminent, mais non pas aussi déso-
lant, aussi considérable, aussi absolu qu'on le pro-
clame. Je dirai même plus. Cette curieuse occurrence astronomique, qui fait battre tant de cœurs
et travailler tant de têtes, change à peine aux yeux
du philosophe la face habituelle des choses. Chacun de nous est assuré de mourir un jour, et cette
certitude ne nous empêche guère de vivre tranquillement. Comment se fait-il que la menace
d'une mort un peu plus prompte trouble tous les
esprits? Est-ce le désagrément de mourir tous
ensemble? Ce devrait être plutôt une consolation
pour l'égoïsme humain. Non. C'est de voir notre
vie raccourcie de quelques jours pour les uns,
de quelques années pour les autres, par un cataclysme stupéfiant. La vie est courte, et chacun
tient à ne pas la voir diminuée d'un iota; il semble
même, d'après tout ce qu'on entend, que chacun
préférerait voir le monde entier crouler et rester
seul vivant, plutôt que de mourir seul et de savoir
le reste survivant. C'est de l'égoïsme pur. Mais,
messieurs, je persiste à croire qu'il n'y aura là
qu'une catastrophe partielle, qui sera du plus haut
intérêt scientifique et qui laissera après elle des
historiens pour la raconter. Il y aura choc, rencontre, accident local, mais rien de plus sans
doute. Ce sera l'histoire d'un tremblement de

terre, d'une éruption volcanique ou d'un cy-
clone. »

Ainsi parla l'illustre astronome. Son calme
philosophique, la finesse de son esprit, son désintéressement apparent du danger, tout contribua à
tranquilliser l'auditoire, sans peut-être, toutefois,
le convaincre entièrement. Il ne s'agissait plus de
la fin totale des choses, mais d'une catastrophe à
laquelle, en définitive, on pourrait probablement
échapper. On commençait à se communiquer ses
impressions en mille conversations particulières ;
les commerçants et les hommes politiques eux-mêmes paraissaient avoir
exactement compris les arguments de
la science, lorsque, sur une
invitation partie du Bureau, on
vit arriver lentement à la tribune
le Président de l'Académie de
médecine.

C'était un homme grand, sec,
mince, tout d'une pièce, à figure
blème, l'aspect ascétique, le visage saturnien, le crâne chauve,
avec des favoris gris coupés
ras. Sa voix avait quelque chose
de caverneux, et tout son aspect rappelait plutôt à
l'esprit la présence d'un employé des pompes
funèbres que celle d'un médecin animé de l'espérance de guérir ses malades. Sa conviction sur

l'état des choses était bien différente de celle de l'astronome, et l'on put s'en apercevoir dès les premières paroles qu'il prononça.

« Messieurs, dit-il, je serai aussi bref que le savant éminent que nous venons d'entendre, quoique j'aie passé de longues veilles à analyser dans leurs plus minutieux détails les propriétés de l'oxyde de carbone. C'est de ce gaz que je vais vous entretenir, puisqu'il est acquis à la science qu'il domine dans la comète et que la rencontre avec la Terre est inévitable.

« Ses propriétés sont désastreuses : pourquoi ne pas l'avouer? Il suffit d'une quantité infinitésimale mélangée à l'air respirable pour arrêter en trois minutes le fonctionnement normal des poumons et pour suspendre la vie.

« Tout le monde sait que l'oxyde de carbone (en chimie CO) est un gaz permanent, sans odeur, sans couleur et sans saveur, à peu près insoluble dans l'eau. Sa densité comparée à celle de l'air est 0,96. Il brûle à l'air en produisant de l'anhydride carbonique avec une flamme bleue très peu éclairante. C'est comme un feu funèbre.

« L'oxyde de carbone a une tendance perpétuelle à *absorber l'oxygène* (l'orateur appuya fortement sur ces derniers mots). Dans les hauts fourneaux, par exemple, le charbon se transforme en oxyde de carbone au contact d'une quantité d'air insuffisante, et c'est ensuite cet oxyde qui réduit le fer à l'état métallique en s'emparant de l'oxygène auquel il était d'abord combiné.

« Au soleil, l'oxyde de carbone se combine avec le chlore et donne naissance à un oxychlorure (chlorure de carbonyle $COCl^2$) qui a une odeur désagréable et suffocante et qui affecte l'état gazeux.

« Le fait qui mérite ici la plus grave attention est que ce gaz est l'un des plus vénéneux qui existent. Il est beaucoup plus toxique que l'acide carbonique. En se fixant sur l'hémoglobine, il diminue la capacité respiratoire du sang, et des doses même très minimes, en s'accumulant dans le globule rouge, entravent, à un degré disproportionné en apparence avec les causes, l'aptitude du sang à s'oxygéner. Ainsi, tel sang qui absorbe 23 à 25 centimètres cubes d'oxygène pour 100 volumes n'en absorbe plus que moitié dans une atmosphère qui contient moins d'un millième d'oxyde de carbone. Un dix-millième est déjà délétère, et la capacité respiratoire du sang diminue sensiblement. Il se produit, je ne dirai pas asphyxie simple, mais empoisonnement du sang, presque instantané! L'oxyde de carbone agit directement sur les globules du sang, se combine avec eux et les rend inaptes à entretenir la vie : l'hématose, la transformation du sang veineux en sang artériel, est suspendue. Trois minutes suffisent pour amener la mort. La circulation du sang s'arrête; le sang veineux noir emplit les artères comme les veines;

les vaisseaux veineux, surtout ceux du cerveau,
sont gorgés; la substance cérébrale est piquetée;
la langue, à sa base, la gorge, la trachée-artère,
les bronches sont rougies par le sang, et bientôt
le cadavre tout entier présente une coloration vio-
lacée caractéristique provenant de cette suspension
de l'hématose.

« Mais, messieurs, ce ne sont pas seulement les
propriétés délétères de l'oxyde de carbone qui sont
à redouter : la seule tendance de ce gaz à absorber
l'oxygène suffirait déjà pour amener des conséquences funestes. Supprimez, que dis-je? diminuez
seulement l'oxygène, et vous amenez l'extinction
du genre humain. Tout le monde connaît ici l'une
des innombrables histoires qui marquent les
époques de barbarie où les hommes s'entre-assas-
sinaient légalement sous prétexte de gloire et de
patriotisme; c'est un simple épisode de l'une des
guerres des Anglais dans les Indes. Permettez-
moi de vous le rappeler.

« Cent quarante-six prisonniers avaient été enfermés dans une pièce qui n'avait d'autre ouverture
que deux petites fenêtres prenant jour sur une
galerie. Le premier effet qu'éprouvèrent ces malheureux fut une sueur abondante et continuelle,
suivie d'une soif insupportable et bientôt d'une
grande difficulté dans la respiration. Ils essayèrent
divers moyens pour être moins à l'étroit et se pro-
curer de l'air ; ils enlevèrent leurs vêtements, agi-
tèrent l'air avec leurs chapeaux, et prirent enfin le

parti de se mettre à genoux tous ensemble et de se

J.-P. LAURENS,

... Ils mouraient asphyxiés, dans une atroce agonie.

relever simultanément au bout de quelques instants ; mais chaque fois plusieurs d'entre eux,

manquant de force, tombaient, et étaient foulés
aux pieds par leurs compagnons... Ils mouraient,
asphyxiés, dans une atroce agonie. Avant minuit,
c'est-à-dire durant la quatrième heure de leur réclu-
sion, tous ceux qui étaient encore vivants et qui
n'avaient point respiré aux fenêtres un air moins
infect étaient tombés dans une stupeur léthargique
ou dans un effroyable délire. Quand, quelques
heures plus tard, la prison fut ouverte, vingt-trois
hommes seulement en sortirent vivants; ils étaient
dans un état véritablement effroyable, semblant
sortir à peine de la mort à laquelle ils venaient
d'échapper.

« Je pourrais ajouter mille autres exemples
à celui-là. Ce serait fort inutile, puisque le doute
ne peut pas exister. Je déclare donc, messieurs,
que, d'une part, l'absorption par l'oxyde de carbone
d'une quantité plus ou moins grande de l'oxygène
atmosphérique, que, d'autre part, les propriétés si
puissamment vénéneuses de ce même gaz sur les
globules vitaux du sang, me paraissent devoir
donner à la rencontre de l'immense masse cométaire avec notre globe — lequel doit rester pendant plusieurs heures plongé dans son sein — je
déclare, dis-je, que cette rencontre fatale est
d'une gravité dont les conséquences peuvent être
absolument désastreuses. On verra dans les rues
les malheureux mortels chercher inutilement de l'air
respirable et tomber morts d'asphyxie. Je ne puis
trouver, pour ma part, aucune chance de salut.

« Et je n'ai pas parlé de la transformation du mouvement en chaleur et des résultats mécaniques et chimiques du choc. Je laisse ce côté de la ques-

On verra dans les rues les malheureux mortels chercher inutilement de l'air respirable et tomber morts d'asphyxie.

tion à la compétence du Secrétaire perpétuel de l'Académie des sciences, ainsi que du savant Président de la Société astronomique de France, qui ont fait d'importants calculs à cet égard. Pour

moi, je le répète, l'humanité terrestre est en danger
de mort, et je vois non pas une, mais deux, trois
et quatre causes mortelles prêtes à fondre sur elle.
Ce serait un miracle qu'elle en réchappât. Et depuis
bien des siècles personne ne compte plus sur les
miracles. »

Ce discours prononcé avec l'accent de la conviction, d'une voix forte, calme, sombre, rejeta
l'auditoire tout entier dans l'état dont la première
allocution avait eu le don de le faire sortir. La
certitude du cataclysme prochain se peignit sur
tous les visages ; les uns étaient devenus jaunes
et presque verts ; les autres, subitement colorés
d'un rouge écarlate, semblaient tout prêts pour
l'apoplexie ; un très petit nombre d'auditeurs paraissaient avoir conservé leur sang-froid, gardé quelque scepticisme ou pris philosophiquement leur
parti. Un immense murmure emplissait la salle,
chacun faisant part à son voisin de ses réflexions,
généralement plus optimistes que sincères : personne n'aime paraître avoir peur.

Le Président de la Société astronomique de
France se leva à son tour et se dirigea vers la
tribune. Les conversations particulières s'arrê-
tèrent aussitôt. Voici les passage essentiels de son
discours : l'exorde, le centre et la péroraison :

« Mesdames, messieurs, d'après les exposés
que nous venons d'entendre, il ne peut rester
aucun doute dans l'esprit de personne sur la

certitude de la rencontre de la comète avec la Terre
et sur les dangers de cette rencontre. Nous devons donc nous attendre pour samedi...

« — Pour vendredi, interrompit une voix au Bureau même de l'Institut.

« — Pour samedi, continua l'orateur sans s'interrompre, à un événement extraordinaire absolument nouveau dans l'histoire de l'humanité.

« Je dis samedi, quoique tous les journaux
annoncent la rencontre pour vendredi, parce que la
chose ne pourra se produire que le 14 juillet.
Nous avons passé toute la nuit dernière, notre
savante collègue et moi, à comparer les observations d'Asie et d'Amérique, et nous avons trouvé
une erreur de transmission téléphonographique. »

Cette affirmation produisit une agréable détente
dans l'esprit de l'auditoire ; ce fut comme un léger
rayon de lumière au milieu d'une nuit sombre. Un
jour de répit, c'est énorme pour un condamné
à mort. Déjà des velléités de projets commençaient
à s'agiter dans les cerveaux : la catastrophe était
reculée, c'était une sorte de grâce. On ne songeait
pas que cette diversion purement cosmographique
ne portait que sur la date et non sur le fait même
de la rencontre. Mais les moindres nuances jouent
un grand rôle dans les impressions du public. Et
puis... ce n'était plus le vendredi 13.

« Voici, du reste, fit-il, en allant au tableau,
quelle est l'orbite définitive de la comète, calculée
sur toutes les observations. »

Et l'orateur traça au tableau les chiffres suivants :

Passage au périhélie : août 11, à 0ʰ 45ᵐ 44ˢ.
Longitude du périhélie : 52° 43' 25''.
Distance périhélie : 0,76017.
Inclinaison : 103° 18' 35''.
Longitude du nœud ascendant : 112° 54' 40''.

« La comète, reprit-il, coupera l'écliptique à
l'aller, au nœud descendant, le 13 juillet après
minuit, exactement le 14 juillet à 0ʰ18ᵐ23ˢ, juste au
moment du passage de la Terre par le même
point. L'attraction de la Terre avancera la rencontre de trente secondes seulement.

« L'événement sera, sans contredit, extraordinaire, mais je ne crois pas non plus qu'il doive
offrir le tragique caractère qui vient de nous être
dépeint et qu'il puisse amener vraiment l'empoisonnement du sang, l'asphyxie de toutes les poitrines humaines. Cette rencontre offrira plutôt,
me semble-t-il, l'aspect brillant d'un feu d'artifice
céleste, car l'arrivée de ces masses solides et
gazeuses dans l'atmosphère ne pourra se produire
sans que le mouvement ainsi arrêté se transforme
en chaleur : un embrasement sublime des hauteurs
sera sans doute le premier phénomène de la rencontre, et des millions d'étoiles filantes semble-
ront émaner d'un même point radiant.

« La quantité de chaleur ne peut manquer d'être
considérable. Toute étoile filante, aussi minime
qu'elle soit, qui arrive dans les hauteurs de notre
atmosphère avec une vitesse cométaire, y devient

immédiatement si chaude qu'elle brûle et se con-
sume. Vous savez, messieurs, que l'atmosphère
terrestre s'étend fort loin dans l'espace, tout autour
de notre planète; elle n'est pas sans limites,
comme le soutiennent certaines hypothèses, puisque la Terre tourne sur elle-même et autour du
Soleil : sa limite mathématique est la hauteur à
laquelle la force centrifuge engendrée par le
mouvement de rotation diurne devient égale à
la pesanteur; cette hauteur, c'est 6,64, si nous
représentons par 1 le demi-diamètre équatorial du
globe, de 6378310 mètres. La limite maximum de
hauteur de l'atmosphère est donc de 35973 kilomètres.

« Je ne veux pas ici faire de mathématiques.
Mais l'auditoire qui m'écoute est trop instruit
pour ne pas connaître l'équivalent mécanique de
la chaleur. Tout corps arrêté dans son mouvement
produit une quantité de chaleur qui s'exprime en
calories par la formule $\frac{mv^2}{8338}$, dans laquelle m est
la masse du corps en kilogrammes et v sa vitesse
en mètres par seconde. Par exemple, un corps
pesant 8338 kilogrammes et avançant de 1 mètre
par seconde développerait par son arrêt juste une
calorie, c'est-à-dire la quantité de chaleur suffisante
pour élever de 1 degré la température de 1 kilogramme d'eau.

« Si la vitesse de ce corps était de 500 mètres
par seconde, son arrêt produirait 250000 fois plus

de chaleur, assez pour élever de zéro à 30 degrés la température d'une masse d'eau égale à lui-même.

« Si elle était de 5000 mètres, la chaleur produite serait 5 millions de fois plus grande.

« Or vous savez, messieurs, que la rencontre d'une comète avec la Terre peut atteindre la vitesse de 72000 mètres. A ce taux, la proportion s'élève à 5 milliards de degrés !

« C'est là un maximum, et, ajouterai-je, un nombre pour ainsi dire inconcevable. Mais, messieurs, prenons un minimum, si vous le voulez ; admettons que les chocs se produisent, non pas directement, de face, mais plus ou moins obliquement, et que la vitesse moyenne ne soit que de 30000 mètres. Chaque kilogramme d'un bolide développe dans ce cas 107946 unités de chaleur lorsque, par la résistance de l'air, la vitesse a été réduite à zéro. En d'autres termes, il a développé une chaleur capable de porter de zéro à 100 degrés, c'est-à-dire de la glace à l'eau bouillante, un poids de 1079 kilogrammes d'eau. Un uranolithe de 2000 kilogrammes arrivant à terre avec une vitesse annulée par cette résistance de l'air aurait développé assez de chaleur pour porter à 3000 degrés une colonne d'air de 30 mètres carrés de section et de toute la hauteur de notre atmosphère, ou pour élever de zéro à 30 degrés une colonne de 3000 mètres carrés.

« Ces calculs, que je vous prie d'excuser,

étaient nécessaires pour montrer que la conséquence immédiate de la rencontre sera une
énorme quantité de chaleur, un échauffement considérable de l'air. C'est, d'ailleurs, ce qui arrive
en petit dans les chutes de bolides isolés. L'uranolithe est fondu, vitrifié sur toute sa surface et
porte une sorte de couche de vernis; mais sa
chute s'est effectuée si rapidement qu'il n'a pas eu
le temps de s'échauffer intérieurement : si on le
casse, on trouve l'intérieur absolument glacé.
C'est l'air traversé qui s'est échauffé.

« L'un des résultats les plus curieux de l'analyse
que je viens d'avoir l'honneur de résumer devant
vous est que les masses solides plus ou moins
grosses que l'on croit distinguer au télescope dans
le noyau de la comète éprouveront une telle résistance en traversant notre atmosphère que, à moins
de cas exceptionnels, elles n'arriveront pas entières jusqu'au sol, mais éclatées en menus morceaux. Il y a compression de l'air en avant du
bolide, vide en arrière, échauffement extérieur et
incandescence du corps en mouvement, bruit
violent produit par la précipitation de l'air venant
combler le vide, roulement de tonnerre, explosions,
désagrégations, chute des matériaux métalliques
assez denses pour avoir résisté, et évaporation
des autres. Un bolide de soufre, de phosphore,
d'étain ou de zinc flamberait et s'évaporerait longtemps avant d'atteindre les couches inférieures de
notre atmosphère.

« Quant aux étoiles filantes, si, comme il le semble, il y en a là une véritable nuée, elles ne produiront que l'effet d'un prodigieux feu d'artifice renversé.

« Si donc nous avons à craindre, ce n'est pas, à mes yeux, la pénétration dans notre atmosphère de la masse gazeuse d'oxyde de carbone, quelle qu'elle soit, mais l'élévation considérable de température qui ne peut manquer d'être amenée par la transformation du mouvement en chaleur.

« Dans ce cas, le salut serait peut-être de se réfugier sur l'hémisphère terrestre opposé à celui qui doit recevoir en plein le choc de la comète. L'air est fort mauvais conducteur de la chaleur. »

Le Secrétaire perpétuel de l'Académie se leva à son tour. Digne successeur des Fontenelle et des Arago, à une profonde science acquise il joignait les qualités d'un écrivain élégant et d'un orateur agréable, et s'élevait parfois même à de grandes hauteurs d'éloquence.

« A la savante théorie que vous venez d'entendre, dit-il, je n'ai rien à ajouter, sinon l'application qu'on en pourrait faire à quelque comète déjà connue. On a rappelé, ces jours-ci, l'exemple de la comète de 1811. Eh bien, supposons qu'une comète de mêmes dimensions que celle-là nous arrive précisément de face dans notre cours circu-

laire autour du Soleil. Le boulet terrestre péné-
trerait dans la nébulosité cométaire sans éprouver,
sans doute, de résistance bien sensible. En admettant même que cette résistance fût très faible et
que la densité du noyau de la comète fût négligeable, pour traverser cette tête cométaire de
1 800 000 kilomètres de diamètre, notre globe
n'emploierait pas moins de vingt-cinq mille secondes, soit quatre cent dix-sept minutes, soit six
heures cinquante-sept minutes, ou, en nombre
rond, sept heures... avec cette vitesse cent vingt
fois plus grande que celle d'un boulet de canon,
et, en continuant de tourner sur elle-même, dans
son mouvement diurne. La rencontre commen-
cerait vers six heures du matin pour le méridien
d'avant.

« Un pareil plongeon dans l'océan cométaire,
quelque éthéré que puisse être cet océan céleste,
ne saurait se produire sans amener, comme première et immédiate conséquence, en vertu des
principes thermodynamiques que l'on vient de vous
rappeler, une élévation de température telle que,
vraisemblablement, toute notre atmosphère pren-
drait feu ! Il me semble que dans ce cas particulier
le danger serait des plus graves.

« Mais ce serait un beau spectacle pour les habitants de Mars, ou mieux encore pour ceux de Vénus. Oui, ce serait là un spectacle céleste vraiment
admirable, analogue, mais en plus merveilleux
pour des voisins, aux curieuses conflagrations

d'astres temporaires que nous avons déjà observées dans le ciel.

« L'oxygène de l'air aurait beau jeu pour alimenter l'incendie. Mais il y a un autre gaz, auquel les
physiciens ne pensent pas souvent, par la raison
fort simple qu'ils ne l'ont jamais trouvé dans leurs
analyses, c'est l'hydrogène. Que sont devenues
toutes les quantités d'hydrogène émanées du sol
terrestre depuis les millions d'années des temps
préhistoriques? La densité de ce gaz étant seize
fois plus faible que celle de l'air, tout cela est
monté là-haut et forme sans doute autour de notre
atmosphère aérienne une enveloppe atmosphérique
hydrogénée très raréfiée. En vertu de la loi de
diffusion des gaz, une grande partie de cet hydrogène a dû se mélanger intimement avec l'air, mais
les couches raréfiées supérieures ne doivent pas
moins en contenir en grande proportion. C'est là
que s'allument les étoiles filantes et sans doute
les aurores boréales, à plus de cent kilomètres
de hauteur. Remarquons à ce propos que l'oxygène de l'air recevant le choc de la comète car-
bonée suffirait amplement pour alimenter le feu
céleste.

« La fin du monde arriverait donc ainsi par
l'incendie atmosphérique. Pendant près de sept
heures, ou plutôt pendant un temps plus long, car
la résistance cométaire ne peut pas être nulle, il y
aurait transformation perpétuelle du mouvement
en chaleur. Hydrogène et oxygène flamberaient,

combinés avec le carbone de la comète. L'air s'élèverait à une température de plusieurs centaines de degrés ; les bois, les jardins, les plantes, les forêts, les demeures humaines, les édifices, les villes et les villages, tout serait rapidement consumé ; la mer, les lacs et les fleuves se mettraient à bouillir ; les hommes et les animaux, envahis par cette brûlante haleine de la comète, mourraient asphyxiés avant d'être brûlés, les poumons haletants ne respirant plus que du feu.

« Presque aussitôt tous les cadavres seraient carbonisés, incinérés et, dans l'immense incendie céleste, seul l'ange incombustible de l'Apocalypse pourrait faire entendre, dans le son déchirant de la trompette, l'antique chant mortuaire tombant lentement du ciel comme un glas funèbre :

> *Dies iræ, dies illa*
> *Solvet sæclum in favilla!*

« Voilà ce qui pourrait arriver si une comète comme celle de 1811 rencontrait la Terre. »

A ces mots, le cardinal-archevêque s'était levé et avait demandé la parole. Le Secrétaire perpétuel s'en était aperçu et, par une courtoisie toute mondaine, l'avait salué en s'inclinant légèrement et semblait attendre la réplique de l'Éminence.

« Je ne veux point, fit-il, interrompre l'honorable orateur. Mais, si la science annonce comme prélude même d'un drame qui pourrait marquer la fin des choses ici-bas l'embrasement des cieux, je ne

Solvet sæclum in favilla!

puis m'empêcher de remarquer que la croyance universelle de l'Église sur ce point a toujours été précisément celle-là : « Les cieux passeront », dit saint Pierre, « les éléments embrasés se dissoudront, « et la Terre sera brûlée avec tout « ce qu'elle renferme. » Saint Paul annonce la même rénovation par le feu. Et nous invoquons toujours à la messe des morts : *Eum qui venturus est judicare vivos et mortuos et sæculum per ignem...* Oui : **Solvet sæclum in favilla !** Dieu réduira l'univers en cendres. »

— La science, répliqua le Secrétaire perpétuel, s'est accordée plus d'une fois avec la divination de nos aïeux. L'incendie dévorerait d'abord les régions terrestres frappées par la comète. Tout le côté de la Terre atteint par l'immense masse cométaire serait brûlé avant que les habitants de l'autre hémisphère se fussent rendu compte du cataclysme. Mais l'air est un mauvais conducteur de la chaleur, et celle-ci ne se transmettrait pas immédiatement au point opposé.

« Si notre côté était justement tourné vers la comète aux premières minutes de la rencontre, ce serait le tropique du Cancer, les habitants du Maroc, de l'Algérie, de Tunis, de l'Italie, de la

Grèce, de l'Égypte, qui se trouveraient aux premiers rangs de la bataille céleste, tandis que les citoyens de l'Australie, de la Nouvelle-Calédonie, des îles de l'Océanie et nos antipodes seraient les plus favorisés. Mais il y aurait un tel appel d'air par la fournaise européenne qu'un vent de tempête, plus violent qu'il ne s'en est formé dans les ouragans les plus effroyables qui aient jamais sévi, et plus formidable encore que le courant de 400 kilomètres à l'heure qui règne constamment à l'équateur de Jupiter, se mettrait à souffler des antipodes vers l'Europe et à tout renverser sur son passage. La Terre, en tournant sur elle-même, amènerait successivement dans l'axe du choc les pays situés à l'ouest du méridien frappé le premier. Une heure après l'Autriche et l'Allemagne, ce serait la France; puis l'Océan Atlantique, puis l'Amérique du Nord, qui n'arriverait dans le même axe, un peu oblique par suite de la marche de la comète vers son périhélie, que cinq ou six heures après la France, c'est-à-dire vers la fin du passage.

« Malgré la vitesse inouïe de la comète et de la Terre, la pression cométaire ne serait sans doute pas énorme, étant donnée l'extrême raréfaction de la substance traversée par la Terre; mais cette substance renfermant surtout du carbone est combustible, et, dans l'exaltation de leurs ardeurs périhéliques, on voit souvent ces astres ajouter une lumière propre à celle qu'ils reçoivent du Soleil : les comètes deviennent incandescentes. Que serait-ce dans le choc terrestre! L'inflammation des étoiles filantes et des bolides, la fusion superficielle des urano-lithes qui arrivent brûlants à la surface du sol, tout nous conduit à penser que la chaleur la plus in-tense serait le premier et le plus considérable effet de la rencontre, ce qui n'empêcherait évidem-ment pas les éléments massifs formant le noyau de la comète d'écraser les points frappés par leur passage, et peut-être même de disloquer tout un continent.

« Le globe terrestre se trouvant entièrement en-veloppé par la masse cométaire, pendant sept heures environ, la Terre tournant dans ce gaz in-candescent, l'appel d'air soufflant avec violence vers l'incendie, la mer se mettant à bouillir et em-plissant l'atmosphère de vapeurs nouvelles, une pluie chaude tombant des cataractes célestes, l'orage partout suspendu, les déflagrations électriques de la foudre lançant les éclairs de toutes parts, les roulements du tonnerre s'ajoutant aux hurlements de la tempête, et l'antique lumière des beaux jours ayant fait place à la lueur lugubre et blafarde de l'atmosphère, tout le globe ne tarderait pas être envahi par le retentissement du glas funèbre et le cataclysme deviendrait universel, quoique la mort des habitants des antipodes fût sans doute différente de celle des premiers. Au lieu d'être immédiatement consumés par le feu céleste, ils mourraient étouffés par la vapeur ou par la prédominance de l'azote — l'oxygène ayant rapi-

dement diminué — ou empoisonnés par l'oxyde
de carbone; l'incendie ne ferait ensuite qu'incinérer
leurs cadavres, tandis que les Européens et les
Africains auraient été brûlés vifs.

« J'ai pris, comme exemple, la comète historique
de 1811; mais je me hâte d'ajouter, en terminant,
que la comète actuelle paraît incomparablement
moins dense. Et vous avez pu voir que j'ai traité
le problème d'une façon assez désintéressée, per-
suadé que, si nous sommes victimes d'un choc,
nous n'en mourrons pas ».

— Est-on bien sûr, s'écria d'une loge une voix
connue (c'était celle d'un membre illustre de l'Académie des chirurgiens), est-on bien sûr que la
comète soit essentiellement composée d'oxyde de
carbone? Les observations spectroscopiques n'y
ont-elles pas rencontré aussi les raies de l'azote?
Si c'était du protoxyde d'azote, le résultat du mélange de l'atmosphère cométaire avec la nôtre
pourrait être l'anesthésie des Terriens. *Tout le
monde s'endormirait*, peut-être pour ne plus se
réveiller, si la suspension des fonctions vitales
durait seulement un peu plus longtemps que dans
nos opérations chirurgicales. Il en serait de même
si la comète était composée de chloroforme ou
d'éther. Ce serait là une fin assez calme.

« Elle le serait moins, ajouta-t-il, si la comète
absorbait l'azote au lieu de l'oxygène, car cette
extraction graduelle ou totale de l'azote amènerait

en quelques heures chez tous les habitants de la
Terre, hommes, femmes, enfants, vieillards, un
changement d'humeur qui n'aurait rien de désagréable : d'abord, une sérénité charmante, ensuite
une gaieté contagieuse, puis une joie universelle,
une expansion bruyante — une exaltation fébrile —
enfin le délire, la folie, et, selon toute probabilité,
une danse fantastique aboutissant à la mort nerveuse de tous les êtres, dans l'apothéose d'une
sarabande insensée et d'une surexcitation inouïe de
tous les sens. *Tout le monde éclaterait de rire...*
Serait-ce une fin tragique ?...

— La discussion reste ouverte, répliqua le Secrétaire perpétuel ; ce que j'ai dit des conséquences
incendiaires possibles de la rencontre s'applique-
rait à un choc direct d'une comète analogue à celle
de 1811 ; celle qui nous menace est moins colos-
sale, et son choc ne sera pas direct, mais oblique.
Comme les astronomes qui m'ont précédé à cette
tribune, je croirais plutôt, dans le cas actuel, à un
simple feu d'artifice.

« J'ajouterai que des phénomènes chimiques
bien inattendus pourraient se produire. Ainsi, par
exemple, personne n'ignore ici que l'eau et le feu
se ressemblent : de l'hydrogène qui brûle par sa
combinaison avec l'oxygène, ou de l'hydrogène
combiné avec de l'oxygène, c'est fort voisin. L'eau
des mers, des lacs, des fleuves est formée de deux
volumes d'hydrogène combinés avec un d'oxygène.
A l'origine de notre planète, cette eau était du feu.

Elle pourrait revenir à son ancien état si par certains phénomènes d'électrolyse les fers magnétiques d'un noyau cométaire venaient à la décomposer en dissociant ses molécules d'hydrogène et

Elle avait remis au Président une grande enveloppe internationale.

en les faisant brûler : toutes les mers pourraient prendre feu assez vite... »

Pendant que l'orateur parlait encore, une jeune fille de l'administration centrale des téléphones était arrivée par une porte basse, conduite par un singe domestiqué, et s'était précipitée comme l'éclair jusqu'à la place du Président pour lui remettre directement une grande enveloppe internationale carrée. Celle-ci avait été ouverte immédiatement. C'était une dépêche envoyée de l'Observatoire du Gaorisankar. Elle contenait ces seuls mots :

« Habitants de Mars envoient message photophonique. Sera déchiffré dans quelques heures. »

« Messieurs, fit le président, je viens de voir plusieurs auditeurs consulter leur montre, et je pense avec eux qu'il nous est matériellement impossible d'épuiser dans cette séance l'ordre du jour de cette importante discussion, à laquelle doivent encore prendre part des représentants éminents de la géologie, de l'histoire naturelle et de la géonomie[1]. De plus, la dépêche dont je viens de vous donner lecture introduira sans doute un nouvel élément dans le problème. Six heures approchent. Je propose une séance complémentaire pour ce soir même à neuf heures. Il est probable qu'alors nous aurons reçu d'Asie la traduction du message martien. D'ailleurs je prierai M. le Directeur de l'Observatoire de vouloir bien se tenir en communication téléphonoscopique permanente avec le Gaorisankar. Dans le cas où le message n'aurait pas été déchiffré à neuf heures, M. le Président de la Société géologique de France pourrait ouvrir la séance par l'exposé de l'étude qu'il vient précisément de terminer sur « la fin naturelle du

1. Ancienne physique du globe.

monde terrestre ». Chacun s'intéresse passionné-
ment en ce moment à tout ce qui touche à cette
question capitale, soit que la fin de notre monde
doive vraiment dépendre de la menace mystérieuse suspendue en ce moment sur nos têtes, soit
que son avènement doive se produire par d'autres
causes calculables. »

CHAPITRE IV

COMMENT LE MONDE FINIRA

> L'heure de la fin viendra, il n'y a point
> de doute là-dessus, et cependant la plupart
> des hommes n'y croient pas.
>
> MAHOMET, *Le Coran*, XL, 61.

La foule immobilisée aux portes de l'Institut s'était écartée pour livrer passage à la sortie des auditeurs, et chacun s'empressait pour connaître le résultat de la séance. Ce résultat, d'ailleurs, avait déjà transpiré, on ne sait comment, après le discours du Directeur de l'Observatoire de Paris, et le bruit circulait que la rencontre de la comète ne serait probablement pas aussi fatale qu'on

6

l'avait annoncé. De plus, d'immenses affiches venaient d'être placardées dans tout Paris, annonçant la réouverture de la Bourse de Chicago. C'était

un encouragement imprévu à la reprise des affaires publiques et aux activités de la vie normale. Voici ce qui s'était passé.

Après avoir roulé comme une boule du haut en bas de l'hémicycle, le prince de la finance dont la brusque sortie a pu frapper le lecteur de ces pages s'était précipité en aérocab à ses bureaux du boulevard Saint-Cloud et avait téléphoné à son associé de Chicago, lui déclarant que de nouveaux calculs venaient d'être présentés à l'Institut de France, que l'événement cométaire n'aurait pas la gravité annoncée, que la reprise des affaires était imminente, qu'il fallait à tout prix réouvrir la Bourse centrale américaine et acheter tous les titres qui se présenteraient, quels qu'ils fussent. Lorsqu'il est quatre heures du soir à Paris, il est dix heures du matin à Chicago. Le financier était à déjeuner lorsqu'il reçut le phonogramme de son cousin. Il n'eut pas de peine à préparer la réouverture de la Bourse et à acheter pour plusieurs centaines de millions de titres. La réouverture de la Bourse de Chicago avait été immédiatement affichée dans Paris, où il eût été trop tard pour faire le même coup, mais où l'on pouvait préparer celui du lendemain par de nouvelles combinaisons financières. Le public avait cru bénévolement à un retour personnel et spontané des Américains aux affaires, et, associant ce retour à l'impression satisfaisante de l'assemblée académique, s'était laissé reprendre aux rayons de l'espérance.

Il ne fut pas moins empressé, cependant, à la séance de neuf heures qu'il ne l'avait été à celle de trois heures et, sans un service spécial de gardes de France, il eût été impossible aux auditeurs privilégiés de parvenir aux portes du palais. La nuit était venue ; la comète trônait, flamboyante, plus éclatante, plus étendue, plus menaçante que jamais, et si, peut-être, la moitié des êtres humains paraissait plus ou moins tranquillisée, l'autre moitié restait agitée et frémissante.

L'auditoire était sensiblement le même que le précédent, chacun ayant tenu à connaître immédiatement les résultats de cette discussion publique générale, faite par les savants les plus autorisés et les plus éminents, sur le sort réservé à notre pla-

nète par les accidents célestes ou par l'attente
tranquille d'une mort naturelle. Toutefois on y
remarqua l'absence du cardinal-archevêque de
Paris, appelé subitement à Rome par le pape
pour un concile œcuménique, et qui partait
le soir même par le tube Paris-Rome-Palerme-
Tunis.

« Messieurs, dit le Président, nous n'avons pas
encore reçu la traduction de la dépêche martienne
signalée par l'Observatoire du Gaorisankar, mais
nous pouvons ouvrir immédiatement la séance
pour entendre les importantes communications
annoncées par M. le Président de la Société géologique et par M. le Secrétaire général de l'Académie météorologique. Je donne donc la parole au
premier. »

L'orateur était déjà à la tribune. Il s'exprima
dans les termes suivants, sténographiés avec
fidélité par une jeune géologue de la nouvelle
école.

« L'affluence si considérable qui se presse dans
cette enceinte, l'émotion que je vois peinte sur
tous les visages, l'impatience avec laquelle vous
attendez les discussions qui doivent encore se
produire ici, tout m'engagerait, messieurs, à
m'abstenir d'exposer devant vous l'opinion à
laquelle mes études m'ont conduit en ce qui con-

cerne le problème actuellement agité sur la surface entière de notre globe, et à laisser la parole à des esprits plus imaginatifs que le mien, ou plus audacieux. Car, pour moi, la fin du monde n'est pas proche, et l'humanité, au lieu de la voir arriver cette semaine, l'attendra sans doute encore pendant... plusieurs millions d'années..., oui, messieurs, j'ai dit plusieurs *millions*, et non plusieurs milliers.

« Vous me voyez d'une tranquillité parfaite, en ce moment, et je n'ai point le mérite d'Archimède lorsque, traçant avec sérénité ses figures géométriques sur le sable, il fut égorgé par le soldat romain du siège de Syracuse. Archimède connaissait le danger et l'oubliait; moi, je ne crois pas au danger.

« Vous ne serez donc pas surpris de m'entendre exposer avec le plus grand calme devant vous la théorie de la fin naturelle de notre monde par la nivellation très lente des continents et la submersion graduelle des terres sous l'envahissement des eaux... Mais peut-être ferais-je mieux de remettre cette dissertation à la semaine prochaine... car je ne doute pas un seul instant que nous puissions encore être tous — ou presque tous — ici pour nous entretenir des grandes époques de la nature. »

Ici l'orateur fit une pause d'un instant.

Le Président s'était levé : « Cher et éminent collègue, dit-il, nous sommes tous ici pour vous entendre. Fort heureusement, la panique de ces jours derniers est partiellement calmée, et l'on espère que la journée du 14 juillet prochain se passera comme les précédentes. Néanmoins, on s'intéresse plus que jamais à tout ce qui touche au grand problème, et nulle parole ne peut être mieux écoutée que celle de l'illustre auteur du classique *Traité de géologie*.

« Eh bien, messieurs, reprit le Président de la Société géologique de France, voici comment le monde mourra de mort naturelle, si rien ne vient déranger le cours actuel des choses, ce qui est probable, attendu que les accidents sont rares dans l'ordre du cosmos. La nature ne fait pas de sauts brusques; les géologues ne croient plus aux révolutions subites, aux bouleversements du globe, car ils ont appris que tout marche graduellement par évolution lente. En géologie, les causes actuelles sont permanentes.

« S'il est dramatique de se figurer notre globe emporté dans une catastrophe universelle, il l'est moins, assurément, de voir la seule action des forces actuellement en œuvre menacer également notre planète d'une destruction certaine. Nos continents ne semblent-ils pas d'une stabilité indéfinie? Comment, à moins d'une initiation particulière, songerait-on à mettre en doute la permanence indéfinie de cette terre, qui a porté tant de générations avant la nôtre, et sur laquelle les monuments de la plus haute antiquité laissent bien voir

que, si nous ne les voyons aujourd'hui qu'à l'état
de ruines, ce n'est pas que le sol ait refusé de les
soutenir, mais c'est surtout parce qu'ils ont subi
les injures du temps et surtout celles de l'homme?
Tempus edax, homo edacior ! Aussi loin que
remontent nos traditions, elles nous représentent
les fleuves coulant dans le même lit qu'aujourd'hui,
les montagnes se dressant à la même hauteur ; et
pour quelques embouchures qui s'obstruent, pour
quelques éboulements qui surviennent çà et là, l'importance en est si faible, relativement à l'énorme
masse des continents, qu'elle ne semble pas
donner le pronostic d'une destruction finale.

« Ainsi peut raisonner celui qui n'arrête, sur le
monde extérieur, qu'un regard superficiel et indiffé-
rent. Mais tout autre sera la conclusion d'un obser-
vateur habitué à scruter, d'un œil attentif, les modifications, même d'apparence insignifiante, qui
s'accomplissent autour de lui. A chaque pas, pour
peu qu'il sache voir, il prendra sur le fait les traces
d'une lutte incessante, entamée par les puissances
extérieures de la nature contre tout ce qui dépasse
cet inflexible niveau de l'océan, au-dessous duquel
règnent le silence et le repos. La pluie, la gelée,
la neige, le vent, les sources, les rivières, les
fleuves, tous les agents météoriques concourent à
modifier perpétuellement la surface du globe. Les
vallées sont creusées par les cours d'eau et com-
blées plus tard par les terres entraînées. Tout
change sans cesse. Ici, c'est la mer qui bat furieu-

sement ses rivages et les fait reculer de siècle en
siècle. Ailleurs, ce sont des portions de mon-

Ici, la mer bat furieusement ses rivages.

tagnes qui s'écroulent, engloutissant en quelques
minutes plusieurs villages, et semant la déso-

lation au milieu des plus riantes vallées : les avalanches et les torrents désagrégent les montagnes. Où bien ce sont des cônes volcaniques, contre lesquels s'acharnent les pluies tropicales, y découpant des ravins profonds, dont les parois s'effondrent et montrent des ruines à la place de ces géants. Les Alpes et les Pyrénées ont déjà perdu plus de la moitié de leur hauteur.

Les avalanches et les torrents désagrègent
les montagnes.

« Plus silencieuse, mais non moins efficace, est l'action de ces grands fleuves, comme le Gange et le Mississipi, dont les eaux sont si fortement chargées de particules en suspension. Chaque grain de sable qui trouble la limpidité de ces eaux est un fragment arraché à la terre ferme. Lentement, mais sûrement, les flots conduisent au grand réservoir

de la mer tout ce qu'a perdu la surface du sol,
et les résidus qui s'étalent au jour dans les deltas
ne sont rien à côté des dépôts que la mer reçoit
pour les disperser dans ses abîmes. Comment
le penseur, témoin d'une telle œuvre, et sachant
qu'elle se poursuit pendant les siècles, pourrait-il
échapper à l'idée qu'en réalité les fleuves, comme
les vagues de l'océan, mènent en permanence le
deuil de la terre ferme ?

« Cette conclusion, la géologie la confirme de
tous points. Elle nous fait voir, sur l'étendue
entière des continents, la surface du sol constamment attaquée soit par les variations de la température, soit par les alternatives de la sécheresse et de
l'humidité, de la gelée et du dégel, soit encore par
l'incessante action des vers ou des végétaux. De là
un processus de désagrégation, qui finit par ameu-
blir même les roches les plus compactes. Les
débris roulent d'abord sur les pentes et dans le lit
des torrents, où ils s'usent et se transforment peu
à peu en graviers, sables et limons, puis dans les
rivières, qui gardent encore, au moins pendant
leurs crues, une puissance suffisante pour les conduire jusqu'aux embouchures.

« Il est aisé de prévoir quel doit être le résultat
final d'une telle action. La pesanteur, toujours
agissante, n'est satisfaite que quand les matériaux
soumis à son empire ont conquis la situation la plus
stable. Or une telle conquête n'est réalisée que le
jour où ces matériaux ne peuvent plus descendre.

Il faut donc que toute pente arrive à être supprimée jusqu'à l'océan, réservoir commun où vient aboutir toute puissance de transport, et que les parcelles enlevées aux continents soient disséminées sur le fond de la mer. En résumé, c'est l'aplanissement complet de la terre ferme ou, pour mieux dire, la destruction de tout relief continental.

« Nous voyons d'abord facilement qu'au voisinage des embouchures *des plaines presque horizontales devront marquer le relief final de la terre ferme.*

« Le résultat de l'érosion par les eaux courantes doit être de faire naître, sur les lignes de partage d'un pays, des arêtes aiguës, passant rapidement à des plaines presque absolument plates, entre lesquelles ne se maintiendrait, en dernière analyse, aucun relief supérieur à une cinquantaine de mètres.

« Mais nulle part les arêtes aiguës, que cette conception laisse subsister à la séparation des bassins, ne seraient en état de se maintenir longtemps, parce que la pesanteur, l'action du vent, celle des infiltrations et des variations de température suffiraient à en provoquer l'éboulement. Aussi est-il légitime de dire que le terme auquel doit fatalement aboutir l'érosion continentale est *l'aplanissement complet de la terre ferme,* ainsi ramenée à un niveau à peine différent de celui de l'embouchure des cours d'eau. »

Le coadjuteur de l'archevêque de Paris, qui occupait la place de l'Éminence à la tribune des hauts fonctionnaires, se leva et interrompit l'orateur :

« Par là, fit-il, seront vérifiées à la lettre les paroles de l'Écriture : « Toute vallée sera comblée ; « toute montagne et toute colline sera abaissée. »

— La Bible a tout annoncé, reprit le géologue, l'eau comme le feu, et l'on y trouve tout ce que l'on y cherche. Ce que je puis assurer, c'est que, si rien ne modifie les conditions réciproques de la terre ferme et de l'océan, le relief continental est fatalement destiné à disparaître.

« Combien de temps faudra-t-il pour cela ?

« La terre ferme, si l'on étalait uniformément toutes les montagnes, se présenterait comme un plateau dominant partout la mer par des falaises d'environ 700 mètres de hauteur.

« Si nous admettons que la superficie totale des continents soit de 145 millions de kilomètres carrés, il en résultera que le volume de la masse continentale émergée peut être évalué à $145000000 \times 0,7$ ou 101500000, soit, en nombres ronds, *cent millions de kilomètres cubes*. Telle est la provision, assurément respectable, mais nullement indéfinie, contre laquelle va s'exercer l'action des puissances extérieures de destruction.

« Tous les fleuves ensemble peuvent être considérés comme amenant chaque année à la mer 23 000 kilomètres cubes d'eau (autrement dit 23 000 fois un milliard de mètres cubes). Un tel débit, pour le rapport établi de 38 parties sur

100000, donnerait un volume de matières solides égal à 10 *kilomètres cubes et* 43 *centièmes.* Ce chiffre est à celui du volume total des continents comme 1 est à 9 730 000 : si la terre ferme était un plateau uniforme de 700 mètres d'altitude, elle perdrait, de ce seul chef, *une tranche d'à peu près sept centièmes*

La terre ne sera plus qu'une immense plaine sans reliefs.

de millimètre par an, soit un millimètre en quatorze ans ou *sept millimètres par siècle.*

« Voilà, messieurs, un chiffre positif, qui exprime la valeur actuelle de l'érosion continentale. En l'appliquant à l'ensemble des continents, on trouve que cette érosion, opérant toute seule, détruirait *en moins de dix millions d'années* la masse entière des terres émergées.

« Mais la pluie et les cours d'eau ne sont pas seuls à l'œuvre sur le globe, et il y a d'autres fac-

teurs qui contribuent à la destruction progressive
de la terre ferme. Le premier est l'érosion marine.

« Il est difficile de choisir un meilleur type
d'érosion que celui des côtes britanniques ; car
leur situation les expose à l'assaut des flots atlan-
tiques, poussés par les vents dominants du sud-
ouest, et dont la violence n'a été, sur le passage,
amortie par aucun obstacle. Or le recul moyen de
l'ensemble des côtes anglaises est certainement
inférieur à trois mètres par siècle. Étendons ce taux
à tous les rivages maritimes et voyons ce qui en
résultera.

« On peut procéder à cette recherche de deux
manières. La première consiste à évaluer la perte
de volume que représente, pour la totalité des
rivages, un recul de 3 centimètres par an. Il
faut pour cela connaître leur développement, ainsi
que leur hauteur moyenne. Ce développement,
pour tout le globe, est d'environ 200.000 kilomètres. Quant à la hauteur des côtes au-dessus de
la mer, c'est l'exagérer que de la fixer, en moyenne,
à 100 mètres. Dès lors, un recul de 3 centimètres correspond à une perte annuelle de 3
mètres cubes par mètre courant, soit, pour
200 000 kilomètres de côtes, 600 millions de mètres
cubes, ce qui fait seulement *six dixièmes de kilomètre cube.* En d'autres termes, l'érosion marine ne
représenterait que la *dix-septième* partie du travail
des eaux météoriques !

« On objectera peut-être à ce mode de procéder

que, l'altitude allant en croissant des rivages à la partie centrale des continents, un même recul devrait, avec le temps, correspondre à une plus grande perte en volume. Cette objection serait-elle bien fondée ? Non ; car le travail des pluies et des cours d'eau, tendant de lui-même, comme nous l'avons dit, vers l'aplanissement complet des surfaces, continuerait à marcher de pair avec l'action des vagues.

« D'autre part, la surface de la terre ferme étant de 145 millions de kilomètres carrés, un cercle d'égale superficie devrait avoir 6800 kilomètres de rayon. Mais la circonférence de ce cercle n'aurait que 40000 kilomètres, c'est-à-dire que la mer aurait, sur le pourtour, cinq fois moins de prise qu'elle n'en a actuellement, grâce aux découpures qui portent à 200000 kilomètres la longueur des côtes. On peut donc admettre que, sur notre terre, le travail de l'érosion marine marche *cinq fois plus vite* que sur un cercle équivalent. A coup sûr, cette évaluation représente un maximum ; car il est logique de supposer que, les péninsules étroites une fois rongées par la mer, le rapport du périmètre à la surface diminuerait de plus en plus, ce qui rendrait l'action des vagues moins efficace. En tout cas, puisque, à raison de 3 centimètres par an, un rayon de 6800 kilomètres est condamné à disparaître en 226 600 000 ans, le cinquième de ce chiffre, soit environ 45 millions d'années, représenterait le minimum du temps nécessaire pour la destruction

de la terre ferme par les vagues marines ; ce serait
à peine supérieur, comme intensité, à la *cinquième
partie* de l'action continentale.

« L'ensemble des actions mécaniques paraît
donc faire perdre chaque année, à la terre ferme,
un volume de 12 kilomètres cubes, ce qui, pour un
total de 100 millions, amènerait la destruction complète en un peu plus de *huit millions d'années*.

« Seulement il s'en faut de beaucoup que nous
ayons épuisé l'analyse des phénomènes destruc-
teurs de la masse continentale. L'eau n'est pas
seulement un agent mécanique ; c'est aussi un
instrument de dissolution, instrument beaucoup
plus actif qu'on ne le croit généralement, en raison
de la proportion assez notable d'acide carbonique
que contiennent toutes les eaux, soit qu'elles l'em-
pruntent à l'atmosphère, soit qu'elles en trouvent
la source dans la décomposition des matières organiques du sol. Ces eaux, qui circulent à travers
tous les terrains, s'y chargent de substances
qu'elles enlèvent, par une véritable attaque chimique, aux minéraux des roches traversées.

« L'eau des fleuves contient, par kilomètre cube,
environ 182 tonnes de substances dissoutes. L'ensemble des fleuves apporte chaque année à la
mer *près de cinq kilomètres cubes* de substances
dissoutes. Ce ne serait donc plus douze, mais bien
dix-sept kilomètres cubes, que perdrait chaque
année la terre ferme, sous les diverses influences
qui travaillent à sa destruction. Dès lors, le total

de cent millions disparaîtrait, non plus en huit, mais en *un peu moins de six millions d'années.*

« Encore, messieurs, ce chiffre doit-il subir une

La mer aura envahi la surface entière du globe.

atténuation notable. En effet, il ne faut pas oublier que les sédiments introduits dans la mer y prennent la place d'une certaine quantité d'eau et qu'ainsi, de ce chef, le niveau de l'Océan doit s'élever, allant

7

à la rencontre de la plate-forme continentale qui s'abaisse, et dont la disparition finale se trouve accélérée d'autant.

« La mesure de ce mouvement est facile à préciser. En effet, pour une tranche donnée que perd le plateau supposé uniforme, il faut que la mer s'élève d'une quantité telle que le volume de la couche marine correspondante soit justement égal au volume de sédiments introduit, c'est-à-dire à celui de la tranche détruite. Le calcul montre que la perte en volume s'élève, en chiffres ronds, à *vingt-quatre kilomètres cubes.*

« — Donc nous pouvons conclure, puisque ce chiffre de 24 kilomètres cubes est contenu 4 166 666 fois dans celui de 100 millions, qui représente le volume continental, que *la seule action des forces actuellement à l'œuvre*, si elle se continuait sans autres mouvements du sol, *suffirait pour entraîner, dans quatre millions d'années d'ici environ, la disparition totale de la terre ferme.* La mer aura envahi la surface entière du globe.

« Mais cette disparition du relief continental, si elle peut préoccuper un géologue et un penseur, n'est pas un de ces événements dont nos générations aient à s'inquiéter; ce ne sont ni nos enfants, ni nos arrière petits-enfants, qui pourront l'apprécier d'une manière sensible. Si donc, messieurs, vous voulez bien me permettre de terminer cette conférence par un mot, un peu... fantaisiste, j'ajouterai que le comble de la prévoyance serait assurément de construire dès aujourd'hui une nouvelle arche pour pouvoir échapper aux conséquences de ce futur déluge universel. »

Telle fut la thèse savamment soutenue par le Président de la Société géologique de France. Cette exposition lente et calme des actions séculaires des agents naturels, ouvrant un avenir de quatre millions d'années aux espérances de la vie terrestre, avait eu pour résultat de détendre les nerfs surexcités par les appréhensions cométaires. L'assistance était merveilleusement calmée. A peine l'orateur fut-il descendu de la tribune et eut-il reçu les éloges de ses collègues, que des conversations animées s'échangèrent entre les groupes. Un air d'apaisement moral venait de passer à travers tous les cerveaux. On causait de la fin du monde comme de la chute d'un gouvernement ou de l'arrivée des hirondelles, sans passion, avec une indifférence complètement désintéressée. Un événement, même fatal, reculé à quarante mille siècles, ne nous touche vraiment plus du tout.

Mais le Secrétaire général de l'Académie météorologique venait de monter à la tribune, et tout le monde lui prêta aussitôt la plus sympathique attention.

« Mesdames, messieurs,

« Je vais exposer devant vous une théorie diamétralement opposée à celle de mon cher et

éminent collègue de l'Institut, et appuyée sur des
faits d'observation non moins précis et une mé-
thode de raisonnement non moins rigoureuse.

« Oui, messieurs, diamétralement opposée... »

L'orateur, doué d'une excellente vue, s'aperçut
que toutes les figures s'assombrissaient.

« ... Oh! fit-il, opposée, non pour le temps que
la nature réserve à la vie de l'humanité, mais pour
la manière dont le monde finira ; car, moi aussi, je
crois à un avenir de plusieurs millions d'années.

« Seulement, au lieu de voir la terre continentale
destinée à disparaître sous l'envahissement graduel
des eaux et finir par être entièrement submergée,
je la vois au contraire destinée à mourir de
sécheresse.

« J'aurais pu objecter aux études qui précèdent
le fait que, en bien des points, ce n'est pas la mer qui
gagne sur la terre, mais au contraire le sol qui em-
piète sur l'élément liquide, ici par les sables, les
dunes, les cordons littoraux, là par les apports
des fleuves, les deltas, les atterrissements. Mais je
ne veux pas ouvrir entre l'action contraire comparée de la mer et de la terre une discussion qui
pourrait nous entraîner trop loin ; je veux seulement appeler l'attention de l'auditoire sur un fait
géologique fort intéressant, c'est que la quantité
d'eau qui existe sur le globe diminue graduellement
de siècle en siècle. Un jour il n'y aura plus de
mers, plus de nuages, plus de pluies, plus de
sources, plus d'eau, et la vie végétale comme la

vie animale périra, non pas noyée, mais *par manque
d'eau.*

« En effet, à la surface du globe, l'eau diminue,
mers, fleuves, pluies et sources. Sans aller cher-

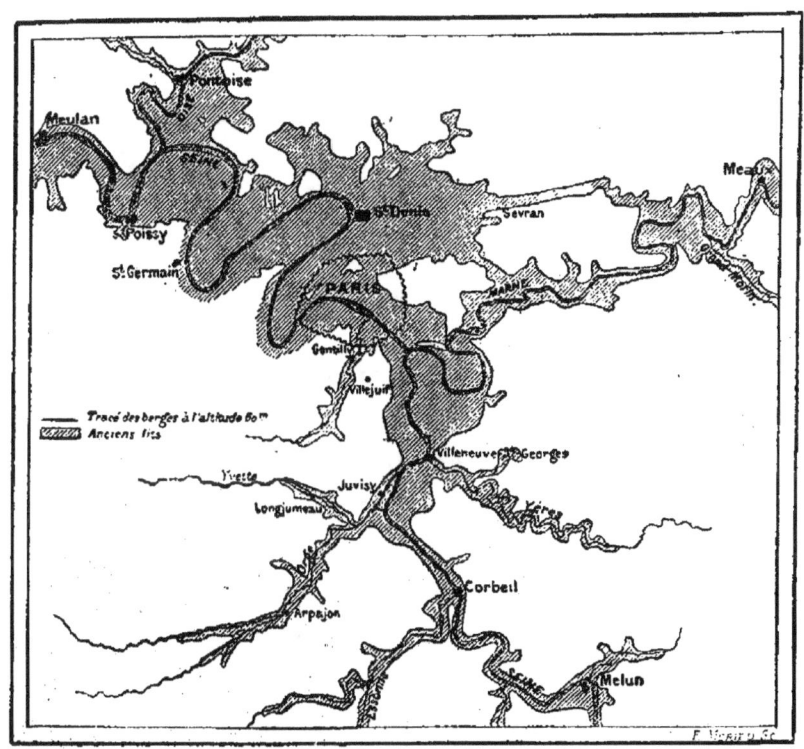

La Seine aux temps préhistoriques.

cher bien loin mes exemples, je vous rappellerai,
messieurs, qu'autrefois, au commencement de la
période quaternaire, la place où Paris s'étend
actuellement avec ses neuf millions d'habitants, du
mont Saint-Germain au confluent de la Marne,
était presque entièrement occupée par les eaux,

puisque la colline de Passy à Montmartre et au
Père-Lachaise, le plateau de Montrouge au Pan-
théon et à Villejuif et le massif du Mont-Valérien
étaient seuls émergés au-dessus de l'immense
nappe liquide. Les altitudes de ces plateaux n'ont
pas augmenté, il n'y a pas eu de soulèvements ;
mais l'eau a diminué. Voici, du reste, ajouta l'orateur en projetant une carte sur le grand tableau du
fond de l'amphithéâtre, voici quelle était la Seine
dans la région de Paris aux temps préhistoriques.

« Une quantité d'eau, très faible, il est vrai,
relativement à l'ensemble, mais non négligeable,
pénètre à travers les profondeurs du sol, soit au-
dessous du bassin des mers, par les crevasses,
les fissures, les ouvertures dues aux dislocations
et aux éruptions sous-marines, soit en pleine terre
ferme, car toute l'eau des pluies ne rencontre pas
en imbibant le sol une couche d'argile imper-
méable. En général, l'eau de pluie retourne à la
mer par les sources, les ruisseaux, les rivières et
les fleuves ; mais il faut pour cela qu'elle rencontre
un lit de terre glaise et qu'elle y coule, suivant
les pentes. Lorsqu'il n'y a pas de couche imper-
méable, elle continue de descendre par infiltration dans l'écorce poreuse du globe et vient satu-
rer les roches profondes. C'est ce qu'on appelle
l'eau de carrière.

« Cette eau-là est perdue pour la circulation.
Elle se combine chimiquement et constitue des
hydrates. Si la descente est assez profonde, l'eau

atteint une température assez élevée pour être transformée en vapeur, et telle est l'origine la plus fréquente des volcans et des tremblements de terre. Les fumées volcaniques sont presque entièrement composées de vapeur d'eau. Mais, dans l'intérieur du sol comme à l'air libre même, une partie non négligeable des eaux en mouvement dans la circulation atmosphérique se transforme en hydrates et même en oxydes; rien ne vaut l'humidité pour produire rapidement la rouille. Ainsi fixés, les éléments de l'eau, l'hydrogène et l'oxygène cessent d'être combinés à l'état liquide. Les eaux thermales, d'autre part, ne constituent-elles pas toute une circulation fluviale intérieure, et ne proviennent-elles pas de la surface? Elles n'y retournent guère, pas plus qu'à la mer.

« Soit en se fixant, soit en se combinant, soit en pénétrant les couches profondes du globe, l'eau diminue donc à la surface de la Terre. Elle descendra de plus en plus à mesure que la chaleur terrestre se dissipera.

« Les puits de chaleur que l'on a creusés depuis cent ans dans le voisinage des principales villes du monde, et qui donnent gratuitement la chaleur nécessaire aux usages domestiques, s'épuiseront avec la diminution de la température intérieure. Le jour viendra où la Terre sera refroidie jusqu'à son centre, et ce jour coïncidera avec la disparition presque totale des eaux.

« Il semble, du reste, messieurs, que tel soit le

sort des divers corps célestes de notre système

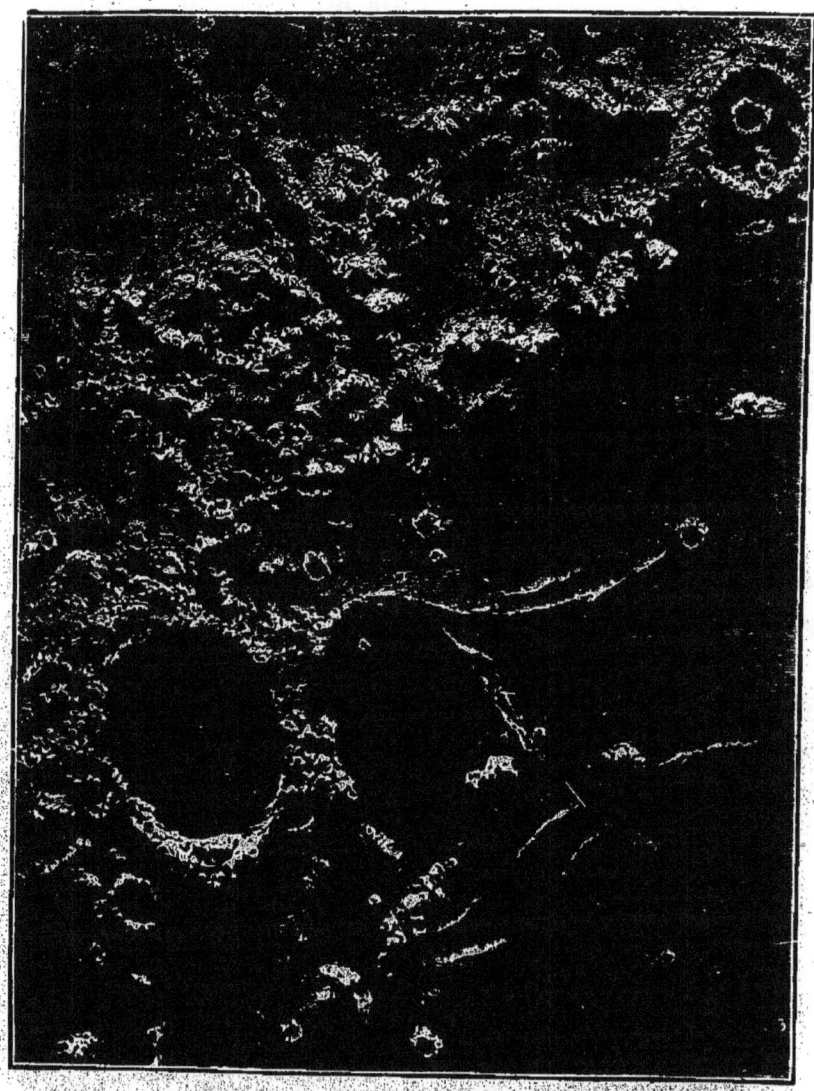

La Lune a vieilli plus vite que la Terre. Plaines arides, rochers déserts,
cirques desséchés...

solaire. Notre voisine la Lune, dont le volume et

la masse sont fort inférieurs au volume et à la masse de la Terre, s'est refroidie plus rapidement et a parcouru plus vite les phases de sa vie astrale : ses anciennes mers, sur lesquelles on reconnaît encore aujourd'hui les vestiges irrécusables de l'action des eaux, sont entièrement desséchées ; on n'y remarque jamais aucune sorte d'évaporation, aucun nuage, de même que le spectroscope n'y découvre aucune trace de vapeur d'eau. Plaines arides, rochers déserts, cirques desséchés. D'un autre côté, la planète Mars, également

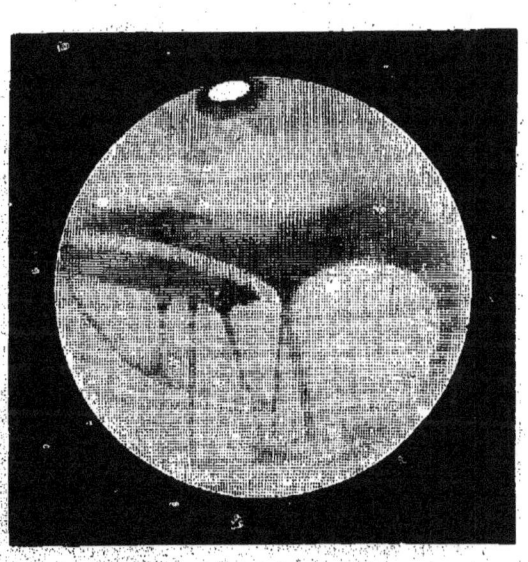

La planète Mars n'offre plus à nos yeux que des méditerranées de peu d'étendue.

ment plus petite que la Terre, est sans contredit plus avancée aussi dans sa carrière, et l'on constate qu'elle ne possède plus un seul océan digne de ce titre, mais seulement des méditerranées de médiocre étendue, peu profondes, reliées entre elles par des canaux. Qu'il y ait moins d'eau sur Mars que sur la Terre, c'est un fait constaté par l'observation ; les nuages y sont également beau-

coup plus rares et l'atmosphère y est plus sèche;
les phénomènes d'évaporation et de condensation
s'y effectuent plus rapidement qu'ici; les neiges
polaires montrent, suivant les saisons, une variation beaucoup plus étendue que les neiges terrestres. D'autre part encore, la planète Vénus, plus
jeune que la Terre, est entourée d'une immense
atmosphère constamment chargée de nuages. Quant
à l'immense Jupiter, il est encore au début de sa
vie : nous n'y voyons pour ainsi dire que des
vapeurs et des nuées. Ainsi, les quatre mondes
que nous connaissons le mieux confirment chacun
de son côté l'observation terrestre de la diminution
séculaire des eaux.

« Je suis fort heureux de faire remarquer, à ce
propos, que la thèse du nivellement général soutenue par mon savant confrère reçoit un grand
appui de l'état actuel de la planète Mars. L'éminent géologue nous disait tout à l'heure que, par
suite de l'œuvre séculaire des fleuves, des plaines
presque horizontales devront marquer dans l'avenir
le relief final de la terre ferme. C'est ce qui est
déjà arrivé pour Mars. Les plages voisines de la
mer sont si unies qu'elles sont fréquemment et
facilement inondées, comme tout le monde le sait.
D'une saison à l'autre, des centaines de milliers
de kilomètres carrés sont tour à tour secs ou
submergés par une faible épaisseur d'eau. C'est ce
qu'on observe notamment sur les plages orientales
de la mer du Sablier. Sur la Lune, pourtant, le

nivellement n'a pas été fait. Le temps aura manqué, et il n'y aura plus eu ni eaux ni vents avant sa consommation. D'ailleurs, la pesanteur y est presque sans action.

Jupiter est encore au début de sa vie : nous n'y voyons que des vapeurs et des nuées.

« Il est donc certain que, tout en subissant de siècle en siècle un nivellement fatal, comme l'a si complètement exposé mon éminent confrère, la Terre subit en même temps une diminution graduelle dans la quantité d'eau qu'elle possède. Selon

toute apparence, cette diminution marche parallèlement avec le nivellement. A mesure que le globe
perdra sa chaleur interne et se refroidira, il subira
sans doute le sort de la Lune et se crevassera.
L'extinction absolue de la chaleur terrestre aura
pour résultat d'opérer des retraits, de produire
des vides dans l'intérieur, et l'eau des océans
s'écoulera dans ces vides, sans être transformée en
vapeur, et sera soit absorbée, soit combinée avec
les roches métalliques, à l'état d'hydrate d'oxyde
de fer. La quantité d'eau diminuera indéfiniment
jusqu'à sa disparition peut-être totale. Les végétaux manqueront de leur élément essentiel, se
transformeront, mais finiront par dépérir. Les
espèces animales se transformeront également;
mais il y aura toujours des herbivores et des carnivores, et les premiers disparaîtront d'abord graduellement, entraînant la mort inévitable des autres,
jusqu'à ce qu'enfin l'espèce humaine elle-même,
malgré ses transformations, meure de faim et de
soif, sur le flanc de la terre desséchée.

« Par conséquent, messieurs, nous pouvons
conclure que la fin du monde n'arrivera point par
un nouveau déluge, mais *par la diminution de l'eau.*
Sans eau, la vie terrestre est impossible. L'eau
constitue la partie essentielle de tous les corps
vivants. Le corps humain lui-même en est formé,
dans l'énorme proportion de 70 pour 100. Sans
eau, il ne peut exister ni plantes ni animaux.
Soit à l'état liquide, soit à l'état de vapeur,

c'est elle qui régit toute la vie terrestre. Sa suppression équivaut à un arrêt de mort. Et cet arrêt, la nature nous l'infligera... dans une dizaine de millions d'années. J'ajoute que le nivellement ne sera pas terminé auparavant. M. le Président de la Société géologique de France a pris soin lui-même de faire remarquer que ses quatre millions d'années s'appliquent à l'hypothèse que les causes actuelles de destruction de la terre ferme agiraient toujours dans la même mesure qu'aujourd'hui, sans que rien vînt jamais troubler leur action, et, d'autre part, il enseigne lui-même que les manifestations de l'énergie intérieure ne peuvent pas cesser dès aujourd'hui. Des soulèvements s'observeront longtemps encore ici et là, et, les accroissements continentaux par les deltas, les îles volcaniques et madréporiques, etc., se feront longtemps encore. La période indiquée ne représentait donc qu'un minimum. »

Ainsi parla le Secrétaire général de l'Académie météorologique. L'auditoire avait écouté ces deux plaidoyers avec l'attention la plus soutenue, et manifestait d'ailleurs par son attitude qu'il était pleinement rassuré sur le sort actuel de la Terre : il semblait même avoir complètement oublié la comète.

« La parole est à Mademoiselle la chéfesse du bureau des Calculs de l'Observatoire. »

A cette invitation, la jeune lauréate de l'Institut

avec laquelle nous avons fait connaissance au
début de ce livre se dirigea vers la tribune.

« Mes deux savants collègues, fit-elle, sans
exorde superflu, ont raison tous les deux, puisque
d'une part il est incontestable que les agents météoriques, aidés par la pesanteur, nivellent insensiblement le globe terrestre, dont l'écorce s'é-
paissit et se solidifie de plus en plus, et que
d'autre part la quantité d'eau diminue de siècle en
siècle à la surface de notre planète. Ce sont là
deux points que la science peut considérer comme
acquis. Mais, messieurs, il me semble pourtant
que la fin du monde n'aura pour cause ni la submersion des continents ni le manque d'eau pour
l'entretien de la vie des plantes et des animaux. »

Cette nouvelle déclaration, cette annonce d'une
troisième hypothèse, parut frapper l'auditoire d'un
étonnement voisin de la stupéfaction.

« Et je ne crois pas davantage, se hâta d'ajouter
l'élégante oratrice, que ce soit la comète qui se
charge de la catastrophe finale ; car je pense, avec
mes deux éminents prédécesseurs à cette tribune,
que les mondes ne meurent pas d'accident, mais
de vieillesse.

« Oui, sans doute, messieurs, continua-t-elle,
l'eau diminuera, et peut-être finira-t-elle même par
disparaître entièrement ; mais ce n'est pas ce
manque d'eau en lui-même qui amènera la fin des
choses, ce sera sa conséquence climatologique.
La diminution de la vapeur d'eau dans l'atmosphère

amènera le refroidissement général, et mes études
m'ont amené à la conclusion que c'est *par le froid*
que l'humanité périra.

« Je n'apprendrai à personne ici que l'atmosphère terrestre respirable est composée de 79 pour
100 d'azote, de 20 pour 100 d'oxygène, et que le
centième restant est formé par la vapeur d'eau
pour un quart de centième environ, par l'acide
carbonique pour 3 dix-millièmes, par de l'ozone ou
oxygène électrisé, de l'ammoniaque, de l'hydrogène
et quelques autres gaz en quantité infiniment
petite. L'azote et l'oxygène forment donc 99 centièmes, et la vapeur d'eau le quart du centième
restant.

« Mais, messieurs, au point de vue de la vie
végétale, animale et humaine, ce quart de centième
de vapeur d'eau est de la plus haute importance, et
je ne crains pas d'affirmer que, en ce qui concerne
la température et le climat, cette petite quantité de
vapeur d'eau est plus essentielle que tout le reste
de l'atmosphère! Et d'ailleurs, messieurs, ne sont-
ce pas souvent les plus petites choses qui mènent
le monde?

« Les ondes de chaleur qui arrivent du Soleil à
la Terre, qui échauffent le sol et qui en émanent
ensuite pour se répandre dans l'espace en traversant l'atmosphère, se heurtent au passage contre
les atomes d'oxygène et d'azote, et contre les molécules de vapeur d'eau disséminées dans l'air.
Ces molécules sont si clairsemées (puisqu'elles ne

représentent pas en volume la centième partie de
l'espace occupé par les autres) que l'on pourrait
croire que, si de la chaleur est conservée, c'est
plutôt par l'azote et l'oxygène que par la vapeur
d'eau. En effet, si nous considérons les atomes en
particulier, nous voyons que pour 200 d'oxygène et
d'azote il y en a à peine 1 de vapeur aqueuse. Eh
bien! ce seul atome a quatre-vingts fois plus d'énergie, plus de valeur effective pour conserver la chaleur
rayonnante, que les 200 d'oxygène et d'azote! Par
conséquent, une molécule de vapeur d'eau est seize
mille fois plus efficace qu'une molécule d'air sec
pour absorber la chaleur — comme pour la rayonner — car les deux pouvoirs sont réciproques et
proportionnels. Diminuez dans une forte proportion ces molécules invisibles de la vapeur d'eau, et
la Terre devient immédiatement inhabitable malgré
l'oxygène : toutes les contrées, même l'équateur et
les tropiques, perdent soudain la chaleur qui les
fait vivre, et sont condamnées au climat des hautes
montagnes où sévissent des frimas éternels ; au lieu
des plantes luxuriantes, des fleurs et des fruits,
des oiseaux et des nids, de la vie qui pullule sur
le globe et dans les eaux, au lieu des ruisseaux
gazouillants, des limpides rivières, des lacs et des
mers, nous n'avons plus autour de nous que des
glaces immobiles au sein d'un immense désert...
Et quand je dis *nous*, mesdames, vous m'enten-
dez, nous ne resterions pas longtemps là pour le
voir, car notre sang lui-même se figerait dans nos

artères et dans nos veines, et tous les cœurs
humains auraient bientôt cessé de battre. Voilà

Autrefois, les plantes tropicales s'épanouissaient aux pôles.

quelles seraient les conséquences de la suppression de la vapeur aqueuse qui, répandue dans
notre atmosphère, agit comme une serre pro-

tectrice et bienfaisante pour la vie terrestre tout
entière.

« Les principes de la thermodynamique dé-
montrent que la température de l'espace est de
273 degrés au-dessous de zéro. C'est là, messieurs,
le froid plus que glacial au milieu duquel notre planète s'endormira, lorsqu'elle sera privée du voile
aérien qui l'enveloppe si chaudement aujourd'hui
de son duvet protecteur.

« C'est là le sort réservé à la Terre par la
diminution graduelle de l'eau qui existe à sa
surface. Cette mort par le froid est inévitable, si
notre séjour dure assez longtemps pour l'attendre.

« Une telle fin est d'autant plus certaine que ce
n'est pas seulement la vapeur d'eau qui diminue,
mais encore les autres éléments de l'air, l'oxygène
et l'azote, en un mot l'atmosphère tout entière.
L'oxygène se fixe insensiblement par tous les
oxydes qui se forment perpétuellement à la surface du globe; l'azote se fixe par les plantes et
les terres, et ne retourne pas intégralement à
l'état gazeux; l'atmosphère pénètre, par sa pression, les océans et les continents, et descend,
elle aussi, dans les régions souterraines. Peu à
peu, de siècle en siècle, l'atmosphère diminue.
Autrefois, durant la période primaire, par exemple,
elle était immense, les eaux couvraient presque
entièrement le globe, les premiers soulèvements
granitiques émergeaient seuls de l'océan universel

et l'atmosphère était imprégnée d'une quantité de
vapeur d'eau incomparablement supérieure à celle
des temps modernes. C'est ce qui explique la
haute température de ces époques disparues,

MEYER.

La misérable race humaine périra par le froid.

lorsque les plantes tropicales de nos jours, les
fougères arborescentes, ainsi que les calamites,
les équisétacées, les sigillaires, les lépidoden-
drons, croissaient en opulentes forêts aux pôles
aussi bien qu'à l'équateur. Aujourd'hui, l'atmo-

sphère et la vapeur d'eau ont considérablement diminué. Dans l'avenir, elles sont destinées à disparaître. Sur Jupiter, qui en est encore à son époque primaire, l'atmosphère est immense et pleine de vapeurs. Sur la Lune, il semble bien qu'il n'y ait presque plus d'atmosphère du tout; aussi sa température est-elle constamment inférieure à la glace, même en plein soleil. Sur Mars, l'atmosphère est sensiblement plus raréfiée que la nôtre. Sur notre planète, dans l'avenir, la misérable race humaine périra par le froid.

« Quant au temps nécessaire pour amener le règne du froid causé par la diminution de l'atmosphère aqueuse qui enveloppe le globe, j'adopterais aussi les dix millions d'années calculées par l'orateur qui m'a précédé.

« Telles sont, mesdames, les étapes que la nature paraît avoir tracées à la marche vitale des mondes, du moins dans le système planétaire auquel nous appartenons. Je conclus donc que la Terre aura le sort de la Lune et finira par le froid, lorsqu'elle sera dépouillée de la robe aérienne qui la garantit actuellement de la déperdition perpétuelle de la chaleur qu'elle reçoit du Soleil. »

Le Chancelier de l'Académie colombienne, arrivé le jour même de Bogota, en aéronef électrique, pour assister à ces discussions, demanda la parole.

On savait qu'il avait fondé à l'équateur même, et à trois mille mètres d'altitude, un observatoire dominant la planète entière, d'où l'on voyait à la fois les deux pôles du ciel, et l'on se souvenait que, en témoignage de sa sympathie pour la France, il avait donné à ce temple d'Uranie le nom d'un astronome français qui avait consacré sa vie entière à étudier les autres mondes, à les faire connaître aux consciences éclairées et à établir le rôle souverain de l'astronomie en toute doctrine philosophique ou religieuse. On connaissait depuis longtemps sa renommée universelle, et on l'écouta avec une attention toute spéciale.

« Messieurs, fit-il, à peine monté à la tribune, nous avons entendu, dans ces deux séances, admirablement résumées, les curieuses théories que la science moderne est en droit d'offrir à l'esprit humain sur les diverses manières dont notre monde terrestre pourra finir. L'embrasement de l'atmosphère ou l'asphyxie de nos poumons, causés par la rencontre de la comète qui approche avec rapidité; ou bien, pour un avenir lointain, la submersion des continents dus à leur descente générale au fond des mers; le desséchement de la Terre et de l'atmosphère par la diminution graduelle de l'eau; et enfin le refroidissement de notre malheureuse planète vieillie à l'état de lune caduque et glacée. Voilà, si je ne me trompe, cinq sortes de fins possibles.

« M. le Directeur de l'Observatoire a dit qu'il ne croyait pas aux premières fins, et que, pour lui, la rencontre de la comète sera à peu près inoffensive. Je suis absolument du même avis, et je désire ajouter maintenant qu'après avoir attentivement écouté les très savantes dissertations de mes éminents collègues, je ne crois pas non plus aux trois autres.

« Mesdames, continua l'astronome colombien, vous savez comme nous que rien n'est éternel... Tout change au sein de l'immense nature. Les bourgeons du printemps s'épanouissent en fleurs, les fleurs se transforment en fruits, les générations se succèdent et la vie accomplit son œuvre. Le monde où nous sommes finira donc, de même qu'il a commencé. Mais, à mon avis du moins, ce n'est ni la comète, ni l'eau, ni l'absence d'eau qui amèneront son agonie. Le problème gît tout entier, me semble-t-il, dans le dernier mot de l'allocution si remarquable qui vient d'être prononcée par notre gracieuse collègue Mademoiselle la chéfesse du bureau des Calculs.

« Oui, le SOLEIL, tout est là.

« La vie terrestre est suspendue aux rayons du Soleil. Que dis-je? elle n'est qu'une transformation de la chaleur solaire. C'est le Soleil qui entretient l'eau à l'état liquide et l'air à l'état gazeux; sans lui tout serait solide et mort; c'est lui qui vaporise l'eau des mers, des lacs, des fleuves, des terres humides, forme les nuages, donne naissance aux vents, dirige les pluies, régit la féconde circulation des eaux; c'est grâce à la lumière et à la chaleur solaires que les plantes s'assimilent le charbon contenu dans l'acide carbonique de l'air : pour séparer l'oxygène du carbone et retenir celui-ci, la plante effectue un immense travail; la fraîcheur des forêts a pour cause cette conversion de la chaleur solaire en travail végétal, jointe à l'ombre des arbres au puissant feuillage; le bois qui nous chauffe dans l'âtre ne fait que rendre la chaleur solaire emmagasinée, et, lorsque nous brûlons du gaz ou de la houille, nous remettons aujourd'hui en liberté les rayons du soleil emprisonnés depuis des millions d'années dans les forêts de l'époque primaire. L'électricité elle-même n'est que la transformation du travail dont le Soleil est la source première. C'est donc le Soleil qui murmure dans la source, qui souffle dans le vent, qui gémit dans la tempête, qui fleurit dans la rose, qui gazouille dans le rossignol, qui étincelle dans l'éclair, qui tonne dans l'orage, qui chante ou qui gronde dans toutes les symphonies de la nature.

« Ainsi, la chaleur solaire se transforme en courants d'air ou d'eau, en puissance expansive des gaz et des vapeurs, en électricité, en bois, en fleurs, en fruits, en force musculaire; aussi longtemps que cet astre brillant pourra nous fournir une chaleur suffisante, la durée du monde et de la vie est assurée.

« La chaleur du Soleil a très probablement pour

cause la condensation de la nébuleuse qui a donné
naissance à l'astre central de notre système; cette
transformation du mouvement a dû produire 28 millions de degrés centigrades : vous savez, messieurs, qu'un kilogramme de houille tombant sur
le Soleil d'une distance infinie produirait par son
choc six mille fois plus de chaleur que n'en donnerait sa combustion. Au taux de la radiation
actuelle, la provision de chaleur solaire représente
le rayonnement de l'astre pendant 22 millions d'années, et il est fort probable qu'il brûle depuis
beaucoup plus longtemps, car rien ne prouve que
les éléments de la nébuleuse aient été absolument froids; au contraire, ils portaient déjà en eux-
mêmes une véritable provision de chaleur. L'astre
du jour ne paraît avoir rien perdu de sa haute
température; il continue de se condenser, et cette
condensation peut réparer les pertes de la radiation.

« Cependant tout a une fin. Si le Soleil, en
continuant de se condenser, arrivait un jour à la
densité de la Terre, cette condensation produirait
une nouvelle quantité de chaleur suffisante pour
maintenir encore pendant 17 millions d'années la
même intensité de calorique qui entretient actuellement la vie terrestre, et ce terme peut être prolongé en admettant une diminution dans le taux de
la radiation, une chute de météores tombant sur
l'astre dévorant, et une condensation continuée au
delà de la densité terrestre. Mais, aussi loin que

nous reculions ce terme, il arrivera fatalement.
Les soleils qui s'éteignent dans les cieux sont
autant d'exemples anticipés du sort réservé à celui

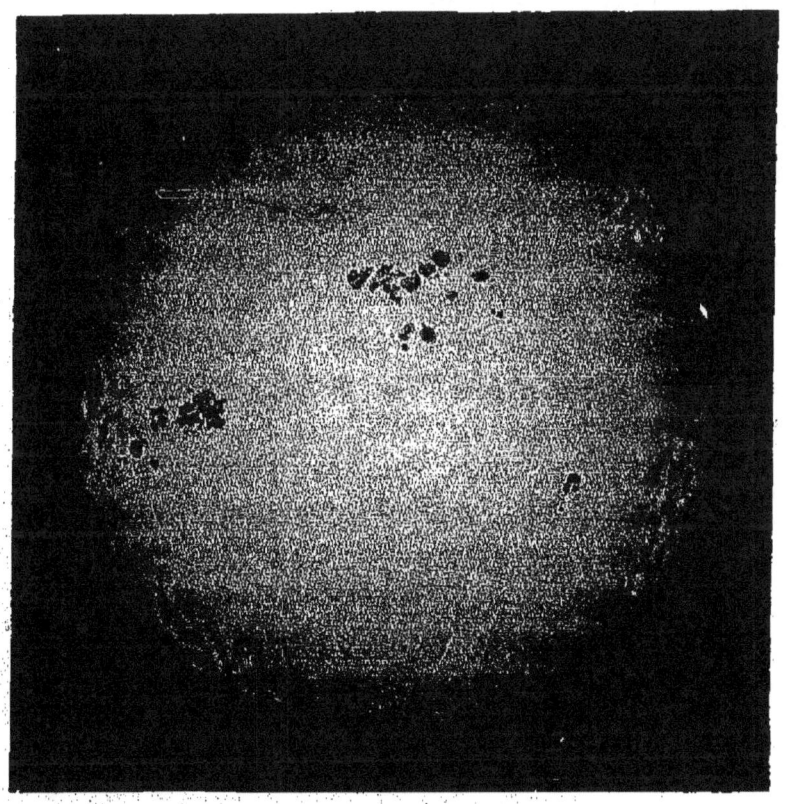

Déjà, en certaines années, le Soleil se couvre de taches immenses.

qui nous éclaire. Déjà, d'ailleurs, en certaines
années il se couvre de taches immenses.

« Mais qui pourrait dire si d'ici à dix-sept, vingt,
trente millions d'années ou davantage les merveilleuses facultés d'adaptation que la physiologie et

la paléontologie ont découvertes dans toutes les espèces animales et végétales ne conduiront pas l'espèce humaine, de stage en stage, de degré en degré, à un état de perfection physique et intellectuelle autant supérieur à notre état actuel que celui-ci l'est à l'iguanodon, au stégosaure ou au compsonote des époques géologiques disparues? Qui sait si nos squelettes fossiles ne paraîtront pas à nos successeurs aussi monstrueux que ceux des dinosauriens? Peut-être alors la stabilité de la température fera-t-elle douter qu'une race vraiment intelligente ait été contemporaine d'une époque soumise comme la nôtre aux sauts insensés du thermomètre et aux variations fantastiques de l'état du ciel qui caractérisent vos burlesques saisons. Et qui sait si plusieurs fois d'ici là quelque immense révolution du globe, quelque transformation générale, n'ensevelira pas le passé en de nouvelles couches géologiques pour reconstituer une nouvelle ère, de nouvelles périodes, quinquennaire, sexennaire, tout à fait différentes des précédentes?

« Ce qui est certain, c'est que le Soleil finira par perdre sa chaleur; sa masse se condense et se resserre, sa fluidité diminue. Il arrivera une époque où la circulation qui alimente la photosphère et qui régularise sa radiation en y faisant participer l'énorme masse presque entière sera gênée et commencera à se ralentir. Alors la radiation de lumière et de chaleur diminuera, la vie

végétale et animale se resserrera de plus en plus
vers l'équateur terrestre. Quand cette circulation
aura cessé, la brillante photosphère sera remplacée par une croûte opaque et obscure qui sup-
primera toute radiation lumineuse. Le Soleil
deviendra un boulet rouge sombre, puis un boulet
noir, et la nuit sera éternelle. La Lune, qui ne
brille que par la lumière solaire réfléchie, n'éclairera
plus les nuits solitaires. Notre planète ne recevra
plus que la lumière des étoiles. La chaleur solaire
étant éteinte, l'atmosphère demeurera en un calme
absolu, sans qu'aucun vent puisse souffler d'aucune
direction. Si les mers existent encore, elles seront
solidifiées par le froid; aucune évaporation ne
viendra former de nuages, aucune pluie ne tombera plus, aucune source ne coulera plus. Peut-
être les derniers spasmes d'un flambeau à l'agonie,
comme on le voit dans les étoiles prêtes à
s'éteindre, peut-être un développement accidentel
de chaleur, dû à quelque affaissement de la croûte
solaire, réveilleront-ils un instant le vieux soleil
des anciens jours, mais ce ne seraient encore là
que les symptômes de la fin dernière.

« Et la Terre, boulet noir, cimetière glacé, con-
tinuera de tourner autour du Soleil noir, et de
voguer dans la nuit infinie, emportée avec tout le
système solaire dans l'abîme immense. *C'est l'extinction du Soleil qui aura amené la mort de la
Terre... dans une vingtaine de millions d'années,* ou
même plus tard... le double, peut-être. »

L'orateur s'arrêta, et se préparait à descendre de la tribune, quand le Directeur des Beaux-Arts demanda la parole :

« Messieurs, dit-il de sa place, si j'ai bien compris, la fin du monde arrivera probablement par le froid, et seulement dans plusieurs millions d'années. Si donc un peintre devait représenter la dernière scène, il devrait couvrir la Terre de glaciers et de squelettes...

— Pas précisément, répliqua le Chancelier colombien. Ce n'est pas le froid qui est la cause première des glaciers, c'est... *la chaleur*.

« Si le Soleil n'évaporait pas l'eau des mers, aucun nuage ne se produirait et, sans l'astre du jour, il n'y aurait non plus aucune sorte de vent. Pour fabriquer des glaciers, il faut d'abord un soleil qui vaporise l'eau et la transporte à l'état de nuage, et ensuite un condenseur. Vous savez que chaque kilogramme de vapeur produite représente une quantité de chaleur solaire suffisante pour élever 5 kilogrammes de fonte de fer à son point de fusion (1110 degrés)! En affaiblissant suffisamment l'action du Soleil, nous tarissons la source des glaciers.

« Ainsi, ce n'est ni de la neige, ni des glaciers qui enseveliront la Terre; mais ce qui restera de la mer sera gelé, il n'y aura plus depuis longtemps ni fleuves ni rivières, et tout mouvement atmosphérique sera arrêté.

« A moins pourtant que le Soleil n'ait subi,

avant de rendre le dernier soupir, l'un des spasmes
dont nous parlions tout à l'heure, n'ait fondu les
glaces endormies, n'ait produit de nouveau des
nuages et des courants aériens, n'ait réveillé les
sources, les ruisseaux et les rivières, et, après cette
période de perfide réveil, ne soit subitement retombé dans la léthargie. Ce serait un jour sans
lendemain. »

Une nouvelle voix, partie du centre de l'hémicycle, se fit entendre. C'était celle d'un électricien
célèbre.

« Toutes ces causes de mort par le froid, fit-il,
sont plausibles; mais la fin du monde par le feu?
On n'en a parlé qu'à propos de la rencontre cométaire. Elle pourrait arriver autrement.

« Sans parler de l'effondrement possible des continents dans le feu central, amené par un tremblement de terre général ou quelque dislocation formidable des assises de la terre ferme, il me semble
qu'une volonté suprême suffirait, sans aucun choc,
pour arrêter le mouvement de notre planète dans
son cours et transformer ce mouvement en chaleur.

— Une volonté? interrompit une autre voix. Mais
la science positive n'admet pas de miracle dans la
nature.

— Ni moi non plus, répéta l'électricien. Quand
je dis volonté, je veux dire force idéale et invisible.
Je m'explique.

« Le globe terrestre vole dans l'espace avec

une vitesse de 106000 kilomètres à l'heure ou
29460 mètres par seconde. Si quelque Soleil, brillant ou obscur, chaud ou froid, arrivait du fond de
l'espace de manière à former avec notre Soleil une
sorte de couple électro-dynamique et à placer notre
planète sur cette ligne de force en agissant sur elle
comme un frein ; si, en un mot, par une cause quelconque, la Terre était subitement arrêtée dans son
cours, son mouvement de masse se transformerait
en mouvement moléculaire, et notre planète se
trouverait subitement élevée à un tel degré de chaleur qu'elle serait à peu près tout entière réduite
en vapeur...

— Il me semble, ajouta de sa place le Directeur
de l'Observatoire du Mont-Blanc, que la Terre
pourrait encore mourir par le feu autrement.
Nous avons observé naguère dans le ciel une étoile
temporaire qui est passée en quelques semaines
du seizième ordre d'éclat au quatrième. Ce lointain
Soleil était devenu subitement cinquante mille fois
plus lumineux et plus chaud ! oui, cinquante mille
fois ! Si pareil sort arrivait à notre Soleil, rien de
vivant ne resterait sur notre planète. Tout serait
rapidement incendié, consumé, desséché ou vapo-
risé, planètes, animaux, race humaine avec ses
œuvres.

« D'après l'analyse spectrale de la lumière émise
pendant cette conflagration, il est probable que la
cause de cette subite exaltation était due à l'arrivée
de ce Soleil et de son système dans une sorte de

nébuleuse. Notre Soleil vogue lui-même avec une grande vitesse vers la constellation d'Hercule et pourrait fort bien nous ménager quelque jour une rencontre de ce genre. On pourrait donc aussi mourir de chaleur et de sécheresse. La Terre deviendrait en quelques jours

On mourrait de chaleur et de sécheresse.

un désert brûlant, aride et desséché, où l'on ne pourrait plus respirer que l'atmosphère d'une fournaise. »

« Messieurs, fit en se levant, le Directeur de l'Observatoire de Paris, voulez-vous me permettre de résumer en quelques mots ces intéressantes dissertations sur ce grand problème de la fin du monde?

« D'après tout ce que nous venons d'entendre, notre planète n'aura vraiment que l'embarras du choix pour en finir avec la vie. Je ne crois pas plus que tantôt au péril apporté par la comète actuelle. Mais il faut avouer que, au point de vue astronomique seul, ce pauvre globe errant est exposé à

plus d'un piège. L'enfant qui naît en ce monde et
qui est destiné à devenir homme ou femme peut
être comparé à un individu qui serait placé à
l'entrée d'une rue assez étroite, dans le genre
de ces rues pittoresques et arquebusières du
seizième siècle, bordée de maisons dont chaque
fenêtre serait occupée par un chasseur armé d'un
de ces jolis fusils-revolvers du siècle dernier. Il
s'agit pour cet individu de parcourir cette rue dans
toute sa longueur et d'éviter la fusillade dirigée sur
lui presque à bout portant. Toutes les maladies
sont là qui nous menacent et nous guettent : la
dentition, les convulsions, le croup, la méningite,
la rougeole, la petite vérole, la fièvre typhoïde, la
pneumonie, l'entérite, la fièvre cérébrale, l'anévrisme, la phtisie, le diabète, l'apoplexie, le cho-
léra, l'influenza, etc., etc.; je veux en oublier plus
d'une que nos auditeurs et nos auditrices n'auront
pas de peine à adjoindre à cette énumération de
premier jet. Notre infortuné voyageur arrivera-t-il
sain et sauf au bout de la rue? S'il y arrive,... ce
sera pour y mourir tout de même.

« Notre planète court ainsi dans sa rue solaire,
avec une vitesse de plus de cent mille kilomètres
à l'heure, et le Soleil l'emporte en même temps avec
ses sœurs vers la constellation d'Hercule. En résu-
mant ce qui vient d'être dit et en rappelant ce qui
peut avoir été oublié : elle peut rencontrer une
comète dix ou vingt fois plus grosse qu'elle, composée de gaz délétères qui empoisonneraient notre

atmosphère respirable. Elle peut rencontrer un
essaim d'uranolithes qui feraient sur elles l'effet
d'une décharge de plomb sur une alouette. Elle
peut rencontrer sur son chemin un boulet invisible
beaucoup plus gros qu'elle, et dont le choc suffirait
pour la réduire en vapeur. Elle peut rencontrer un
Soleil qui la consumerait instantanément, comme

Ce sera la fin.

une fournaise dans laquelle on jette une pomme.
Elle peut être prise dans un système de forces
électriques qui exercerait l'action d'un frein sur
ses onze mouvements et qui la fondrait ou la ferait
flamber comme un fil de platine sous l'action d'un
double courant. Elle peut perdre l'oxygène qui nous
fait vivre. Elle peut éclater comme le couvercle
d'un volcan. Elle peut s'effondrer en un immense
tremblement de terre. Elle peut abîmer sa surface
au-dessous des eaux et subir un nouveau déluge
plus universel que le dernier. Elle peut, au con-

traire, perdre toute l'eau qui constitue l'élément
essentiel de son organisation vitale. Elle peut être
attirée par le passage d'un corps céleste qui la
détacherait du Soleil et la jetterait dans les abimes
glacés de l'espace. Elle peut être emportée par le
Soleil lui même, devenu satellite d'un nouveau
Soleil prépondérant et prise dans l'engrenage d'un
système d'étoile double. Elle peut perdre, non
seulement les derniers restes de sa chaleur interne,
qui n'ont plus d'action à sa surface, mais encore
l'enveloppe protectrice qui maintient sa température
vitale. Elle peut un beau jour n'être plus éclairée,
échauffée, fécondée par le Soleil obscurci ou refroidi. Elle peut, au contraire, être grillée par un
décuplement subit de la chaleur solaire analogue à
ce qui a été observé dans les étoiles temporaires.
Elle peut... Mais, messieurs, n'épuisons pas toutes
les causes d'accidents ou de maladies mortelles
et laissons-en l'énumération facile aux soins de
MM. les géologues, les paléontologues, les mé-
téorologistes, les physiciens, les chimistes, les bio-
logistes, les médecins, les botanistes et même les
vétérinaires, attendu qu'une épidémie bien établie,
ou l'arrivée invisible d'une nouvelle armée de mi-
crobes convenablement morbifiques, pourrait suffire pour détruire l'humanité et les principales
espèces animales et végétales, sans amener pour
cela le moindre dommage astronomique à la planète
proprement dite. Elle n'a donc vraiment que l'embarras du choix. Fontenelle disait : « Chacun se

tourmente de mourir, mais, en définitive, tout le monde s'en tire. » Il en sera de même pour notre planète. Mais ce n'est pas la comète actuelle qui la tuera. Je partage l'opinion de notre jeune et savante chéfesse du bureau des Calculs: la diminution de la vapeur d'eau de l'atmosphère précédera l'extinction du Soleil et la vie terrestre s'éteindra par l'absence d'eau et par le froid. Ce sera la fin. »

Au moment même où l'orateur venait de prononcer ces dernières paroles, on entendit tomber subitement du plafond une voix étrange qui paraissait venir des profondeurs de l'espace... Mais peut-être est-il utile de donner ici quelques mots d'explication.

Les Observatoires établis sur les plus hautes montagnes du globe étaient, avons-nous dit, reliés téléphoniquement avec l'Observatoire de Paris, et les téléphones d'arrivée parlaient à distance, sans qu'on eût besoin de placer aucun appareil récepteur contre l'oreille. Le lecteur se souvient sans doute qu'à la fin de la séance précédente on avait apporté un phonogramme du mont Gaorisankar annonçant un message photophonique des habitants de Mars, que l'on allait immédiatement déchiffrer. Comme l'interprétation de ce document n'avait pas encore été reçue au moment de l'ouverture de la seconde séance, l'administration des Communications électriques avait mis l'Institut en rapport avec l'Observatoire, et un téléphonoscope avait été suspendu au dôme de l'amphithéâtre au moment même de l'ouverture des portes.

Tombant d'en haut, la voix disait :

« *Les astronomes de la ville équatoriale de Mars préviennent les habitants de la Terre que la comète arrivera directement sur eux avec une vitesse égale à presque le double de la vitesse orbitale de Mars. Mouvement transformé en chaleur et chaleur en électricité. Orage magnétique intense. S'éloigner de l'Italie.* »

La voix s'arrêta au milieu du silence et de l'effarement de tous les esprits, à l'exception de quelques sceptiques encore ; car l'un d'eux, directeur du journal *la Joyeuse Critique*, braquant un monocle sur son œil droit, s'était levé de la tribune des reporters et avait crié d'une voix retentissante :

« Je crains, vénérables savants, que l'Institut ne soit dupe d'une bonne farce. On ne me fera jamais croire que les habitants de Mars — en admettant même qu'ils existent et nous envoient vraiment des avis — connaissent l'Italie par son nom. Pour ma part, je doute qu'aucun d'eux ait lu les *Commentaires* de César ou l'*Histoire des papes*, d'autant plus que... »

Soudain, l'orateur, qui commençait à se lancer dans un intéressant dithyrambe, fut arrêté par l'extinction subite de l'électricité. La salle se trouva plongée dans l'obscurité, à l'exception d'un grand tableau lumineux au plafond. La voix ajouta quatre mots : « *Voici la dépêche martienne* », et aussitôt

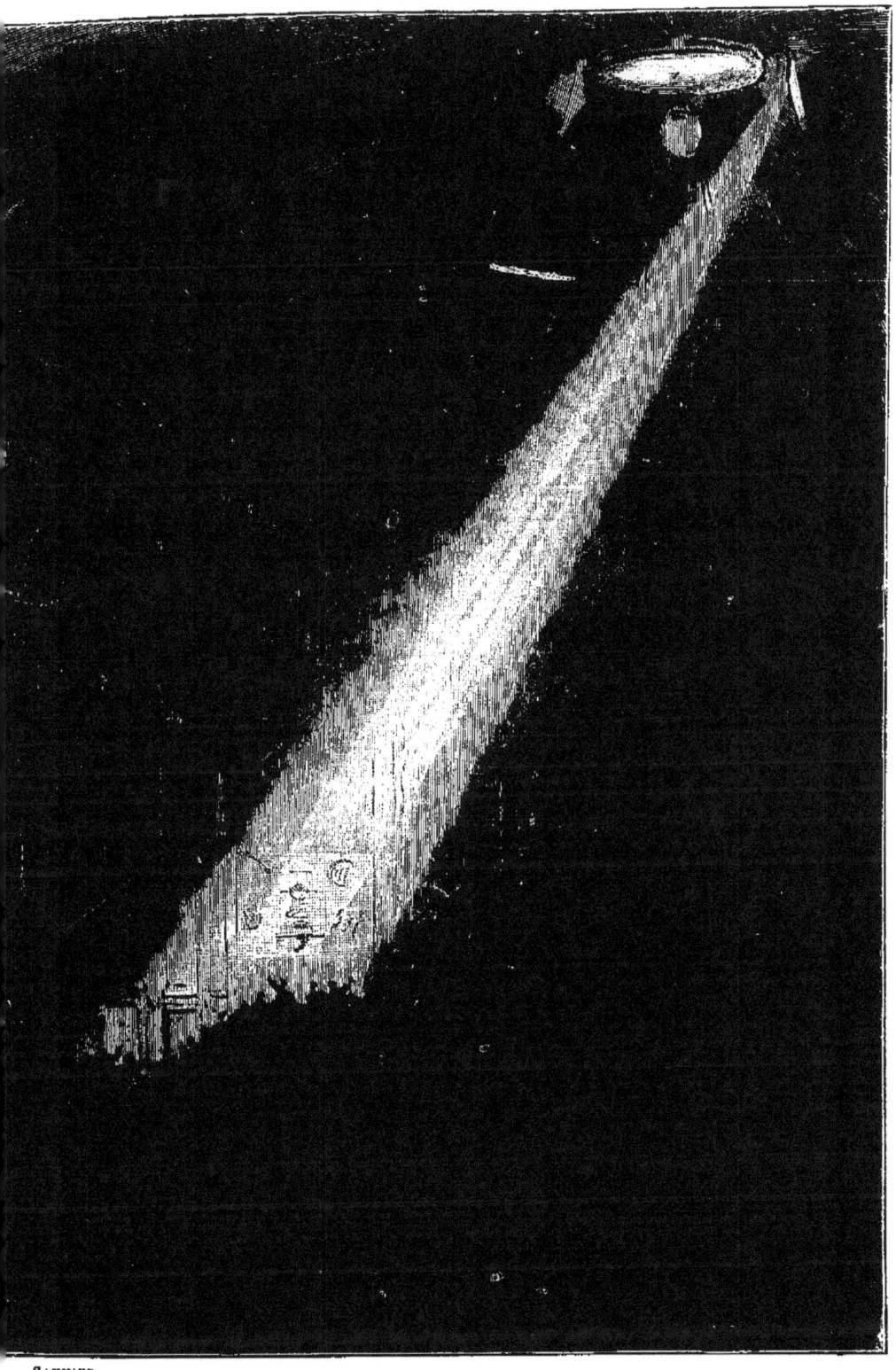

SAUNIER.

On projeta la dépêche martienne sur l'écran.

on vit apparaître les signes suivants sur la plaque
du téléphonoscope :

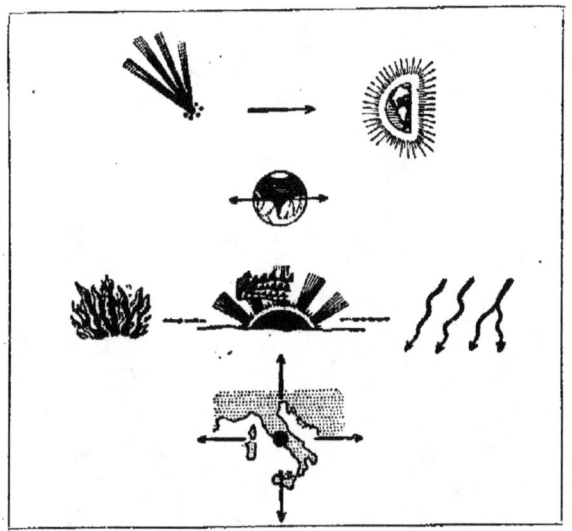

Comme on ne pouvait examiner cette dépêche au
plafond qu'en tenant la tête élevée dans une position extrêmement fatigante, le Président fit entendre
une sonnerie, un appariteur arriva et à l'aide d'un
appareil de projection et d'un miroir transporta ces
hiéroglyphes sur l'écran tendu derrière le Bureau
de l'assemblée. De cette façon, tous les yeux eurent
devant eux la communication céleste et purent
l'analyser à leur aise.

Analyse facile, d'ailleurs, car rien n'était plus
simple que sa lecture. La figure de la comète se
dénonce d'elle-même. La flèche indique son mouvement vers un corps céleste qui, vu de Mars,
offre des phases, mais a des rayons comme une
étoile : c'est la Terre, et il est tout naturel que les

habitants de Mars la représentent sous cet aspect; car leurs yeux, s'étant formés dans un milieu moins lumineux que le nôtre, sont un peu plus sensibles et distinguent les phases de la Terre, d'autant mieux que leur atmosphère est raréfiée et transparente (les phases de Vénus sont pour nous juste à la limite de la visibilité). On voit ensuite le globe de Mars vu du côté de la mer du Sablier, la plus caractéristique de la géographie martienne, et le trait qui le traverse indique pour la vitesse de la comète une vitesse égale au double environ de la vitesse orbitale de Mars, un peu moins. Les flammes indiquent la transformation du mouvement en chaleur; l'aurore boréale et les éclairs qui la suivent, la transformation en électricité et en force magnétique. Enfin, on reconnaît la botte de l'Italie, visible d'ailleurs de la distance de Mars, et l'aspect signale le point menacé, d'après leurs calculs, par l'un des éléments les plus dangereux du noyau de la comète, en même temps que quatre flèches irradiant vers les quatre points cardinaux paraissent donner le conseil de s'éloigner du point menacé.

Le message photophonique des Martiens était plus long et plus compliqué. Déjà les astronomes du Gaorisankar en avaient reçu plusieurs et avaient appris qu'ils étaient envoyés d'un centre intellectuel et scientifique très important de la zone équatoriale de Mars, non loin de la baie du Méridien. Ce dernier message était le plus grave et se résumait d'ailleurs dans l'interprétation précédente. Le reste

ne fut pas transmis. Il était plus obscur et sa traduction n'était pas sûre.

Le Président agita la sonnette. Il devait, en effet,
donner une péroraison à la séance, une conclusion
à tout ce que l'on venait d'entendre.

« Messieurs, fit-il, la dernière dépêche du Gaorisankar vous frappe à juste titre. Il semble bien que
les habitants de Mars soient plus avancés que nous
dans les sciences, ce qui n'aurait rien de surprenant puisqu'ils sont beaucoup plus anciens que
nous et que le progrès a déjà eu là des siècles
innombrables pour se développer. D'ailleurs, leur
organisation peut être plus parfaite que la nôtre ;
ils peuvent avoir de meilleurs yeux, des instruments plus perçants, et des facultés intellectuelles
transcendantes. Nous constatons d'autre part que
leurs calculs s'accordent avec les nôtres quant à
la rencontre ; mais ils sont plus précis puisqu'ils
désignent le point du globe qui sera le plus violemment frappé. Le conseil de s'éloigner de l'Italie
peut donc être suivi, et je vais immédiatement le
téléphoner au pape qui, en ce moment même, y
réunit tous les évêques de la chrétienté.

« Ainsi, la comète va rencontrer la Terre, et nul
ne peut encore prévoir ce qui en adviendra. Mais,
selon toute probabilité, la commotion sera partielle, et la fin du monde n'en sera pas la conséquence. L'oxyde de carbone, sans doute, ne

pénétrera pas les couches respirables de notre
atmosphère. Il y aura toutefois un énorme développement de chaleur.

« Quant à la fin réelle du monde, des diverses

VOGEL.

hypothèses qui nous permettent dès aujourd'hui
de la présager, la plus probable est celle qui vient
d'être adoptée par M. le Directeur de l'Observatoire. D'une part, la vie de notre planète est suspendue aux rayons du Soleil et, tant que le Soleil
brillera, l'humanité est à peu près assurée de vivre ;

mais, d'autre part, la diminution de l'atmosphère
et de la vapeur d'eau aménera peut-être auparavant
le règne du froid. Dans le premier cas, nous au-
rions encore une trentaine de millions d'années à
vivre ; dans le second, une dizaine seulement. Mais
le résultat est le même. C'est par le froid que le
monde finira.

« Attendons sans trop d'émoi l'événement du
14 juillet. Je conseillerais cependant à ceux qui
peuvent le faire d'aller passer ces jours de fête à
Chicago, ou même un peu plus loin, à San-Fran-
cisco, à Honolulu, à Liberty, ou à Nouméa. Les
transatlantiques aériens électriques sont assez
nombreux et assez bien aménagés pour exporter
des millions de voyageurs d'ici à samedi.

« J'ajouterai enfin que l'on n'a pas eu tort de
prendre certaines précautions contre le choc cométaire et de préparer les caves, sous-sols et tunnels.
Nous subirons sans doute une terrible bourrasque
qui pourra durer plusieurs heures, et peut-être
n'aurons-nous à respirer qu'une atmosphère bien
suffocante. Mais, messieurs, les victimes — et il
n'y en aura que trop — seront surtout tuées par
la Peur. Ayons donc du sang-froid, et sachons
que la rencontre céleste, qui pourra d'ailleurs,
ne l'oublions pas, être absolument inoffensive, ne
durera que quelques heures et passera, en laissant
l'humanité vivre comme précédemment au bon
Soleil de la nature. »

CHAPITRE V

LE CONCILE DU VATICAN

> L'affliction sera si grande que jamais on
> n'en aura vu de pareille depuis le commen-
> cement du monde.
>
> Jésus-Christ, *Évangiles* (Matthieu, xxiv).

Pendant que les discussions scientifiques précédentes avaient lieu à Paris, des assemblées du
même genre étaient tenues à Londres, à Chicago,
à Saint-Pétersbourg, à Yokohama, à Melbourne, à
New-York, à Liberty, et dans toutes les principales villes du monde, s'efforçant, chacune avec ses
lumières, d'envisager les diverses solutions du
grand problème qui préoccupait si universellement
l'attention de l'humanité. A Oxford, notamment,
l'Église réformée tenait un synode théologique dans
lequel les traditions et les interprétations reli-

gieuses étaient longuement controversées. Il serait
interminable de rapporter et même de résumer ici
tous ces congrès. Cependant nous ne pouvons
omettre de recueillir celui du Vatican, comme le
plus important au point de vue religieux, de même
que les séances de l'Institut de Paris avaient été
les plus importantes au point de vue scientifique.

Un concile œcuménique de tous les évêques
avait été depuis longtemps convoqué par le Souverain Pontife Pie XVIII, pour voter l'adoption
d'un nouvel article de foi destiné à compléter celui
de l'infaillibilité papale, proclamé en 1870, ainsi
que les trois autres ajoutés depuis. Il s'agissait
cette fois de la divinité du pape. L'âme du pontife
romain, élu par le conclave sous l'inspiration directe de l'Esprit-Saint, devait être déclarée participer aux attributs de l'Être éternel, ne pouvoir
faillir à dater de son sacerdoce papal, non seulement dans les décisions théologiques *ex cathedra*,
mais encore dans toutes les affaires purement humaines, et appartenir de plein droit à l'immortalité
paradisiaque des saints qui environnent immédiatement le trône de Dieu et qui partagent la gloire du
Très-Haut. Un certain nombre de prélats modernes, il est vrai, ne considéraient la religion qu'au
point de vue du rôle social qu'elle peut remplir
dans l'œuvre de la civilisation. Mais les pontifes de
l'ancienne école admettaient encore la Révélation,
très sincèrement, et les derniers papes, entre
autres, avaient tous été de véritables modèles de

sagesse, de vertu et de sainteté. Le concile avait
été avancé d'un mois à cause de la menace cométaire ; car on espérait que la solution théologique de
la question répandrait une vive lumière dans l'âme

Quatre cent cinquante et un prélats adorèrent le Divin Père.

agitée des fidèles, et peut-être apporterait le calme
parfait dans les consciences pacifiées.

Nous n'avons pas à nous préoccuper ici des
séances du concile relatives au nouvel article de
foi. Disons seulement qu'il avait été voté à une
grande majorité (451 *oui* et 88 *non*). On avait bien
remarqué les votes négatifs de quatre cardinaux

et de vingt-cinq archevèques ou évèques français ;
mais la majorité avait force de loi et, le dogme de
la divinité du pape ayant été solennellement proclamé, on avait vu quatre cent cinquante et un
prélats se prosterner au pied du trône pontifical
et adorer le « Divin Père », expression qui remplaçait depuis longtemps déjà l'ancienne qualifi-
cation de « Saint Père ».

Aux premiers siècles du christianisme, le titre
honorifique donné au pape avait été « Votre Apos-
tolat » ; plus tard, on avait substitué à ce titre
antique celui de « Votre Sainteté » ; désormais on
devait dire : « Votre Divinité ». L'ascension du
titre s'était continuée jusqu'au zénith.

Le concile s'était partagé en un certain nombre
de sections ou de comités d'études, et la question,
souvent agitée d'ailleurs, de la fin du monde avait
fait l'objet exclusif d'un de ces comités. Notre devoir est de reproduire ici aussi exactement que
possible la physionomie de la principale séance
consacrée à cette discussion.

Le patriarche de Jérusalem, homme de grande
piété et de foi profonde, avait pris le premier la
parole. Il s'était exprimé en latin ; mais voici la
traduction fidèle de ses paroles.

« Vénérés Pères, je ne puis agir plus sagement
que d'ouvrir devant vous les saints Évangiles.
Permettez-moi de lire textuellement :

« Lorsque vous verrez que l'abomination de la

« désolation, qui a été prédite par le prophète
« Daniel, sera dans le lieu saint, que celui qui lit

Le patriarche de Jérusalem avait pris le premier la parole.

« comprenne; que ceux qui seront dans la Judée
« s'enfuient vers les montagnes; que celui qui sera
« sur son toit n'en descende point pour emporter
« quelque chose de sa maison; et que celui qui

« sera dans son champ ne retourne point pour
« prendre ses vêtements.

« Malheur aux femmes qui seront enceintes ou
« nourriront leurs enfants ! Priez alors que cela n'ar-
« rive pas pendant l'hiver ni au jour du Sabbat ; car
« l'affliction sera si grande que jamais on n'en aura
« vu de pareille depuis le commencement du monde.

« Si Dieu n'eût abrégé ces jours de désolation,
« aucune chair n'eût échappé à la destruction ;
« mais il les abrégera à cause de ses élus.

« ... Comme un éclair qui sort de l'Orient paraît
« tout d'un coup jusqu'à l'Occident, ainsi sera
« l'avènement du Fils de l'homme.

« Le Soleil s'obscurcira, la Lune ne donnera
« plus sa lumière, les étoiles tomberont du ciel,
« les fondations des cieux seront ébranlées.

« Alors on verra le Fils de l'homme venir sur
« les nuées dans toute sa gloire, et il enverra ses
« anges, qui feront entendre la voix éclatante de
« leurs trompettes, et qui rassembleront ses élus
« des quatre coins du monde, depuis une extrémité
« de l'horizon jusqu'à l'autre. »

« Telles sont, mes vénérables frères, les paroles
de Jésus-Christ. »

« Et le Seigneur a pris soin d'ajouter :

« En vérité, je vous le dis, il y en a quelques-
« uns de ceux qui sont ici qui n'éprouveront point
« la mort qu'ils n'aient vu le Fils de l'homme venir
« en son règne. Cette génération ne passera pas
« que ces choses ne soient arrivées. »

Jésus prédisant la fin du monde.

« Ces paroles sont prises textuellement dans les saints Évangiles [1]. Vous savez que sur ce point les évangélistes sont unanimes.

« Vous savez aussi, révérendissimes Pères, que l'Apocalypse de saint Jean expose en termes plus tragiques encore la grande catastrophe finale. Mais les saintes Écritures sont connues de chacun de vous mot par mot, et il me semblerait superflu, sinon même déplacé, devant l'érudition qui m'écoute, d'ajouter ici des citations que vous avez tous sur les lèvres. »

Tel fut l'exorde du discours du patriarche de Jérusalem. Il partagea son allocution en trois points : 1° la parole de Jésus-Christ ; 2° la tradition évangélique ; 3° le dogme de la résurrection des corps et du jugement dernier. Commencé sous forme d'exposition historique, le discours ne tarda pas à se transformer en une sorte de sermon d'une vaste ampleur, et, lorsque l'orateur, ayant passé de saint Paul à Clément d'Alexandrie, Tertullien et Origène, arriva au concile de Nicée et au dogme de la résurrection universelle, il se laissa emporter par son sujet dans une envolée sublime qui remua jusqu'aux entrailles toute l'assemblée des évêques. Plusieurs, qui n'y croyaient plus, se sentirent envahis par la foi apostolique des premiers siècles, tant est grande la force de l'éloquence. Il faut dire que le cadre de la réunion se prêtait

1. Mathieu, XXIV. — *Id.*, XVI. — Marc, XIII. — Luc, XVII et XXI.

merveilleusement au sujet. C'était à la chapelle
Sixtine. L'immense et grandiose tableau de Michel-
Ange se dressait comme un nouveau ciel apocalyp-
tique devant toutes les têtes. Le formidable entas-

Le *Jugement dernier* de Michel-Ange se dressait comme un ciel
apocalyptique.

sement de corps, de bras, de jambes, aux raccour-
cis violents et bizarres, le Christ foudroyant, les
damnés entraînés par les diables aux faces bes-
tiales, les morts qui sortent des tombeaux, les
squelettes qui se recouvrent de chairs et redevien-
nent vivants, l'épouvante effroyable de l'humanité

tremblant sous la colère de Dieu, tout cet ensemble

Les damnés.

semblait donner une vie, une réalité aux élo-

quentes périodes oratoires du patriarche, et par
moments, sous certains effets de lumière, on
croyait voir s'avancer les trompettes du jugement,
entendre même les sons lointains du céleste appel
et voir s'agiter et revivre entre ciel et terre toutes
ces chairs ressuscitées !

A peine le patriarche de Jérusalem eut-il achevé
la péroraison de son dis-
cours qu'un évêque indé-
pendant, l'un des plus bouil-
lants dissidents du concile,
le savant Mayerstross, se
précipita à la tribune et se
mit à soutenir qu'il ne fallait
rien prendre à la lettre
dans les évangiles, dans les
traditions de l'Église, et
même dans les dogmes. « La
lettre tue, s'écria-t-il ; l'esprit vivifie ! Tout se transforme, tout subit la loi du
progrès. Le monde marche.
Les chrétiens éclairés ne
peuvent plus admettre ni la
résurrection des corps, ni
le retour de Jésus sur un
trône de nuées, ni le juge-

La lettre tue ! s'écria-t-il.

ment dernier. Toutes ces images, ajouta-t-il,
étaient bonnes pour l'Église des catacombes ! Il
y a longtemps que personne n'y croit plus. De

telles idées sont antiscientifiques, et, révérendissimes Pères, vous n'ignorez pas plus que moi
qu'il faut maintenant être d'accord avec la science,
qui a cessé d'être, comme au temps de Galilée,
l'humble servante de la théologie : *Theologiæ
humilis ancilla*. Les corps ne peuvent pas être
reconstitués, même par un miracle, attendu que
leurs molécules retournent à la nature et appar-
tiennent successivement à des quantités d'êtres,
végétaux, animaux et humains. Nous sommes
formés de la poussière des morts, et, dans
l'avenir, les molécules d'oxygène, d'hydrogène,
d'azote, de carbone, de phosphore, de soufre ou
de fer, qui constituent vos chairs et vos os,
seront incorporées en d'autres, organismes humains ou brutes. C'est un échange perpétuel,
même pendant la vie. Il meurt un être humain
par seconde, soit plus de quatre-vingt-six mille par
jour, plus de trente millions par an, plus de trois
milliards par siècle. Cent siècles — et ce n'est pas
énorme dans l'histoire d'une planète — cent siècles
seulement donneraient trois cents milliards de
ressuscités. L'humanité terrestre ne vécût-elle que
cent mille ans — et nul n'ignore ici que les périodes
géologiques et astronomiques se chiffrent par
millions d'années — qu'elle devrait jeter dans la
plaine du Jugement quelque chose comme trois
mille milliards d'hommes, de femmes et d'enfants
ressuscités. Et mon évaluation est on ne peut plus
modeste puisque je ne tiens pas compte de l'ac-

croissement séculaire de la population terrestre.
Vous pouvez me répondre que les chrétiens seuls
ressusciteront! Alors, que deviendront les autres?
Deux poids et deux mesures! La mort et la vie! La
nuit et le jour! Le noir et le blanc! L'injustice divine
et le bon plaisir régnant sur la création! Mais non,
vous n'acceptez pas cette solution. La loi éternelle
est la même pour tous. Eh bien! ces milliers de
milliards de ressuscités, où les mettez-vous?
Montrez-moi la vallée de Josaphat assez vaste
pour les contenir. Vous les répandez tout autour
du globe? Vous supprimez les océans et les glaces
des pôles? Vous enveloppez la Terre d'une forêt
de corps humains? Soit! Comment ceux des antipodes verront-ils l'Homme-Dieu? Il fera le tour
du monde! Je le veux bien. Et après? Que va
devenir cette immense population? Vous trans-
portez les élus au ciel et les damnés en enfer?
Où?... Difficultés sur difficultés, absurdités sur
absurdités. Non, mes révérendissimes Pères, nos
croyances ne doivent pas, ne peuvent pas être
prises à la lettre. Je voudrais qu'ici il n'y eût plus
de théologiens aux yeux fermés qui regardent en
dedans, mais des astronomes aux yeux ouverts qui
regardent au dehors! »

Ces paroles n'avaient été prononcées qu'au
milieu d'un tumulte indescriptible; plusieurs fois
on avait voulu interdire la parole à l'évêque
croate, montré du poing et traité de schis-
matique; mais les règlements mêmes du concile

s'y opposaient, et la plus grande liberté intérieure était laissée à la discussion. Un cardinal irlandais vint appeler sur lui les foudres
de l'Église et parla d'excommunication et d'ana-
thème; mais on vit l'un des prélats de l'Église
gallicane, non des moindres, l'archevêque de
Paris en personne, monter à la tribune, et déclarer
que le dogme de la résurrection des morts pouvait
être discuté, sans encourir aucun blâme canonique,
et être interprété par une conciliation entre la
raison et la foi. On pouvait, selon lui, admettre le
dogme, tout en reconnaissant rationnellement
impossible la résurrection de nos propres corps!

« Le Docteur angélique, dit-il en parlant de
saint Thomas, assurait que la dissolution complète de tous les corps humains sera opérée par
le feu avant la résurrection (*Summa theologica*, III).
J'ajouterai volontiers, avec dom Calmet (*Dissertation sur la Résurrection des morts*), qu'il n'est
pas impossible à la toute-puissance du Créateur
de réunir les molécules dispersées, de telle sorte
que, dans le corps ressuscité, il n'y en ait aucune
qui ne lui ait appartenu à quelque époque de sa
vie mortelle. Mais un pareil miracle n'est pas nécessaire. Saint Thomas a montré lui-même (*loc.
cit.*) que cette identité complète de matière n'est
nullement indispensable pour établir l'identité
parfaite du corps ressuscité avec le corps détruit
par la mort. Je pense donc aussi que la lettre
doit faire place à l'esprit.

« Quel est le principe de l'identité des corps vivants? Assurément, il ne consiste pas dans l'identité complète et persistante de la *matière* de ces corps. En effet, dans ce flux continuel et ce renouvellement incessant qui constituent le jeu de la vie physiologique, les matériaux qui ont appartenu successivement à un même corps humain depuis l'enfance jusqu'à la vieillesse suffiraient pour former un corps colossal. Dans ce torrent de la vie, les matériaux passent et changent sans cesse ; mais l'organisme reste le même, malgré ses modifications de grandeur, de forme et de constitution intime. La tige naissante du chêne, cachée entre ses deux cotylédons, aura-t-elle cessé d'être le même végétal quand elle sera devenue un chêne majestueux? L'embryon de la chenille, encore contenu dans l'œuf, aura-t-il cessé d'être le même insecte, quand il sera devenu chenille, puis chrysalide, puis papillon? L'embryon humain aura-t-il cessé d'être le même individu, quand il sera devenu enfant, homme, vieillard? Non, certainement. Or, dans le chêne, dans le papillon, dans l'homme, reste-t-il une seule des molécules pondérables de la tige naissante du chêne, de l'embryon de la chenille, de l'embryon humain? Quel est donc le principe qui persiste à travers tous ces changements? Ce principe est quelque chose de réel, non d'imaginaire. Ce n'est pas l'âme, car les plantes vivent et n'ont pas d'âme dans le sens que nous devons attacher à ce mot. C'est, toutefois, un agent impondérable. Survit-il au corps? C'est possible. Saint Grégoire de Nysse le pensait. S'il reste uni à l'âme, il peut être appelé à lui redonner un nouveau corps identique à celui que la mort a dissous, lors même que ce corps ne posséderait *aucune des molécules* qu'il a possédées à un moment quelconque de sa vie terrestre, et ce sera aussi bien notre corps que celui que nous avons eu à cinq ans, à quinze ans, à trente ou soixante ans.

« Un tel corps s'accorde parfaitement avec les expressions de l'Écriture sainte, d'après laquelle il est certain que, après avoir vécu d'une vie séparée, les âmes reprendront leurs corps à la fin des temps et pour toujours.

« A saint Grégoire de Nysse, permettez-moi, révérendissimes Pères, d'adjoindre un philosophe, Leibniz, dont l'opinion était que le principe de la vie physiologique est impondérable, mais non incorporel, et que l'âme reste unie à ce principe lorsqu'elle est séparée du corps pondérable et visible. Je ne prétends ni accepter cette hypothèse, ni la rejeter. Je remarque seulement qu'elle peut servir à expliquer le dogme de la résurrection, auquel tout chrétien doit croire d'une manière absolue.

« — Cette tentative de conciliation entre la raison et la foi, interrompit l'évêque croate, est digne d'éloges, mais elle me paraît plus ingénieuse qu'acceptable. Ces corps ressembleront-ils aux nôtres? S'ils sont parfaits, incorruptibles, appropriés à leur nouvelle condition, ils ne doivent posséder aucun organe dont ils n'auront pas à se servir. Pourquoi une bouche, puisqu'ils ne mangeront plus? Pourquoi des jambes, puisqu'ils ne marcheront plus? Pourquoi des bras, puisqu'ils ne travailleront plus? Pourquoi?... L'un de nos anciens Pères, Origène, dont on n'a pas oublié l'héroïque sacrifice personnel, a pensé que ces corps devraient être des boules parfaites. Ce serait logique ; mais ce ne serait pas beau, ni sans doute bien intéressant.

« — Il est préférable d'admettre avec saint Grégoire de Nysse et saint Augustin, répliqua l'archevêque de Paris, que les corps ressuscités auront la forme humaine, voile transparent de la beauté de l'âme.»

C'est en ces termes que fut résumée par le cardinal français l'opinion moderne de l'Église sur la résurrection des corps. Quant aux objections présentées sur le lieu de la résurrection, le nombre des ressuscités, l'exiguïté de la surface du globe terrestre, le séjour définitif des élus et des damnés, il fut impossible de s'entendre à cause de contradictions insolubles.

Nous devons cependant signaler l'idée fort originale émise par un prédicateur de l'Oratoire devenu cardinal, que le monde futur destiné à recevoir les ressuscités sera un immense globe

creux, illuminé en son centre par un soleil inextinguible, et habité par sa face intérieure : ainsi
serait résolu le problème du jour éternel de la vie
future.

L'impression qui subsista dans les pensées fut,
malgré toutes les propositions, que là aussi les
choses devaient être prises au figuré; que ni le ciel
ni l'enfer des théologiens ne doivent représenter
des lieux précis; que ce sont là des états d'âme,
de bonheur ou de malheur, et que la vie éternelle,
quelle que soit sa forme, pourra et devra s'accomplir dans les mondes innombrables qui peuplent
l'espace infini.

Ainsi semblait-il que la pensée chrétienne s'était
graduellement transformée, chez les esprits éclairés, suivant les progrès de l'astronomie et de
toutes les sciences.

Cependant le pape et la plupart des cardinaux
tenaient toujours au sens strict et absolu des
croyances anciennes et des dogmes décrétés par
les anciens conciles.

Il fut peu question de la comète. Pourtant le
pape ordonna, par le téléphone, à tous les diocèses
du monde, en communication constante avec lui,
des prières publiques pour apaiser la colère
divine et détourner de la chrétienté le bras du
Souverain Juge. Des phonographes appropriés
firent entendre dans toutes les églises la parole
même du Pontife romain.

La séance qui précède avait eu lieu le mardi

soir, c'est-à-dire le lendemain des deux séances
de Paris rapportées plus haut. Le Divin Père avait
transmis l'invitation du Président de l'Institut de
s'éloigner de l'Italie pour la date critique; mais
on n'en avait tenu aucun compte : d'abord parce
que la mort est une délivrance pour tous les
croyants; ensuite parce que la majorité des théologiens contestait l'existence même des habitants de
Mars; en troisième lieu parce qu'un concile
d'évêques présidé par le Divin Père ne peut pas
paraître avoir peur et doit garder quelque con-
fiance en l'efficacité de la prière, élévation des
âmes vers le Dieu qui dirige les corps célestes et
qui est tout-puissant.

CHAPITRE VI

LA CROYANCE A LA FIN DU MONDE
A TRAVERS LES AGES

> Je vis dans la nuée un clairon monstrueux.
> Et ce clairon semblait, au seuil profond des cieux,
> Calme, attendre le souffle immense de l'Archange.
>
> VICTOR HUGO, *la Trompette du Jugement.*

C'est ici le lieu de faire une pause d'un instant, au milieu des événements précipités qui nous envahissent, de comparer cette nouvelle attente de la fin du monde à toutes celles qui l'ont précédée, et de passer rapidement en revue la curieuse histoire de l'idée de la fin du monde à travers les âges. D'ailleurs, sur le globe terrestre tout entier, dans tous les pays et dans toutes les langues, il n'y avait plus d'autre sujet de conversation.

Les discours des Pères du concile de Rome se

succédèrent, à la chapelle Sixtine, et conduisirent dans leur ensemble à l'interprétation définitive résumée par le cardinal-archevêque de Paris, quant au dogme *Credo resurrectionem carnis*. La suite « *et vitam æternam* » fut tacitement abandonnée aux découvertes futures des astronomes et des psychologues. Ces discours avaient en quelque sorte fait l'histoire de la doctrine chrétienne de la fin du monde à travers les siècles.

Cette histoire est curieuse, car elle représente en même temps l'histoire de la pensée humaine en face de sa propre destinée définitive. Nous croyons intéressant de l'exposer ici en un chapitre spécial. Nous quittons donc un instant notre rôle de narrateur du vingt-cinquième siècle, pour revenir à notre époque actuelle et résumer cette croyance des siècles qui nous ont précédés.

Il y a eu des siècles de foi convaincue et profonde, et, remarque digne d'attention, en dehors de la doctrine chrétienne, toutes les religions ont ouvert la même porte sur l'inconnu à l'extrémité de l'avenue de la vie terrestre. C'est la porte de la *Divina Commedia* de Dante Alighieri, quoique toutes n'aient pas imaginé, au delà de cette porte symbolique, le paradis, l'enfer et le purgatoire des chrétiens.

Zoroastre et le Zend-Avesta enseignaient que le monde devait périr par le feu. On trouve la même idée dans l'épître de saint Pierre. Il semblait que, les traditions de Noé et de Deucalion indiquant qu'une première destruction de l'humanité avait

J.-P. LAURENS.

L'ange du jugement attend l'ordre de Dieu.

été opérée par le déluge, la seconde devait l'être par un procédé contraire.

Chez les Romains, Lucrèce, Cicéron, Virgile, Ovide tiennent le même langage et annoncent la destruction future de la Terre par le feu.

Nous avons vu au chapitre précédent que, dans la pensée même de Jésus, la génération à laquelle il parlait ne devait pas mourir avant que la catastrophe annoncée fût accomplie. Saint Paul, le véritable fondateur du christianisme, présente cette croyance en la résurrection et en la prochaine fin du monde comme un dogme fondamental de la nouvelle Église. Il y revient jusqu'à huit et neuf fois dans sa première épître aux Corinthiens[1].

Malheureusement pour la prophétie, les disciples de Jésus, auxquels il avait assuré qu'ils ne mourraient pas avant son avènement, succombèrent les uns après les autres sous la loi commune. Saint Paul, qui n'avait pas connu personnellement Jésus, mais qui était l'apôtre le plus militant de l'Église naissante, croyait vivre lui-même jusqu'à la grande apparition[2]. Mais, naturellement, tous moururent, et la fin du monde annoncée, l'avènement définitif du Messie, n'arriva pas.

La croyance ne disparut pas pour cela. Il fallut

---

1. I, 7-8; III, 13; IV, 5; VI, 2-3; XI, 26; XV tout entier, etc.
2. Thessaloniciens, IV, 16 : « Aussitôt que le signal aura été donné par la voix de l'archange et par le son de la trompette de Dieu, le Seigneur lui-même descendra du ciel, et ceux qui seront morts en Jésus-Christ ressusciteront d'abord. Puis nous qui sommes vivants et qui aurons été réservés jusqu'alors, nous serons emportés avec eux dans les nuées, pour aller au-devant du Seigneur au milieu de l'air, et ainsi nous serons pour jamais avec le Seigneur. Consolez-vous donc les uns les autres par ces vérités. »

donc cesser de prendre à la lettre la prédiction du
Maître et chercher à en interpréter l'esprit. Mais il
n'y en eut pas moins là un grand coup de porté à
la croyance évangélique. On ensevelissait pieuse-
ment les morts, on les couchait avec vénération
dans le cercueil au lieu de les laisser se consumer
par le feu, et l'on écrivait sur leurs tombes qu'ils
dormaient là en attendant la résurrection. Jésus
devait revenir « bientôt » juger « les vivants et les
morts ». Le mot de reconnaissance des chrétiens
était *Maran atha*, « le Seigneur va venir ».

Les apôtres Pierre et Paul moururent, selon
toutes les probabilités, en l'an 64, dans l'horrible
carnage ordonné par Néron après l'incendie de
Rome, allumé par ses ordres et dont il accusa les
chrétiens pour savourer le plaisir de nouveaux
supplices. Saint Jean écrivit l'Apocalypse en
l'an 69. Un brouillard de sang couvre le règne de
Néron : le martyre paraît le sort naturel de la
vertu. L'Apocalypse semble écrite sous le coup de
l'hallucination générale et représente l'antéchrist
Néron précédant l'avènement final du Christ. Des
prodiges éclatent de toutes parts. Comètes, étoiles
filantes, éclipses, pluies de sang, monstres, tremblements de terre, famines, pestes, et, par-dessus
tout, la guerre des Juifs, la fin de Jérusalem,
— jamais peut-être tant d'horreurs, tant de
cruautés, tant de folies, tant de catastrophes
ne furent réunies en un si petit groupe d'années
(64 à 69). La petite église de Jésus semblait

entièrement dispersée. Il n'était plus possible de
rester à Jérusalem. La Terreur de 1793 et la
Commune de 1871 n'ont rien été à côté des horreurs de la guerre civile des Juifs. La famille de
Jésus dut quitter la ville sainte et s'enfuir. Jacques,
le frère de Jésus, avait été tué. De faux prophètes
se manifestaient, complétant la prophétie. Le
Vésuve préparait son effrayante éruption de l'an 79,
et déjà, en l'an 63, Pompéi avait été renversée par
un tremblement de terre.

Tous les signes de la fin du monde étaient donc
présents, et rien n'y manquait. L'Apocalypse
l'annonce, Jésus va descendre sur un trône de
nuages ; les martyrs vont ressusciter les premiers.
L'ange du jugement n'attend que l'ordre de Dieu.

Mais la tourmente se calme après l'orage, l'horrible guerre des Juifs est terminée, Néron tombe
sous la révolution de Galba, Vespasien et Titus
apportent la paix après la guerre (an 71), et... la fin
du monde n'arrive pas.

Il fallut dès lors interpréter de nouveau la
parole des Évangiles. L'avènement de Jésus fut
retardé jusqu'à la ruine du vieux monde romain, ce
qui laissa un peu de marge aux commentateurs.
La catastrophe finale reste certaine, et même
assez proche, *in novissimo die*, mais elle s'entoure
de nuages vagues qui font perdre toute précision
à la lettre et même à l'esprit des prophéties.
On l'attend toujours, néanmoins.

Saint Augustin consacre le XXe livre de sa

Cité de Dieu (en l'an 426) à peindre le renouvellement du monde, la résurrection, le jugement dernier et la Jérusalem nouvelle; son XXIe livre est appliqué à la description du feu éternel de l'enfer. L'évêque de Carthage, devant le naufrage de Rome et de l'empire, croit assister au premier acte du drame. Mais le règne de Dieu devait durer mille ans et Satan ne devait arriver qu'après.

Saint Grégoire, évêque de Tours (573), le premier historien des Francs, commence son histoire en ces termes :

« Au moment de retracer les luttes des rois avec les nations ennemies, j'éprouve le désir d'exposer ma croyance. L'effroi produit par l'attente prochaine de la fin du monde me décide à recueillir dans les chroniques le nombre des années déjà passées, afin que l'on sache clairement combien il s'en est écoulé depuis le commencement du monde. »

Le Sauveur était venu délivrer l'humanité. Qu'attendait-il pour la transporter au ciel ?

La tradition chrétienne se perpétuait, d'années en années, de siècles en siècles, malgré les démentis de la nature. Toute catastrophe : tremblement de terre, épidémie, famine, inondation, — tout phénomène : éclipse, comète, orage, nuit subite, tempête, étaient regardés comme des signes avant-coureurs du cataclysme final. Les chrétiens tremblaient, feuilles agitées sous le souffle du vent, dans l'attente perpétuelle du juge-

ment, et les prédicateurs entretenaient avec succès
cette crainte mystique de toutes les âmes timorées.

Les générations ayant passé et s'étant perpétuellement renouvelées, il fallut mieux définir le
concept de l'histoire universelle. Alors le terme de
l'an 1000 se fixa dans l'esprit des commentateurs. Il
y eut plusieurs sectes de « millénaires » croyant que
Jésus-Christ régnerait sur la Terre avec ses saints
pendant mille ans avant le jour du jugement. Saint
Irénée, saint Papias, saint Sulpice Sévère partageaient cette croyance. Plusieurs l'exagéraient en
la revêtant de couleurs sensuelles, annonçant une
sorte de noce universelle des élus pendant cette
ère de volupté. Saint Jérôme et saint Augustin
contribuèrent beaucoup à discréditer ces théories,
mais sans porter atteinte à la croyance au dogme
de la résurrection. Les commentaires de l'Apocalypse continuèrent de fleurir au milieu des sombres
plantes du moyen âge, et l'opinion que l'an 1000
marquerait la fin des choses et leur renouvellement
se développa surtout pendant le dixième siècle.

La croyance à la fin prochaine du monde devint,
sinon universelle, du moins très générale. Plusieurs
chartes du temps commencent par ces mots :
Termino mundi appropinquante, « la fin du monde
approchant ». Malgré quelques contradicteurs, il
nous paraît difficile de ne pas partager l'opinion
des historiens, notamment de Michelet, Henri Mar-
tin, Guizot et Duruy, sur la généralité de cette
croyance dans la chrétienté. Sans doute, il ne

semble pas que le moine français Gerbert, alors pape sous le nom de Sylvestre II, ni que le roi de France Robert aient réglé leur vie sur cette croyance; mais elle n'en avait pas moins pénétré au fond des consciences timorées, et le passage suivant de l'Apocalypse était le texte de bien des sermons :

Au bout de mille ans, Satan sortira de sa prison et séduira les peuples qui sont aux quatre angles de la terre... Le livre de la vie sera ouvert; la mer rendra ses morts, l'abîme infernal rendra ses morts; chacun sera jugé selon ses œuvres par Celui qui est assis sur le trône resplendissant... et il y aura un nouveau ciel et une terre nouvelle.

Un ermite de la Thuringe, Bernard, avait précisément pris ces paroles énigmatiques de l'Apocalypse pour texte de ses prédications ; vers l'an 960 il avait publiquement annoncé la fin du monde. Ce fut un des promoteurs les plus actifs de la prophétie. Il fixa même le jour fatal à la date où l'Annonciation de la Vierge se rencontrerait avec le vendredi saint, ce qui eut lieu en 992.

Un moine de Corbie, Druthmare, annonça de nouveau la destruction du globe pour le 25 mars de l'an 1000. L'effroi fut si grand que le peuple, en bien des villes, alla s'enfermer ce jour-là dans les églises, près des reliques des saints, et y resta jusqu'à minuit, afin d'y attendre le signal du jugement dernier et de mourir au pied de la croix.

De cette époque datent un grand nombre de do-

nations. On léguait ses terres, ses biens aux monastères... qui les acceptaient, tout en prêchant la
fin prochaine des choses d'ici-bas. Il nous reste
précisément une chronique authentique fort curieuse, écrite par un moine de l'an 1000, Raoul

BACH.

-La mer rendra ses morts.

Glaber. On y lit dès les premières pages : « Satan
sera bientôt déchaîné, selon la prophétie de Jean,
les mille ans étant accomplis. C'est de ces années
que nous allons parler. »

La fin du dixième siècle et le commencement du
onzième marquent une époque vraiment étrange et
sinistre. De l'an 980 à l'an 1040, il semble que le
spectre de la mort étende ses ailes sur le monde.
La famine et la peste règnent sur l'Europe entière.

Il y a d'abord le « mal des ardents » qui brûle les membres et les détache du corps : la chair des malades semblait frappée par le feu, se détachait des os et tombait en pourriture. Ces malheureux couvraient les routes des lieux de pèlerinage, venaient mourir près des églises, s'y entassaient, les emplissaient de puanteur, et restaient morts sur les reliques des saints. Cette effroyable peste moissonna plus de quarante mille personnes

Ils venaient mourir près des églises.

en Aquitaine et désola tout le midi de la France.

La famine arriva et ravagea une partie de la chrétienté. Sur soixante-treize ans, de l'an 987 à 1060, il y en eut quarante-huit de famine et d'épidémies. La barbarie était revenue. Les loups avaient quitté les bois et les hommes leur disputaient leur vie. L'invasion des Hongrois, de 910 à 945, avait renouvelé les horreurs d'Attila. Puis on s'était tellement battu, de château à château, de province à province, on avait été tellement dévasté, que les champs n'étaient plus cultivés. Il plut pendant trois ans : on ne put ni semer, ni récolter. La terre ne produisait plus. On l'abandonnait. « Le muid de blé, écrit Raoul Glaber, s'éleva à soixante sols d'or ; les riches maigrirent et pâlirent ; les pauvres rongèrent les racines des bois ; plusieurs se laissèrent aller à dévorer des chairs humaines. Sur les chemins, les forts saisissaient les faibles, les déchiraient, les rôtissaient et les mangeaient. Quelques-uns présentaient à des enfants un œuf, un fruit, et les attiraient à l'écart pour les dévorer. Ce délire, cette rage alla au point que la bête était plus en sûreté que l'homme. Des enfants tuaient leurs parents pour les manger, des mères dévoraient leurs enfants. Comme si c'eût été désormais une coutume établie de manger de la chair humaine, il y en eut un qui osa en étaler à vendre dans le marché de Tournus. Il ne nia point et fut brûlé. Un autre alla pendant la nuit déterrer cette même chair, la mangea et fut brûlé de même. »

C'est un contemporain, souvent un témoin, qui parle. Les peuples meurent de faim partout, mangent des reptiles, des bêtes immondes, de la chair humaine. Dans la forêt de Mâcon, près d'une église dédiée à saint Jean, perdue au fond des bois, un assassin avait construit une cabane où il égorgeait les passants et les pèlerins. Un jour, un voyageur et sa femme entrent dans la cabane pour s'y reposer. Ils aperçoivent des crânes humains, des têtes de morts jonchant le sol. Ils se lèvent

pour fuir, mais l'hôte prétend les garder. Ils se
défendent, se sauvent et racontent l'histoire en
arrivant à Mâcon. On envoie des soldats à l'au-
berge sanglante : ils y comptent quarante-huit
têtes humaines. L'assassin est traîné à la ville,

Ils disputaient leur vie aux loups.

attaché à une poutre de grenier et brûlé vif.
Raoul Glaber a vu l'endroit et les cendres du
bûcher.

C'était la coutume de s'attaquer, de se battre, de
piller. Les fléaux du ciel eurent pourtant pour résultat d'apporter une lueur de raison. Les évêques
s'assemblèrent. On leur promit de ne pas se battre
quatre jours par semaine, les jours saints, du mer-

credi soir au samedi matin. C'est ce qu'on appela
la trêve de Dieu.

La fin d'un monde si misérable fut à la fois l'espoir et l'effroi de cette épouvantable époque.

Cependant l'an 1000 passa comme les années
qui l'avaient précédé, et le monde continua d'exister. Les prophètes s'étaient-ils encore trompés ?
Mille ans de christianisme ne conduisaient-ils pas
plutôt à l'an 1033 ? On attendit. On espéra. Mais
précisément cette année-là, le 29 juin 1033, il y
eut une grande éclipse de soleil. « L'astre de la
lumière devint de couleur safran ; les hommes,
en se regardant les uns les autres, se voyaient
pâles comme des morts ; tous les objets prirent
une teinte livide ; la stupeur s'abattit sur tous les
cœurs, on s'attendit à quelque catastrophe générale... » La fin du monde ne vint pas encore.

C'est à cette époque critique que l'on doit la
construction de ces magnifiques cathédrales qui
ont traversé les âges et fait l'admiration des siècles.
Des dons immenses avaient été prodigués au
clergé, des donations et des successions continuèrent de l'enrichir. Il y eut comme une aurore
nouvelle. « Après l'an 1000, écrit encore Raoul
Glaber, les basiliques sacrées furent réédifiées de
fond en comble dans presque tout l'univers, surtout dans l'Italie et dans les Gaules, quoique la
plupart fussent encore assez solides pour ne point
exiger de réparations. Mais les peuples chrétiens
semblaient rivaliser entre eux de magnificence

pour élever des églises plus élégantes les unes que
les autres. On eût dit que le monde entier, d'un

Ils aperçoivent des ossements humains, des têtes de morts.

même accord, avait secoué les haillons de son
antiquité pour revêtir la robe blanche. Les fidèles

ne se contentèrent pas de reconstruire presque
toutes les églises épiscopales : ils embellirent aussi
tous les monastères dédiés à différents saints, et
jusqu'aux chapelles des villages. »

La funèbre période de l'an 1000 avait rejoint
dans l'abîme du temps les siècles évanouis. Mais
quelles tribulations l'Église ne venait-elle pas de
traverser ? Les papes étaient le jouet tragique des
empereurs saxons et des princes du Latium, en
rivalité armée [1]. Toute la chrétienté était dans un

---

1. En 1033, l'année de la grande famine, les comtes de Tusculum
avaient fait pape un enfant de douze ans, Benoît IX, très avancé
pour son âge, déjà débauché, voleur et assassin. Il n'avait pas seize
ans que le scandale était à son comble et que les capitaines de Rome
jurèrent de l'étrangler à l'autel, au moment où il tiendrait Dieu dans
ses mains impures. L'éclipse du soleil dont il vient d'être question le
sauva ; les conjurés, épouvantés, n'osèrent toucher au pape. Néanmoins,
il dut s'enfuir et se réfugia à Crémone, près de l'empereur Conrad.
Henri III le rétablit en 1038, et on le vit régner encore pendant six
ans à la façon d'un sultan, au milieu d'un harem. On crut qu'il allait
abdiquer pour épouser la fille d'un baron romain ; mais il resta pape,
et le peuple le chassa de Rome en 1044 pour le remplacer par un
pontife plus sérieux, Silvestre III. Quarante-neuf jours après, Benoît
revenait, à la tête d'une troupe de brigands. Enfin il abdiqua l'année
suivante, en échange de la rente du denier de Saint-Pierre des Anglais
promis par contrat avec son successeur Grégoire VI. En l'an 1045,
il y avait trois papes : Benoît IX, reconnu par le parti féodal, qui
n'avait pas désarmé ; Silvestre III, qui pontifiait dans un château fort
des monts de la Sabine, et Grégoire VI, curé de Rome, au Vatican.
L'empereur Henri III fit du même coup déposer et cloîtrer, par un
concile, Grégoire et Silvestre et nomma un quatrième pape,
Clément II, qui fut consacré dans la nuit de Noël 1046. Mais Benoît
ne dormait pas. L'année suivante, il se précipita sur Rome comme
un vautour, fit empoisonner le pape allemand, et régna encore huit
mois sur le trône de Saint-Pierre. L'armée du comte de Toscane
arriva à Rome avec un nouveau pape, et le fit disparaître définitivement. Il avait alors vingt-six ans. Tel fut l'un des pontifes de cette
époque. Le moine Raoul Glaber ose à peine en parler ; il se contente
de dire : « Ce serait une chose trop horrible de rapporter l'infamie
de sa vie. »

désordre inexprimable. La tourmente passa ; mais
le problème de la fin des temps n'était pas résolu
pour cela, et l'attente, pour être vague et incer-
taine, ne disparut pas, d'autant moins que la
croyance au diable et aux prodiges devait encore
rester pendant bien des siècles à la base même
des superstitions populaires. La scène suprême
du jugement dernier fut sculptée aux portails
de toutes les cathédrales, et nul
n'entrait aux sanctuaires chrétiens
sans passer sous la balance de
l'ange, à gauche duquel les
diables et les damnés se tordaient
en d'étranges et fantastiques convulsions au moment d'être précipités dans les flammes du feu éternel. Mais l'idée de la fin du monde
rayonnait loin au delà des églises.
   Au douzième siècle, les astrologues effrayèrent l'Europe en annonçant une
conjonction de toutes les planètes, dans la constellation de la Balance. Elle eut lieu, en effet, car
le 15 septembre 1186 toutes les planètes se trouvèrent réunies entre 180 degrés et 190 degrés de
longitude. Mais la fin du monde n'arriva pas.
   Le célèbre alchimiste Arnauld de Villeneuve
l'annonça de nouveau pour l'an 1335. En 1406,
sous Charles VI, une éclipse de soleil, arrivée le
16 juin, produisit une panique générale dont Juvénal des Ursins s'est fait l'historien : « C'était

grande pitié, dit-il, de voir le peuple se retirer dans les églises, et croyait-on que le monde dût faillir. » Saint Vincent Ferrier écrivit en 1491 un traité intitulé : *De la fin du monde et de la science spirituelle :* il donne à l'humanité chrétienne autant d'années à vivre qu'il y a de versets dans le psautier : 2537.

Un astrologue allemand du nom de Stoffler annonça à son tour pour le 20 février 1524 un déluge universel par suite de la conjonction des planètes. La panique fut générale. Les propriétés situées dans les vallées, aux bords des fleuves, ou voisines de la mer, furent vendues à vil prix à des gens moins crédules. Un docteur de Toulouse, nommé Auriol, se fit construire une arche pour lui, sa famille et ses amis, et Bodin assure qu'il ne fut pas le seul. Il y eut peu de sceptiques. Le grand chancelier de Charles-Quint ayant consulté Pierre Martyr, celui-ci lui répondit que le mal ne serait pas aussi funeste qu'on le craignait, mais que, sans doute, ces conjonctions de planètes amèneraient de grands désordres. Le terme fatal arriva... et jamais on ne vit mois de février aussi sec ! Cela n'empêcha pas de nouveaux pronostics d'être annoncés pour l'année 1532 par l'astrologue de l'électeur de Brandebourg, Jean Carion, puis pour l'an 1584 par l'astrologue Cyprien Léowitz. Il s'agissait encore ici d'une conjonction de planètes et d'un déluge. « La frayeur populaire fut énorme, écrit un contemporain, Louis Guyon ; les églises ne pouvaient pas contenir ceux qui y cherchaient un refuge ; un grand nombre faisaient leur testament sans réfléchir que c'était une chose inutile si tout le monde devait périr ; d'autres donnaient leurs biens aux ecclésiastiques, dans l'espoir que leurs prières retarderaient le jour du jugement. »

En 1588, nouvelle prédiction astrologique, dans les termes apocalyptiques que voici :

Une comète du *Prodigiorum Chronicon* (1557).

Après mille cinq cent quatre-vingts ans à dater des couches de la Vierge, la huitième année qui viendra sera une année étrange et pleine d'épouvante. Si dans cette terrible année le globe ne tombe pas en poussière, si la terre et les mers ne sont pas anéanties, tous les empires du monde seront bouleversés et l'affliction pèsera sur le genre humain.

On trouve dans les livres de cette époque, notamment dans la *Chronique des Prodiges* publiée en 1557 par Conrad Lycosthènes, une quantité

12

vraiment fantastique de descriptions et de figures qui mettent bien en évidence toutes ces frayeurs du moyen âge. Nous en offrons ici quelques spécimens à nos lecteurs : une comète, des soldats dans les nuages et un combat dans le ciel, le tout décrit comme ayant été parfaitement vu de tous les spectateurs. La comète n'est pas trop exagérée ; mais, quant aux combattants célestes, il faut avouer que l'imagination a de bons yeux !

Apparitions dans le ciel, au moyen âge.

Le célèbre devin Nostradamus ne pouvait manquer de faire partie du groupe des prophètes astrologiques. On lit dans ses *Centuries* le quatrain suivant, qui a été l'objet de bien des commentaires :

Quand Georges Dieu crucifiera,
Que Marc le ressuscitera,
Et que Saint Jean le portera,
La fin du monde arrivera.

Ce qui veut dire que, quand Pâques tombera le 25 avril (fête de Saint-Marc), le vendredi saint sera le 23 (fête de Saint-Georges) et la Fête-Dieu tombera le 24 juin (Saint-Jean). Ce quatrain ne manquait pas de malice, car du temps de Nostradamus — il est mort en 1566 — le calendrier n'était pas

Apparitions dans le ciel, au moyen âge.

encore réformé (il ne l'a été qu'en 1582[1]) et Pâques ne pouvait tomber le 25 avril. Au seizième siècle, le 25 avril correspondait au 15. Depuis la réforme grégorienne, Pâques peut arriver le 25 avril : c'est sa date extrême, et c'est ce qui a eu lieu ou aura lieu en 1666-1734-1886-1943-2038-2190, etc., sans que cette coïncidence ait la fin du monde pour résultat.

Les conjonctions planétaires, les éclipses et les

1. Le lendemain du 4 novembre 1582 fut appelé le 15.

comètes semblaient se partager les sinistres prédictions. Parmi les comètes historiques les plus
mémorables à ce point de vue, signalons : celle de
Guillaume le Conquérant, qui brilla en 1066 et que
l'on voit représentée sur la tapisserie de la reine
Mathilde, à Bayeux ; celle de l'an 1264, qui, dit-on,
disparut le jour même de la mort du pape
Urbain IV ; celle de l'an 1337, l'une des plus belles
et des plus grandes que l'on ait vues et qui « pré-
sagea » la mort de Frédéric, roi de Sicile ; celle de
1399, que Juvénal des Ursins qualifia « signe de
grand mal à venir » ; celle de 1402, que l'on asso-
cia à la mort de Jean Galéas Visconti, duc de
Milan ; celle de 1456, qui jeta l'effroi dans toute la
chrétienté, sous le pape Calixte III, pendant la
guerre des Turcs, et qui est associée à l'histoire
de l'Angélus, et celle de 1472, qui précéda la mort
du frère de Louis XI. D'autres leur succédèrent,
associées comme les précédentes aux catastrophes, aux guerres et surtout à la menace de
la fin dernière. Celle de 1527 est représentée par
Ambroise Paré et par Simon Goulart comme formée de têtes coupées, de poignards et de nuages
sanglants[1]. Celle de 1531 parut annoncer la mort
de Louise de Savoie, mère de François Ier, et la
princesse partagea l'erreur commune sur ces

---

[1]. La figure ci-contre est un fac-similé, par la photogravure, du
dessin original publié dans les *Œuvres* d'Ambroise Paré, édition
de 1633, p. 810, au chapitre des *Monstres célestes*. Ce curieux fac-
similé est, comme les trois précédents, sans aucune retouche : ils
nous transportent aux siècles de nos aïeux.

astres de malheur : « Voilà, dit-elle, étant au lit, et la voyant par la fenêtre, voilà un signe qui ne paraît pas pour une personne de basse qualité. Dieu le fait paraître pour nous avertir. Prépa-rons-nous à la mort. » Trois jours après, elle était morte. Mais de toutes les comètes, celle de 1556, la fameuse co-mète de Char-les-Quint, est peut-être en-core la plus mémorable. C'est elle que l'on avait iden-tifiée à celle de 1264 et dont on avait an-

La comète de l'an 1527, d'après Ambroise Paré.

noncé le retour pour les environs de l'année 1848. Elle n'est pas revenue.

La comète de 1577, celle de 1607, celle de 1652, celle de 1665 furent l'objet de dissertations inter-minables, dont la collection forme tout un rayon de bibliothèque. C'est à cette dernière qu'Al-phonse VI, roi de Portugal, tira, dans sa colère, un coup de pistolet, en lui lançant les menaces les plus grotesques. Sur l'ordre de Louis XIV, Pierre Petit publia une instruction contre les craintes chimériques — et politiques — inspirées par les comètes. Le grand roi tenait à rester, seul et sans rival, soleil unique, *nec pluribus impar !* et n'admettait pas que l'on supposât que la gloire perpétuelle de la France pût être mise en péril, même par un phénomène céleste.

L'une des plus grandes comètes qui aient jamais frappé les regards des habitants de la Terre, c'est assurément la fameuse comète de 1680, qui fut l'objet des calculs de Newton. « Elle s'est élancée, dit Lemonnier, avec la plus grande rapidité du fond des cieux, parut tomber perpendiculairement sur le Soleil, d'où on la vit remonter avec une vitesse pareille à celle qu'on lui avait reconnue en tombant. On l'observa pendant quatre mois. Elle s'approcha fort de la Terre et c'est à son apparition antérieure que Whiston attribua le déluge. » Bayle écrivit un traité pour mettre en évidence l'absurdité des anciennes croyances relatives aux signes célestes. Mme de Sévigné écrivait à son cousin le comte de Bussy-Rabutin : « Nous avons ici une comète qui est bien étendue ; c'est la plus belle queue qu'il soit possible de voir. Tous les grands personnages sont alarmés et croient que le ciel, bien occupé de leur perte, leur donne des avertissements par cette comète. On dit que, le cardinal Mazarin étant désespéré des médecins, ses

courtisans crurent qu'il fallait honorer son agonie
d'un prodige, et lui dirent qu'il paraissait une
grande comète qui leur faisait peur. Il eut la force
de se moquer d'eux, et leur dit plaisamment que la comète lui faisait trop d'honneur. En vérité, on devrait
en dire autant que lui, et l'orgueil humain se fait
aussi trop d'honneur de croire qu'il y ait de grandes
affaires dans les astres quand on doit mourir. »

On le voit, les comètes perdaient insensiblement
leur prestige. Nous lisons toutefois dans un traité
de l'astronome Bernouilli cette remarque assez
bizarre : « Si le corps de la comète n'est pas un
signe visible de la colère de Dieu, *la queue pourrait
bien en être un.* »

La peur de la fin du monde fut encore associée
à l'apparition des comètes en 1773 ; une terreur
panique envahit l'Europe et même Paris. Voici ce
que chacun peut lire dans les *Mémoires secrets* de
Bachaumont :

6 mai 1773. — Dans la dernière assemblée publique
de l'Académie des sciences, M. de Lalande devait lire
un mémoire beaucoup plus curieux que ceux qui ont été
lus ; ce qu'il n'a pu faire par défaut de temps. Il roulait
sur les comètes qui peuvent, en s'approchant de la Terre,
y causer des révolutions, et surtout sur la plus prochaine, dont on attend le retour dans dix-huit ans. Mais,
quoiqu'il ait dit qu'elle n'est pas du nombre de celles qui
peuvent nuire à la Terre et qu'il ait d'ailleurs observé
qu'on ne saurait fixer l'ordre de ces événements, il en
est résulté une inquiétude générale.

9 mai. — Le cabinet de M. de Lalande ne désemplit

pas de curieux qui vont l'interroger sur le mémoire en
question, et sans doute il lui donnera une publicité nécessaire, afin de raffermir les têtes ébranlées par les fables
qu'on a débitées à ce sujet. La fermentation a été telle
que des dévots ignares sont allés solliciter M. l'archevêque
de faire des prières de quarante heures pour détourner
l'énorme déluge dont on était menacé, et ce prélat était
à la veille d'ordonner ces prières si des académiciens
ne lui eussent fait sentir le ridicule de cette démarche.

14 mai. — Le mémoire de M. de Lalande paraît.
Suivant lui, des soixante comètes connues, huit
pourraient, en approchant trop près de la Terre, occa-
sionner une pression telle que la mer sortirait de son lit
et couvrirait une partie du globe.

La panique s'éteignit avec le temps. La peur des
comètes changea de nature. On cessa d'y voir des
signes de la colère de Dieu, mais on discuta scientifiquement les cas de rencontre possibles et l'on
craignit ces rencontres. A la fin du siècle dernier,
Laplace formulait son opinion sur ce point dans les
termes assez dramatiques que l'on a vus rapportés
plus haut (ch. II).

En notre siècle, la prédiction de la fin du monde
a été plusieurs fois associée encore aux apparitions
cométaires. La comète de Biéla, par exemple,
devait croiser l'orbite terrestre le 29 octobre 1832.
Grande rumeur! De nouveau, la fin des temps était
proche. Le genre humain était menacé. Qu'allait-on
devenir?...

On avait confondu l'orbite, c'est-à-dire la route
de la Terre, avec la Terre elle-même. Notre globe

ne devait pas du tout passer en ce point de son orbite en même temps que la comète, mais plus d'un mois après, le 30 novembre, et la comète devait toujours rester à plus de 20 millions de lieues de nous. On en fut encore quitte pour la peur.

Il en fut de même en 1857. Quelque prophète de mauvais augure avait annoncé pour le 13 juin de cette année le retour de la fameuse comète de Charles-Quint, à laquelle on avait attribué une révolution de trois siècles. Plus d'une âme apeurée y crut encore, et à Paris même les confessionnaux reçurent plus de pénitents qu'à l'ordinaire.

Nouvelle prédiction en 1872, sous le nom d'un astronome qui n'y était pour rien (M. Plantamour, directeur de l'Observatoire de Genève).

De même que les comètes, les grands phénomènes célestes ou terrestres, tels que les éclipses totales de soleil, les étoiles mystérieuses qui ont paru subitement au ciel, les pluies d'étoiles filantes, les éruptions volcaniques formidables qui répandent autour d'eux l'obscurité d'une nuit profonde et semblent devoir ensevelir le monde sous un déluge de cendres, les tremblements de terre qui renversent les cités et engloutissent les habitations humaines dans les entrailles de la terre, tous ces événements grandioses ou terribles ont été associés à la crainte de la fin immédiate et universelle des êtres et des choses.

Les annales des éclipses suffiraient seules à former un volume, non moins pittoresque que l'his-

toire des comètes. Pour ne parler un instant que
des modernes, l'une des dernières éclipses totales
de soleil dont la zone ait traversé la France, celle
du 12 août 1654, avait été annoncée par les astronomes, et cette annonce avait été suivie d'une
immense terreur. Pour l'un, elle présageait un
grand bouleversement des États et la ruine de
Rome ; pour l'autre, il s'agissait d'un nouveau
déluge universel ; pour un troisième, il n'en devait
résulter rien moins qu'un embrasement du globe ;
enfin, pour les moins exagérés, elle devait empester
l'air. La croyance en ces effets tragiques était si
générale que, sur l'ordre exprès des médecins,
une multitude de gens épouvantés se renfermèrent
dans des caves bien closes, chauffées et parfumées,
pour se mettre à l'abri de l'influence pernicieuse.
C'est ce qu'on peut lire notamment dans *les Mondes*
de Fontenelle, 2e soirée. « N'eûmes-nous pas belle
peur, écrit-il, à cette éclipse qui, à la vérité, fut
totale? Une infinité de gens ne se tinrent-ils pas
renfermés dans des caves? Et les philosophes, qui
écrivirent pour nous rassurer, n'écrivirent-ils pas
en vain ou à peu près? Ceux qui s'étaient réfugiés
dans les caves en sortirent-ils? » Un autre auteur
du même siècle, P. Petit, dont nous parlions tout
à l'heure, raconte dans sa « Dissertation sur la
nature des comètes », que la consternation aug-
menta de jour en jour jusqu'à la date fatale, et
qu'un curé de campagne, ne pouvant plus suffire à
confesser tous ses paroissiens qui se croyaient à

leur dernière heure, se vit obligé de leur dire au prône de ne pas tant se presser, que l'éclipse était remise à quinzaine... Ces braves paroissiens ne

Ils allèrent s'enfermer dans les caves.

firent pas plus de difficultés pour croire à la remise de l'éclipse qu'ils n'en avaient fait pour croire à son influence.

Lors des dernières éclipses totales de soleil qui ont traversé la France, celles des 12 mai 1706, 22 mai 1724 et 8 juillet 1842, et même lors des éclipses non totales, mais très fortes, des 9 octobre 1847, 28 juillet 1851, 15 mars 1858, 18 juillet 1860 et 22 décembre 1870, il y eut encore en France des impressions plus ou moins vives chez un certain nombre d'esprits timorés ; du moins nous savons de source certaine par des relations concernant chacune de ces éclipses que les annonces astronomiques de ces événements naturels ont encore été interprétées par une classe spéciale d'Européens comme pouvant être associées à des signes de malédiction divine, et qu'à l'arrivée de ces éclipses on vit dans plusieurs maisons d'éducation religieuse les élèves invités à se mettre en prière. Cette interprétation mystique tend à disparaître tout à fait chez les nations instruites, et sans doute la prochaine éclipse totale de soleil qui passera près de la France, sur l'Espagne, le 28 mai 1900, n'inspirera plus aucune crainte de ce côté-ci des Pyrénées ; mais peut-être ne pourrait-on émettre la même espérance pour ses contemplateurs espagnols.

Aujourd'hui encore, dans les pays non civilisés, ces phénomènes excitent les mêmes terreurs qu'ils causaient autrefois chez nous. C'est ce que les voyageurs ont constaté, notamment en Afrique. Lors de l'éclipse du 18 juillet 1860, on vit en Algérie les hommes et les femmes se mettre les uns à prier, les autres à s'enfuir vers leurs demeures. Pendant l'éclipse du 29 juillet 1878 qui fut totale aux États-Unis, un nègre, pris subitement d'un accès de terreur et convaincu de l'arrivée de la fin du monde, égorgea subitement sa femme et ses enfants.

Il faut avouer, du reste, que de tels phénomènes sont bien faits pour frapper l'imagination. Le Soleil, le dieu du jour, l'astre aux rayons duquel notre vie est suspendue, perd sa lumière qui, avant de s'éteindre, devient d'une pâleur effrayante et lugubre. Le ciel transformé prend un ton blafard, les animaux sont désorientés, les chevaux refusent de marcher, les bœufs au labour s'arrêtent comme des masses inertes, le chien se réfugie contre son maître, les poules rentrent précipitamment au poulailler après y avoir réuni leurs poussins, les oiseaux cessent de chanter et l'on en a même vu tomber morts. Lors de l'éclipse totale de soleil observée à Perpignan le 8 juillet 1842, Arago rapporte que vingt mille spectateurs formaient là un tableau bien expressif. « Lorsque le Soleil réduit à un étroit filet commença à ne plus jeter qu'une lumière très affaiblie, une sorte d'inquiétude s'empara de tout le monde, chacun éprouvait le besoin de communiquer ses impressions. De là un mugissement sourd, semblable à celui d'une mer lointaine après la tempête. La rumeur devenait de plus en plus forte à mesure que le croissant solaire s'amincissait. Le croissant disparut. Les ténèbres succédèrent subitement à la clarté,

et un silence absolu marqua cette phase de
l'éclipse, tout aussi nettement que l'avait fait le
pendule de notre horloge astronomique. Le phénomène, dans sa magnificence, venait de triom-
pher de la pétulance de la jeunesse, de la légèreté
que certains hommes prennent pour un signe de
supériorité, de l'indifférence bruyante dont les
soldats font ordinairement profession. Un calme
profond régna aussi dans l'air : les oiseaux avaient
cessé de chanter... Après une attente solennelle
d'environ deux minutes, des transports de joie,
des applaudissements frénétiques saluèrent avec
le même accord, la même spontanéité, la réappa-
rition des premiers rayons solaires. Au recueille-
ment mélancolique produit par des sentiments
indéfinissables, venait de succéder une satisfaction
vive et franche dont personne ne songeait à contenir, à modérer les élans. »

Chacun sortait ému de l'un des plus grandioses
spectacles de la nature et en gardait l'impérissable
souvenir.

Des paysans furent effrayés de l'obscurité, surtout parce qu'ils croyaient être devenus aveugles.

Un pauvre enfant gardait son troupeau. Ignorant
complètement l'événement qui se préparait, il vit
avec inquiétude le soleil s'obscurcir par degrés,
dans un ciel sans nuages. Lorsque la lumière
disparut tout à coup, le pauvre enfant, au comble
de la frayeur, se mit à pleurer et à appeler *au
secours !* Ses larmes coulaient encore lorsque

l'astre lança son premier rayon. Rassuré à cet
aspect, l'enfant croisa les mains en s'écriant : « O
beou Souleou! » (O beau Soleil!)

Le cri de cet enfant n'est-il pas
celui de l'humanité?

On s'explique donc facilement
que les éclipses produisent la
plus vive impression et aient été
associées à l'idée de la fin du
monde tant que l'on n'a pas su
qu'elles sont l'effet tout naturel
du mouvement de la Lune autour
de la Terre et que le calcul peut
les prédire avec la précision la plus
inattaquable. Il en a été de même
des   grands   phénomènes   célestes, et notamment des apparitions subites d'étoiles inconnues,
beaucoup   plus   rares   d'ailleurs
que les éclipses.

O beou Souleou !

La plus célèbre de ces appa-
ritions a été celle de 1572. Le 11 novembre de
cette année-là, peu de mois après le massacre de
la Saint-Barthélemy, une étoile éclatante, de première grandeur, apparut subitement dans la constellation de Cassiopée. Stupéfaction générale, non
seulement dans le public, qui tous les soirs la
voyait flamber au ciel, mais encore chez les
savants qui ne pouvaient s'expliquer cette apparition. Des astrologues s'avisèrent de trouver que

cette énigme céleste était l'étoile des Mages, qui
revenait annoncer le retour de l'Homme-Dieu, le
jugement dernier et la résurrection. De là grand
émoi parmi toutes les classes de la société...
L'étoile diminua graduellement d'éclat et finit par
s'éteindre au bout de dix-huit mois — sans avoir
amené aucune catastrophe autre que toutes celles
que la sottise humaine ajoute aux misères d'une
planète assez mal réussie.

L'histoire des sciences rapporte plusieurs apparitions de ce genre, mais celle-ci a été la plus
mémorable.

Des émotions du même ordre ont accompagné
tous les grands phénomènes de la nature, surtout
lorsqu'ils étaient imprévus. On peut lire dans les
chroniques du moyen âge et même dans les mémoires plus récents l'émoi que des aurores
boréales, des pluies d'étoiles filantes, des chutes
de bolides ont produit sur leurs spectateurs alarmés. Naguère encore, lors de la grande pluie
d'étoiles du 27 novembre 1872, qui jeta dans le
ciel plus de quarante mille météores provenant
de la dissolution de la comète de Biéla, on a vu,
à Nice, notamment, aussi bien qu'à Rome, des
femmes du peuple se précipiter vers ceux qu'elles
jugeaient en état de les renseigner pour s'en-
quérir de la cause de ce feu d'artifice céleste,
qu'elles avaient immédiatement associé à l'idée de
la fin du monde et de la chute des étoiles annoncée
comme devant précéder le dernier cataclysme.

Les tremblements de terre et les éruptions vol-

L'éruption du Krakatoa (28 août 1883).

caniques atteignent parfois des proportions telles

13

que l'effroi de la fin du monde en est la conséquence toute naturelle. Que l'on se représente
l'état d'esprit des habitants d'Herculanum et de
Pompéi lors de l'éruption du Vésuve qui vint les
engloutir sous une pluie de cendres ! N'était-ce
pas pour eux la fin du monde? Et, plus récemment, les témoins de l'éruption du Krakatoa qui
purent y assister sans en être victimes n'eurent-
ils pas absolument la même conviction? Une nuit
impénétrable, qui dura dix-huit heures ; l'atmosphère transformée en un four plein de cendres
bouchant les yeux, le nez et les oreilles ; la canon-
nade sourde et incessante du volcan ; la chute des
pierres ponces tombant du ciel noir, la scène tragique n'étant éclairée par intermittences que par
les éclairs blafards ou les feux follets allumés aux
mâts et aux cordages du navire ; la foudre se précipitant du ciel dans la mer avec une crépitation
satanique, puis la pluie de cendres se changeant
en une pluie de boue, — voilà ce que subirent pendant cette nuit de dix-huit heures, du 26 au
28 août 1883, les nombreux passagers d'un navire
de Java, tandis qu'une partie de l'île de Krakatoa
sautait en l'air, que la mer, après s'être reculée du
rivage, arrivait sur les terres avec une hauteur de
trente-cinq mètres jusqu'à une distance de un à dix
kilomètres du rivage et sur une longueur de cinq
cents kilomètres, et en se retirant emportait dans
l'abîme quatre villes : Tjringin, Mérak, Telok-Bétong,
Anjer, tout ce qui peuplait la côte, plus de quarante

mille humains! Les passagers d'un vaisseau qui
croisa le détroit le lendemain virent avec effroi

Le navire avait sa marche embarrassée par des grappes de cadavres.

leur navire embarrassé dans sa marche par des
grappes de cadavres entrelacés, et plusieurs se-

maines après on trouvait dans les poissons des
doigts avec leurs ongles, des morceaux de têtes
avec leurs chevelures. Ceux qui furent sauvés, ceux
qui subirent la catastrophe sur un navire et purent,
le lendemain, revoir la lumière du jour qui
semblait à jamais éteinte, ceux-là racontent avec
terreur qu'ils attendaient avec résignation la fin
du monde, convaincus d'un cataclysme universel
et de l'effondrement de la création. Un témoin
oculaire nous assurait que, pour tous les biens
imaginables, il ne consentirait jamais à repasser
par de telles émotions. Le Soleil était éteint; le
deuil tombait sur la nature et la mort universelle
allait régner en souveraine.

Cette éruption fantastique a d'ailleurs été d'une
telle violence qu'on l'a entendue à son antipode à
travers la Terre entière; que le jet volcanique a
atteint vingt mille mètres de hauteur; que l'ondulation atmosphérique produite par ce jet s'est
étendue sur toute la surface du globe dont elle
a fait le tour en trente-cinq heures (à Paris même,
les baromètres ont baissé de quatre millimètres),
et que pendant plus d'un an les fines poussières
lancées dans les hauteurs de l'atmosphère par la
force de l'explosion ont produit, éclairées par le
soleil, les magnifiques illuminations crépusculaires
que tout le monde a admirées.

Ce sont là des cataclysmes formidables, des
fins de monde partielles. Certains tremblements
de terre méritent d'être comparés à ces terribles

éruptions volcaniques par la tragique grandeur
de leurs conséquences. Lors du tremblement de
terre de Lisbonne, le 1er novembre 1755, trente
mille personnes périrent ; la secousse s'étendit
sur une surface égale à quatre fois la superficie
de l'Europe. Lors de la destruction de Lima, le
28 octobre 1724, la mer s'éleva à 27 mètres au-
dessus de son niveau, se précipita sur la ville et
l'enleva si radicalement qu'il n'en resta plus une
seule maison. On trouva des vaisseaux couchés
dans les champs, à plusieurs kilomètres du rivage.
Le 10 décembre 1869, les habitants de la ville
d'Onlah, en Asie Mineure, effrayés par des bruits
souterrains et par une première secousse très violente, s'étaient sauvés sur une colline voisine : ils
virent de leurs yeux stupéfaits plusieurs crevasses
s'ouvrir à travers la ville, et la ville entière disparaître en quelques minutes sous ce sol mouvant !
Nous tenons de témoins directs qu'en des circonstances beaucoup moins dramatiques, par exemple
au tremblement de terre de Nice, du 23 février 1887,
l'idée de la fin du monde est la première qui
frappa l'esprit de ces personnes.

L'histoire du globe terrestre pourrait nous
offrir un nombre remarquable de drames du même
ordre, de cataclysmes partiels et de menaces de
destruction finale. C'était ici le lieu de nous arrêter
un instant à ces grands phénomènes comme aux
souvenirs de cette croyance à la fin du monde,

qui a traversé tous les âges en se modifiant avec

le progrès des con-
naissances hu-
maines. La foi a dis-
paru en partie; l'as-
pect mystique et lé-
gendaire qui frappait
l'imagination de nos
pères et dont on re-
trouve encore tant
de curieuses repré-
sentations aux por-
tails de nos belles cathédrales comme dans les
sculptures et les peintures inspirées par la tradition chrétienne, cet aspect théologique du der-

nier jour de la Terre
a fait place à l'étude
scientifique de la du-
rée du système so-
laire auquel notre
patrie appartient. La
conception géocen-
trique et anthropo-
centrique de l'uni-
vers, qui considérait
l'homme terrestre
comme le centre et
le but de la création,
s'est graduellement transformée et a fini par disparaître; car nous savons maintenant que notre

humble planète n'est qu'une île dans l'infini, que l'histoire humaine a été jusqu'ici faite d'illusions pures, et que la dignité de l'homme réside dans sa valeur intellectuelle et morale : la destinée de l'esprit humain n'a-t-elle pas pour but souverain la connaissance exacte des choses, la recherche de la Vérité?

Dans le cours du dix-neuvième siècle, des prophètes de malheur, plus ou moins sincères, ont annoncé vingt-cinq fois la fin du monde, d'après des calculs cabalistiques ne reposant sur aucun principe sérieux. De pareilles prédictions se renouvelleront aussi longtemps que l'humanité durera.

Mais cet intermède historique, malgré son opportunité, nous a un instant détachés de notre récit du vingt-cinquième siècle. Hâtons-nous d'y revenir, car nous voici précisément arrivés au dénouement.

CHAPITRE VII

LE CHOC

As stars with trains of fire and dews of blood.
SHAKESPEARE, *Hamlet*, I.

Inexorablement, comme une loi du destin que nulle puissance ne peut fléchir, comme un boulet sorti de la gueule du canon et marchant vers la cible, la comète avançait toujours, suivant son orbite régulière et se précipitant avec une vitesse croissante vers le point de l'espace où notre planète devait arriver dans la nuit du 13 au 14 juillet. Les calculs définitifs ne s'étaient pas trompés d'un iota. Les deux voyageurs célestes, la Terre et la comète,

allaient se rencontrer, comme deux trains lancés
l'un vers l'autre au fantastique et aveugle galop de
la vapeur, et qui vont à corps perdu s'effondrer et
se broyer dans le choc monstrueux de deux rages
inassouvies. Mais ici la vitesse de la rencontre
devait être 865 fois supérieure à celle de la rencontre de deux trains rapides lancés l'un sur l'autre
à la vitesse de cent kilomètres à l'heure chacun.

Dans la nuit du 12 au 13 juillet, la comète se
développa sur presque toute l'étendue des cieux,
et l'on distinguait à l'œil nu des tourbillons de feu
roulant autour d'un axe oblique à la verticale. Il
semblait que ce fût là toute une armée de météores
en conflagrations désordonnées dans lesquelles
l'électricité et les éclairs devaient livrer de fantastiques combats. L'astre flamboyant paraissait
tourner sur lui-même et s'agiter intestinement
comme s'il eût été doué d'une vie propre et tour-
menté de douleurs. D'immenses jets de feu s'élan-
çaient de divers foyers, les uns verdâtres, d'autres
d'un rouge sang, les plus brillants éblouissant tous
les yeux par leur éclatante blancheur. Il était évident
que l'illumination solaire agissait sur le tourbillon
de vapeurs, décomposant sans doute certains
corps, produisant des mélanges détonants, élec-
trisant les parties les plus proches, repoussant des
fumées au delà de la tête immense qui arrivait sur
nous ; mais l'astre lui-même émettait des feux bien
différents de la réflexion vaporeuse de la lumière
solaire, et lançait des flammes toujours grandis-

santes, comme un monstre se précipitant sur la
Terre pour la dévorer par l'incendie. Ce qui frappait peut-être le plus encore en ce spectacle, c'était
de ne rien entendre : Paris et toutes les agglomé-
rations humaines se taisaient instinctivement cette
nuit-là, comme immobilisés par une attention sans
égale, cherchant à saisir quelque écho du tonnerre
céleste qui s'avançait — et nul bruit n'arrivait du
pandémonium cométaire.

La pleine lune brillait, verte dans la rouge fournaise, mais sans éclat et ne donnant plus d'ombres.
La nuit n'était plus la nuit. Les étoiles avaient disparu. Le ciel restait embrasé d'une lueur intense.

La comète approchait de la Terre avec une vitesse
de cent quarante-sept mille kilomètres à l'heure, et
notre planète avançait elle-même dans l'espace au
taux de cent quatre mille kilomètres, de l'ouest vers
l'est, obliquement à l'orbite de la comète qui, pour
la position d'un méridien quelconque à minuit,
planait au nord-est. La combinaison des deux vi-
tesses rapprochait les deux corps célestes de cent
soixante-treize mille kilomètres à l'heure. Lorsque
l'observation, d'accord avec le calcul, constata que
les contours de la tête de l'astre n'étaient plus qu'à
la distance de la Lune, on sut que deux heures plus
tard le drame devait commencer.

Contrairement à toute attente, la journée du
vendredi 13 juillet fut merveilleusement belle,
comme toutes les précédentes : le soleil brilla dans
un ciel sans nuages ; l'air était calme, la tempéra-

ture assez élevée, mais agréablement rafraîchie
par une brise légère ; la nature entière paraissait en
fête ; les campagnes étaient luxuriantes de beauté ;
les ruisseaux gazouillaient dans les vallées, les
oiseaux chantaient dans les bois. Seules, les cités
humaines étaient navrantes : l'humanité succombait,
consternée. L'impassibilité tranquille de la nature
posait devant l'angoissante anxiété des cœurs le
contraste le plus douloureux et le plus révoltant.

Des millions d'Européens s'étaient sauvés de
Paris, de Londres, de Vienne, de Berlin, de Saint-
Pétersbourg, de Rome, de Madrid, s'étaient réfu-

Ils avaient fui vers les antipodes.

giés en Australie
ou avaient fui jus-
qu'aux antipodes.
A mesure que le
jour de la ren-
contre approchait,
l'administration
générale des aé-
ronefs transatlan-
tiques avait dû
tripler, quadru-
pler, décupler les
trains aériens
électriques, qui
allaient s'abattre
comme des nuées d'oiseaux sur San Francisco,
Honolulu, Nouméa, et sur les capitales australiennes
de Melbourne, Sydney, Liberty et Pax. Mais ces

millions de départs ne représentaient qu'une minorité privilégiée, et c'était à peine si l'on s'apercevait de ces absences, tant les villes et les villages fourmillaient d'humains errants et affolés.

Déjà plusieurs nuits entières avaient été passées sans sommeil, la terreur de l'inconnu ayant tenu toutes les pensées éveillées. Personne n'avait osé se coucher : il semblait qu'on eût dû s'endormir du dernier sommeil et ne plus connaître le charme du réveil. Tous les visages étaient d'une pâleur livide, les orbites creusées, la chevelure inculte, les yeux hagards, le teint blafard, marqués des empreintes de la plus effroyable angoisse qui eût jamais pesé sur les destinées humaines.

L'air respirable devenait de plus en plus sec et de plus en plus chaud. Nul n'avait songé depuis la veille à réparer par une alimentation quelconque les forces épuisées, et l'estomac, organe si peu oublieux de lui-même, ne réclamait rien. Mais une soif ardente fut le premier effet physiologique de la sécheresse de l'air, et les plus sobres ne purent se soustraire à l'obligation d'essayer de la calmer par tous les moyens possibles, sans y parvenir. La souffrance physique commençait son œuvre et devait bientôt dominer les angoisses morales. L'atmosphère devenait d'heure en heure plus pénible à respirer, plus fatigante, plus cruelle. Les petits enfants pleuraient, souffrant d'un mal inconnu, appelant leurs mères.

A Paris, à Londres, à Rome, à Berlin, à Saint-Pétersbourg, dans toutes les capitales, dans toutes les villes, dans tous les villages, les populations agitées erraient au dehors, comme on voit les fourmis courir éperdues dans leurs cités troublées. Toutes les affaires de la vie normale étaient négligées, abandonnées, oubliées; tous les projets étaient anéantis. On ne tenait plus à rien, ni à sa maison, ni à ses proches, ni à sa propre vie. C'était une dépression morale absolue, plus complète encore que celle qui est produite par le mal de mer.

Les églises catholiques, les temples réformés, les synagogues juives, les chapelles grecques et orthodoxes, les mosquées musulmanes, les coupoles chinoises bouddhistes, les sanctuaires des évocations spirites, les salles d'études des groupes théosophiques, occultistes, psychosophiques et anthroposophiques, les nefs de la nouvelle religion gallicane, tous les lieux de réunion des cultes si divers qui se partageaient encore l'humanité avaient été envahis par leurs fidèles en cette mémorable journée du vendredi 13 juillet, et, à Paris même, les masses entassées sous les portails ne permettaient plus à personne d'approcher des

églises, à l'intérieur desquelles on aurait pu voir
tous les croyants prosternés la face contre terre.
Des prières étaient marmottées à voix basse. Mais
les chants, les orgues, les cloches, tout se taisait.
Les confessionnaux étaient enveloppés de pénitents attendant leur tour, comme en ces anciennes
époques de foi sincère et naïve dont parlent les
histoires du moyen âge.

Dans les rues, sur les boulevards, partout même
silence. On ne criait plus, on ne vendait plus, on
n'imprimait plus aucun journal. Dans les airs,
aviateurs, aéronefs, hélicoptères, ballons dirigeables avaient disparu. Les seules voitures que
l'on vît passer étaient les corbillards des pompes funèbres conduisant à l'incinération les
premières victimes de la comète, déjà innombrables.

La journée se passa sans incident astronomique.
Mais avec quelle anxiété n'attendait-on pas la nuit
suprême !

Jamais peut-être coucher du soleil ne fut aussi
beau, jamais ciel ne fut aussi pur. L'astre du
jour sembla s'ensevelir dans un lit d'or et de
pourpre. Son disque rouge descendit à l'horizon. Mais les étoiles ne parurent pas. La
nuit n'arriva pas. Au jour solaire succéda un
jour cométaire et lunaire, éclairé d'une lumière
intense, rappelant celle des aurores boréales,
mais plus vive, émanant d'un large foyer incandescent, qui n'avait pas brillé pendant le jour

parce qu'il était au-dessous de l'horizon, mais qui aurait certainement rivalisé d'éclat avec le Soleil.

Ce lumineux foyer se leva à l'Orient presque en même temps que la pleine lune, qui parut monter avec lui dans le ciel comme une hostie sépulcrale sur un autel funèbre, dominant le deuil immense de la nature.

A mesure qu'elle s'élevait, la Lune pâlissait; mais le foyer cométaire grandissait en éclat avec l'abaissement du Soleil au-dessous de l'horizon occidental, et maintenant, à l'heure de la nuit, il régnait sur le monde, nébuleux soleil, rouge écarlate, avec des jets de flammes jaunes et verts qui semblaient lui ouvrir une immense envergure d'ailes. Tous les regards terrifiés voyaient en lui un géant démesuré prenant possession en souverain du Ciel et de la Terre.

Déjà l'avant-garde de la chevelure cométaire avait pénétré dans l'intérieur de l'orbite lunaire; d'un instant à l'autre, elle allait toucher les frontières raréfiées de l'atmosphère terrestre, vers 200 kilomètres de hauteur.

C'est à ce moment que tous les yeux devinrent hagards et effroyablement affolés en voyant s'allumer autour de l'horizon comme un vaste incendie élevant dans le ciel de petites flammes violacées. Presque immédiatement après, la comète diminua d'éclat, sans doute parce que, sur le point de toucher la Terre, elle avait pénétré dans l'ombre

de notre planète et avait perdu une partie de sa
lumière, celle qui venait du Soleil ; cette extinction
apparente était due surtout à un effet de contraste ;
car, lorsque les yeux moins éblouis se furent accoutumés à cette nouvelle clarté, elle parut presque aussi intense que la première, mais blafarde,
sinistre, sépulcrale. Jamais la Terre n'avait été
éclairée d'une pareille lueur : c'était comme une

Les yeux hagards virent s'allumer l'horizon.

profondeur d'illumination blême, au delà de laquelle transparaissaient des élancements d'éclairs.
La sécheresse de l'air respirable devint intolé-
rable; la chaleur d'un four brûlant souffla d'en
haut, et une horrible odeur de soufre, due sans
doute à l'ozone surélectrisé, empesta l'atmosphère.
Chacun se crut à sa dernière minute.

Un grand cri domina toutes les angoisses.

La terre brûle! la terre brûle! s'écriait-on partout
en une rumeur formidable...

14

Tout l'horizon, en effet, semblait allumé maintenant d'une couronne de flammes bleuâtres. C'était bien, comme on l'avait prévu, l'oxyde de carbone qui brûlait à l'air en produisant de l'anhydride carbonique. Sans doute aussi, de l'hydrogène cométaire s'y combinait-il lentement. Chacun croyait voir un feu funèbre autour d'un catafalque.

Soudain, comme l'Humanité terrifiée regardait, immobile, silencieuse, retenant son souffle, pénétrée jusqu'aux moelles, cataleptisée par la terreur, toute la voûte du ciel sembla se déchirer du haut en bas, et, par l'ouverture béante, on crut voir une gueule énorme vomissant des gerbes de flammes vertes, éclatantes ; et l'on fut frappé d'un éblouissement si effroyable que tous les spectateurs, sans exception, qui ne s'étaient pas encore enfermés dans les caves, hommes, femmes, vieillards, enfants, les plus énergiques comme les plus timorés, tous se précipitèrent vers la première porte venue, et descendirent comme des avalanches dans les sous-sols, déjà presque tous envahis. Il y eut une multitude de morts, par écrasement d'abord, ensuite par apoplexies, ruptures d'anévrismes et folies subites dégénérées en fièvres cérébrales. La Raison sembla subitement anéantie chez les hommes, et remplacée par la Stupeur, folle, inconsciente, résignée, muette.

Seuls, quelques couples enlacés semblaient s'isoler du cataclysme, se détacher de l'universelle

terreur et vivre pour eux-mêmes, abandonnés à
l'exaltation de leur seul amour.

Sur les terrasses ou dans les observatoires, les
astronomes étaient pourtant restés à leurs postes,
et plusieurs prenaient des photographies inces-

Seuls, quelques couples semblaient s'isoler du cataclysme.

santes des transformations du ciel. Ce furent dès
lors, mais pendant un temps bien court, les seuls
témoins de la rencontre cométaire, à part quelques
exceptionnels énergiques, qui osèrent encore regarder le cataclysme derrière les vitres des hautes
fenêtres des appartements supérieurs.

Le calcul indiquait que le globe terrestre devait pénétrer dans le sein de la comète comme un boulet dans une masse nuageuse et que, à partir du premier contact des zones extrêmes de l'atmosphère cométaire avec celles de l'atmosphère terrestre, la traversée durerait quatre heures et demie, ce dont il est facile de se rendre compte puisque la comète — étant environ soixante-cinq fois plus large que la Terre en diamètre — devait être traversée non centralement, mais à un quart de la distance du centre, à la vitesse de 173 000 kilomètres à l'heure. Il y avait environ quarante minutes que le premier contact avait eu lieu, lorsque la chaleur de l'incandescente fournaise et l'horrible odeur de soufre devinrent tellement suffocantes que quelques instants de plus de ce supplice allaient, sans rémission, arrêter toute vie dans son cours. Les astronomes eux-mêmes se traînèrent dans l'intérieur des observatoires, qu'ils cherchèrent à fermer hermétiquement, et descendirent aussi dans les caves; seule, à Paris, la jeune calculatrice, avec laquelle nous avons fait connaissance, resta quelques secondes de plus sur la terrasse, assez pour assister à l'irruption d'un bolide formidable, quinze ou vingt fois plus gros que la Lune en apparence, et qui se précipitait vers le sud avec la vitesse de l'éclair. Mais les forces manquaient pour toutes les observations. On ne respirait plus. A la chaleur et à la sécheresse, destructives de toute fonction vitale, s'ajoutait l'empoisonnement de l'atmosphère par le mélange de l'oxyde de carbone qui commençait à se produire.

Les oreilles tintaient d'une sorte de glas sonore intérieur, les cœurs précipitaient leurs battements avec violence, et toujours cette odeur de soufre irrespirable! En même temps, une pluie de feu s'abattit du haut des cieux, une pluie d'étoiles filantes, et de bolides dont l'immense majorité n'arrivaient pas jusqu'au sol, mais dont un

Une pluie de bolides s'abattit.

grand nombre toutefois éclatèrent comme des bombes et vinrent traverser les toits, et l'on s'aperçut que des incendies s'allumaient de toutes parts. Le ciel s'enflamma. Au feu du ciel répondaient maintenant les feux de la Terre, comme si une armée d'éclairs eût soudain embrasé le monde. Des coups de tonnerre étourdissants se succédaient sans inter-

ruption, venant d'une part de l'explosion des bolides, et d'autre part d'un orage immense dans lequel
il semblait que toute la chaleur atmosphérique se fût
transformée en électricité. Un roulement continu,
rappelant celui de tambours lointains, emplissait

Ils se précipitèrent affolés.

les oreilles d'un long ronflement sourd, entrecoupé
de chocs horripilants et de sinistres sifflements de
serpents; et puis c'étaient des clameurs sauvages,
le hurlement d'une immense chaudière qui bout,
des explosions violentes, des canonnades répétées,
des plaintes du vent, des *heu! heu!* gémissants, des
secousses du sol comme si la Terre s'effondrait. La

tempête devint à ce moment si épouvantable, si
étrange, si féroce, que l'Humanité se trouva cataleptisée, muette de terreur, annihilée, puis, finale-
ment, aussi tranquille qu'une feuille morte que le
vent va emporter. C'était bien, cette fois, la fin de
tout. Chacun se résigna, sans chercher un seul
instant aucun secours, à être enseveli sous les
ruines de l'universel incendie. Une suprême
étreinte embrassa les corps de ceux qui ne s'étaient
pas quittés et qui n'aspiraient plus qu'à la consolation de mourir ensemble.

Mais le gros de l'armée céleste avait passé, et
une sorte de raréfaction, de vide s'était produite
dans l'atmosphère, peut-être à la suite d'explosions
météoriques, car tout d'un coup les vitres des
maisons éclatèrent, projetées au dehors, et les
portes s'ouvrirent d'elles-mêmes. Une tempête
formidable souffla, accélérant l'incendie et rani-
mant les humains qui, du même coup aussi, re-
vinrent à la vie et sortirent du cauchemar. Puis ce
fut une pluie diluvienne.

. . . .

... « *Demandez* le XXV⁰ Siècle! *L'écrasement du
pape et de tous les évêques. La chute de la comète à
Rome. Demandez le journal!* »

Il y avait à peine une demi-heure que la tourmente céleste était passée, on commençait à remonter des caves et à se sentir revivre, on sortait insensiblement du rêve et l'on ne se rendait pas exactement compte encore des feux qui se développaient

malgré la pluie diluvienne, que déjà la voix glapissante des jeunes crieurs remplissait Paris, Lyon, Marseille, Bruxelles, Londres, Vienne, Turin, Madrid, toutes les villes à peine réveillées ; c'était partout la même annonce, les mêmes cris, et, avant de songer à conjurer les incendies, tout le monde achetait le grand journal populaire à un centime, l'immense feuille de seize pages illustrées, fraîchement sortie des presses.

... « *Demandez l'écrasement du pape et des cardinaux. Le Sacré Collège tué par la comète. Impossibilité de nommer un nouveau pape. Demandez le journal !* »

Et les crieurs se succédaient, et chacun désirait savoir ce qu'il y avait de vrai dans cette annonce, et chacun achetait le grand journal socialiste populaire.

Voici ce qui s'était passé.

L'Israélite américain avec lequel nous avons déjà fait connaissance, et qui avait trouvé moyen, le mardi précédent, de réaliser plusieurs milliards par la réouverture de la Bourse de Paris et de Chicago, n'avait pas désespéré de la suite des affaires, et de même qu'autrefois les monastères avaient accepté les testaments écrits en vue de la fin du monde, de même notre infatigable spéculateur avait jugé opportun de se tenir à son téléphone, descendu pour la circonstance en une vaste galerie souterraine hermétiquement fermée. Propriétaire de fils spéciaux reliant Paris aux principales villes

du monde, il n'avait pas cessé de rester en communication avec elles.

J.-P. LAURENS.

Tombant du haut des cieux, le bolide avait écrasé le pape.

Le noyau de la comète renfermait, noyés dans
une masse de gaz incandescent, un certain nombre

de concrétions uranolithiques dont quelques-unes mesuraient plusieurs kilomètres de diamètre. L'une de ces masses avait atteint la Terre, non loin de Rome, et les phonogrammes du correspondant romain annonçaient ce qui suit :

Tous les cardinaux, tous les prélats du concile étaient réunis à la fête solennelle donnée sous le dôme de Saint-Pierre pour la célébration du dogme de la divinité pontificale. On avait fixé à l'heure sacrée de minuit la cérémonie de l'adoration. Au milieu des illuminations splendides du premier temple de la chrétienté, sous les invocations pieuses élevées dans les airs par les chants des confréries, les autels fumant des parfums de l'encens et les orgues roulant leurs sombres frémissements jusqu'aux profondeurs de l'immense église, le pape assis sur son trône d'or voyait prosterné à ses pieds son peuple de fidèles représentant la chrétienté tout entière des cinq parties du monde, et se levait pour donner à tous sa bénédiction suprême, lorsque, tombant du haut des cieux, un bloc de fer massif d'une grosseur égale à la moitié de la ville de Rome avait, avec la rapidité de l'éclair, écrasé le pape, l'église, et précipité le tout dans un abîme d'une profondeur inconnue, véritable chute au fond des enfers ! Toute l'Italie avait tremblé, et le roulement d'un effroyable tonnerre avait été entendu jusqu'à Marseille.

On avait vu le bolide de toutes les villes d'Italie, au milieu de l'immense pluie d'étoiles et de l'em-

brasement général de l'atmosphère. Il avait illuminé
la terre comme un nouveau soleil, d'un rouge
éclatant, et un immense déchirement, quelque
chose d'infernal, avait suivi sa chute, comme si
réellement la voûte du ciel s'était déchirée du haut
en bas. (C'est ce bolide qui avait été l'objet de la
dernière observation de la jeune calculatrice de
l'Observatoire de Paris au moment où, malgré
tout son zèle, il lui avait été impossible de rester
dans l'atmosphère suffocante du cataclysme.)

Notre spéculateur recevait les dépêches, donnait
ses ordres de son cabinet téléphonique et dictait
les nouvelles à sensation à son journal imprimé au
même moment à Paris et dans les principales
villes du monde. Tout ordre lancé par lui paraissait
un quart d'heure après, en tête du *XXV*e *Siècle*, à
New-York, à Saint-Pétersbourg, à Melbourne
comme dans les capitales voisines de Paris.

Une demi-heure après la première édition, une
seconde était annoncée.

... « *Demandez l'incendie de Paris et de presque toutes
les villes de l'Europe, la fin définitive de l'Église catholique. Le pape puni de son orgueil. Rome en cendres...*
Demandez le XXVe Siècle, *deuxième édition.* »

Et, dans cette nouvelle édition, on pouvait déjà
lire une dissertation très serrée, écrite par un correspondant compétent, sur les conséquences de
l'anéantissement du Sacré Collège. Le rédacteur
établissait que, d'après les constitutions du concile
de Latran de l'an 1179, du concile de Lyon de

l'an 1274, du concile de Vienne de 1312 et les ordon-
nances de Grégoire X et Grégoire XIII, les souverains pontifes ne peuvent être élus que par le
conclave des cardinaux. Ces conciles et ces ordon-
nances n'avaient pas prévu le cas de la mort de
tous les cardinaux à la fois. Aux termes mêmes de
la juridiction ecclésiastique, aucun pape ne pouvait
donc plus être nommé. Par ce fait même, l'Église
n'avait plus de chef et saint Pierre n'avait plus de
successeur. C'était la fin de l'Église catholique,
telle qu'elle était constituée depuis tant de siècles.

... « *Demandez* le XXVᵉ Siècle, *quatrième édition.*
L'apparition d'un nouveau volcan en Italie, une révolu-
tion à Naples... Demandez le journal. »

Cette quatrième édition avait succédé à la
seconde, sans souci de la troisième. Elle racontait
qu'un bolide du poids de cent mille tonnes, ou davantage peut-être, s'était précipité, avec la vitesse
signalée plus haut, sur la solfatare de Pouzzoles et
avait traversé la croûte légère et sonore de l'ancienne arène, qui s'était effondrée ; les flammes
intérieures s'étaient mises à jaillir, ajoutant un
nouveau volcan au Vésuve et illuminant de leur
éclat les champs Phlégréens. La révolution qui
couvait sous les terreurs napolitaines avait vu là un
ordre du ciel et, conduite par des moines fanatiques,
commençait à piller le « Palazzo reale ».

... « *Demandez* le XXVᵉ Siècle, *sixième édition.*
L'apparition d'une nouvelle île dans la Méditerranée,
les conquêtes de l'Angleterre... »

Un fragment du noyau de la comète s'était fixé dans la Méditerranée, à l'ouest de Rome, et formait une île irrégulière émergeant de 50 mètres au-dessus du niveau des flots, longue de 1500 mètres sur 700 de largeur. La mer s'était mise à bouillir tout autour et des raz de marée considérables avaient inondé les rivages. Néanmoins, il s'était trouvé justement là un Anglais qui n'avait eu d'autre souci que de dé-barquer en une crique de l'île nou-velle et d'escalader le rocher pour aller planter le drapeau britannique à son plus haut sommet.

Sur tous les points du monde, le journal du fameux spéculateur jeta ainsi pen-dant cette nuit du 13-14 juillet des millions d'exemplaires, dictés téléphoniquement du cabinet du directeur qui avait su se monopoliser toutes les nouvelles de la crise. Partout on s'était avidement précipité sur ces nouvelles, avant même de se mettre à combiner les efforts nécessaires pour éteindre les incendies. La pluie avait apporté dès les premiers moments une aide inespérée, mais les ravages matériels étaient immenses, quoique presque toutes les constructions fussent en fer. Les compagnies d'assurances invo-quèrent le cas de force majeure et refusèrent de payer. D'autre part, les assurances contre l'asphyxie

avaient réalisé en huit jours des fortunes colos-
sales.

« *Demandez* le XXVe Siècle, *dixième édition*. *Le
miracle de Rome. Demandez le journal.* »

Quel miracle? Oh! c'était bien simple. *Le
XXVe Siècle* déclarait, dans cette nouvelle édition,
que son correspondant de Rome s'était fait l'écho
d'un bruit mal fondé, et que le bolide... n'avait
rien écrasé du tout à Rome, mais était tombé assez
loin de la ville. Saint-Pierre et le Vatican avaient
été miraculeusement préservés. Mais le journal
s'était vendu, dans tous les pays du monde, à des
centaines de millions. C'était une excellente affaire.

La crise passa. Peu à peu, l'Humanité se ressaisit,
tout heureuse de vivre. La nuit resta illuminée par
l'étrange lueur cométaire qui planait toujours sur
les têtes, par la chute des météores qui durait
encore et par les incendies partout allumés. Lorsque
le jour arriva, vers trois heures et demie, il y avait
déjà plus de trois heures que le noyau de la comète
avait heurté le globe terrestre et la tête de l'astre
était passée dans le sud-ouest, mais notre planète
restait encore entièrement plongée dans la queue.
Le choc avait eu lieu dans la nuit du 13 au 14 juillet,
à minuit dix-huit minutes de Paris, c'est-à-dire à
minuit cinquante-huit de Rome, selon l'exacte prévision du Président de la Société astronomique de
France dont nos lecteurs n'ont peut-être pas oublié
l'affirmation.

Tandis que la plus grande partie de l'hémisphère terrestre tourné vers la comète à l'heure de la rencontre avait été frappée par la constrictante sécheresse, la suffocante chaleur, l'infecte odeur sulfureuse et la stupeur léthargique résultant de la résistance apportée au cours de l'astre par l'atmosphère, de l'électrisation sursaturée de l'ozone et du mélange du protoxyde d'azote avec l'air supérieur, l'autre hémisphère terrestre était resté à peu près indemne, à part les troubles atmosphériques inévitables déterminés par la rupture d'équilibre. Les baromètres enregistreurs avaient tracé des courbes fantastiques, avec des montagnes et des abîmes. Heureusement, la comète n'avait fait que frôler la Terre, et le choc était loin d'avoir été central. Sans doute même l'attraction du globe terrestre avait-elle énergiquement agi dans la chute des bolides sur l'Italie et la Méditerranée. Dans tous les cas, l'orbite de la comète fut entièrement transformée par cette perturbation, tandis que la Terre et la Lune continuèrent tranquillement leur cours autour du Soleil, comme si rien ne s'était passé. De parabolique, l'orbite de la comète devint elliptique, avec son aphélie voisin du point de l'écliptique où elle avait été capturée par l'attraction de notre planète.

Lorsqu'on fit plus tard la statistique des victimes de la comète, il se trouva que le nombre des morts s'élevait au quarantième de la population européenne. A Paris seulement, qui s'étendait sur une

partie des anciens départements de la Seine et de
Seine-et-Oise et comptait neuf millions d'habitants,
il y avait eu pendant cet inoubliable mois de juillet
plus de deux cent mille morts, qui se répartis-
saient ainsi :

Semaine finissant le	7 juillet. . .	7 750	
Journée du dimanche	8 juillet. . .	1 648	
—	lundi	9 — . . .	1 975	
—	mardi	10 — . . .	1 917	
—	mercredi 11 — . . .	2 465	
—	jeudi	12 — . . .	10 098	TOTAL
—	vendredi 13 — . . .	100 842	du
—	samedi	14 — . . .	81 067	1er au 31
—	dimanche 15 — . . .	11 425	juillet :
—	lundi	16 — . . .	3 783	230 084
—	mardi	17 — . . .	1 893	
Les cinq jours suivants (moyenne de chacun)	980	
Après le 22 (moyenne normale). .	369	

La mortalité avait triplé dès avant la semaine
sinistre et avait quintuplé dans la journée du 9.
La progression s'était arrêtée à la suite des
séances de l'Institut qui avaient tranquillisé les
esprits et calmé les imaginations affolées; elle avait
même manifesté un sensible mouvement de rétro-
cession dans la journée du mardi. Malheureusement, avec l'approche de l'astre menaçant, la
panique avait repris de plus belle dès le lendemain
et la mortalité avait sextuplé sur la moyenne normale : la plupart des constitutions faibles y avaient
passé. Le jeudi 12, à l'approche de la date fatale,

avec les privations de tout genre, l'absence d'alimentation et de sommeil, la transpiration cuta-
née, la fièvre de tous les organes, la surexcitation
cardiaque et les congestions cérébrales, la mortalité
avait atteint, à Paris seulement, le chiffre désormais disproportionné de dix mille ! Quant à l'attaque générale de la nuit du 13 au 14, dessiccation du
larynx, empoisonnement de l'air par l'oxyde de carbone, congestions pulmonaires, entassements dans
les caves, anesthésie des organes respiratoires,
arrêt dans la circulation du sang, les victimes
avaient été plus nombreuses que celles des anciennes batailles rangées, et c'est à plus de cent
mille que s'était élevé le chiffre des morts. Une
partie des êtres frappés mortellement vécurent
jusqu'au lendemain, et même un certain nombre
prolongèrent encore pendant plusieurs jours une
vie désormais condamnée. Ce n'est guère qu'une
quinzaine de jours après le cataclysme que la
moyenne normale se rétablit. Pendant ce mois
désastreux dix-sept mille cinq cents enfants étaient
nés à Paris ; mais presque tous étaient morts,
comme empoisonnés, leurs petits corps tout
bleus.

La statistique médicale, défalquant du total général la moyenne normale calculée sur le taux alors
hygiéniquement atteint de 15 morts par an pour
mille habitants, soit de 135 000 par an ou 369 par
jour, et retranchant du nombre précédent le chiffre
de 11 439 citoyens qui seraient morts sans la

comète, attribua naturellement à celle-ci la différence des deux nombres, soit deux cent dix-huit
mille environ.

Sur ce nombre, la maladie qui avait fait le plus
de victimes avait été :

La Peur. 150 000

par syncopes, ruptures d'anévrisme ou congestions cérébrales.

Mais ce cataclysme n'amena point la fin du
monde. Les vides ne tardèrent pas à se réparer
par une sorte de surcroît de vitalité humaine,
comme il arrivait autrefois après les guerres; la
Terre continua de tourner dans la lumière solaire,
et l'humanité continua de s'élever vers de plus
hautes destinées.

La Comète avait surtout été le prétexte de toutes
les discussions possibles sur ce grand et capital
sujet de LA FIN DU MONDE.

SECONDE PARTIE

DANS DIX MILLIONS D'ANNÉES

CHAPITRE PREMIER

LES ÉTAPES DE L'AVENIR

L'homme enfin prend son sceptre et jette son bâton
Et l'on voit s'envoler le calcul de Newton
Monté sur l'ode de Pindare.

V. Hugo. *Plein Ciel.*

L'événement auquel nous venons d'assister et les discussions qu'il avait provoquées s'étaient passés au vingt-cinquième siècle de l'ère chrétienne. L'humanité terrestre n'avait pas trouvé sa fin dans la rencontre cométaire, qui était devenue le plus grand phénomène de son histoire entière, événement mémorable et jamais oublié, malgré les transformations de tout ordre subies depuis par la

race humaine. La Terre avait continué de tourner ;
le Soleil avait continué de briller ; les petits
enfants étaient devenus des vieillards et avaient
été incessamment remplacés dans le flux perpétuel
des générations ; les siècles, les périodes séculaires s'étaient succédé ; le Progrès, loi suprême,
avait conquis le monde malgré les freins, les
obstacles, les enrayements que les hommes ne
cessent d'opposer à sa marche ; et l'humanité
avait lentement grandi dans la science et dans
le bonheur, à travers mille fluctuations transi-
toires, pour arriver à son apogée et parcourir la
voie des terrestres destinées.

Mais par quelles séries de transformations physiques et mentales !

La population de l'Europe s'était élevée, de l'an
1900 à l'an 3000, de trois cent soixante-quinze à
sept cents millions ; celle de l'Asie, de huit cent
soixante-quinze millions à un milliard ; celle des
Amériques, de cent vingt millions à un milliard
et demi ; celle de l'Afrique, de soixante-quinze à
deux cents millions ; celle de l'Australie, de cinq
à soixante millions ; ce qui donne pour le mouvement de la population totale du globe un accroissement de quatorze cent cinquante millions à trois
milliards quatre cents millions. La progression
avait continué, avec des fluctuations.

Les langues s'étaient métamorphosées. Les progrès incessants des sciences et de l'industrie
avaient créé un grand nombre de mots nouveaux,

construits généralement sur les anciennes étymologies grecques. En même temps, la langue anglaise s'était répandue sur toute la surface du globe. Du vingt-cinquième au trentième siècle, la langue parlée en Europe était dérivée d'un mélange d'anglais, de français et de termes étymologiquement grecs, auxquels s'étaient ajoutées quelques expressions tirées de l'allemand et de l'italien. Aucun essai de langue universelle artificiellement créée n'avait réussi.

Dès avant le vingt-cinquième siècle, déjà, la guerre avait disparu de la logique humaine, et l'on ne comprenait plus qu'une race qui se croyait intelligente et raisonnable eût pu s'imposer pendant si longtemps de plein gré un joug brutal et stupide qui la ravalait de beaucoup au-dessous de la bête. Quelques épisodes historiques popularisés par la peinture montraient dans toute son horreur l'ancienne barbarie. Ici, c'était Rhamsès III, en Égypte, voyant vider devant son char les paniers de mains coupées aux vaincus pour en opérer plus facilement le dénombrement, par centaines et par milliers; là c'était Teglatpal-Asar, dans les plaines de la Chaldée, faisant écorcher vifs les prisonniers sous les feux cuisants du soleil, ou Assurbanipal, en Assyrie, faisant arracher la langue aux Babyloniens et empaler les Susiens; plus loin on voyait, devant les murs de Carthage, les otages crucifiés sur l'ordre d'Amilcar; ailleurs, César faisant rogner

d'un coup de hache les poignets aux Gaulois révol-
tés ; d'autres tableaux montraient Néron assis-
tant au supplice des chrétiens accusés de l'incendie de Rome et enduits de poix pour être
brûlés vifs ; et, en regard, Philippe II d'Espagne et
sa cour devant les bûchers d'hérétiques brûlés au
nom de Jésus. Ailleurs on voyait Gengis Khan
marquant la route de ses victoires par des pyra-
mides de têtes coupées ; Attila incendiant tous les
villages après les avoir pillés ; les condamnés de
l'Inquisition expirant dans les tortures ; les Chinois
enterrant les condamnés jusqu'au cou et enduisant
de miel les têtes pour les abandonner aux
mouches, ou, à côté, supplice plus rapide, sciant
des hommes entre deux planches ; Jeanne d'Arc
expirant dans les flammes ; Marie Stuart, la tête
sur le billot ; Lavoisier, Bailly, André Chénier sur
l'échafaud révolutionnaire ; les dragonnades des
Cévennes ; les armées de Louis XIV ravageant
le Palatinat ; les soldats de Napoléon étendus
morts dans les champs de neige de la Russie ; et
les villes bombardées, et les batailles navales, et
les amas de troupes foudroyés en un éclair par les
agents explosifs, et les combats aériens précipitant
des grappes d'hommes dans les profondeurs de
l'espace. Partout et toujours la domination brutale
du plus fort et la plus effroyable barbarie. La série
des guerres internationales, civiles, politiques,
sociales, était passée en revue, et nul ne voulait
croire que les infâmes aberrations de cette folie

Partout la plus effroyable barbarie avait dominé la pauvre race humaine.

homicide eussent pu réellement dominer si
longtemps la pauvre race humaine, arrivée enfin
à l'âge de raison.

En vain les derniers souverains avaient-ils
essayé de proclamer avec une emphase retentissante que la guerre était d'institution divine, qu'elle
était le résultat naturel de la lutte pour la vie, qu'elle
constituait le plus noble des exercices et que le
patriotisme était la première des vertus; en vain
les champs de bataille avaient-ils été qualifiés de
champs d'honneur et les chefs victorieux avaient-
ils vu leurs statues glorieuses dominer les foules
adulatrices. On avait fini par remarquer que nulle
espèce animale, à part quelques races de fourmis,
n'avait donné l'exemple d'une bêtise aussi colos-
sale; que la guerre avait été l'état primitif de
l'espèce humaine obligée de disputer sa vie aux
animaux; que depuis trop longtemps cet instinct
primitif s'était tourné contre l'homme lui-même;
que la lutte pour la vie ne consistait pas à se poi-
gnarder soi-même, mais à conquérir la nature; que
toutes les ressources de l'humanité étaient jetées
en pure perte dans le gouffre sans fond des armées
permanentes, et que l'obligation seule du service
militaire inscrite dans les codes constituait une
telle atteinte à la liberté qu'elle avait rétabli l'esclavage sous prétexte de dignité. Les nations
gouvernées par des rois belliqueux et sacerdotaux
s'étaient révoltées, avaient emprisonné leurs souverains et les avaient embaumés, à leur mort,

comme des types historiques à conserver : on les avait tous transportés à Aix-la-Chapelle et rangés comme des satellites d'un autre âge autour du vieux tombeau de Charlemagne.

Les États européens, constitués en républiques et confédérés, reconnurent que le militarisme représentait en temps de paix un parasitisme dévorant, l'impuissance et la stérilité, — en temps de guerre le vol et l'assassinat légalisés, le droit brutal du plus fort, régime inintelligent, entretenu par une obéissance passive aux ordres de diplomates spéculant uniquement sur la sottise humaine. Autrefois, dans les temps antiques, on s'était battu de village à village, pour l'avantage et la gloire des chefs, et cette sorte de guerre durait encore au dix-neuvième siècle entre les villages de l'Afrique centrale, où l'on voyait même des jeunes hommes et des jeunes femmes, convaincus de leur rôle d'esclaves, se rendre volontairement en certaines époques aux pays où ils devaient être mangés en grande cérémonie. La barbarie primitive ayant un peu diminué, on s'était ensuite associé en provinces, puis battu d'une province à une autre, entre Athènes et Sparte, entre Rome et Carthage, entre Paris et Dijon, entre Londres et Édimbourg, et l'histoire avait célébré les mirifiques combats du duc de Bourgogne contre le roi de France, des Normands contre les Parisiens, des Anglais contre les Écossais, des Vénitiens contre les Génois, des Saxons contre les Bavarois, etc., etc. Plus

tard on avait formé des nations plus vastes, on
avait supprimé par là les drapeaux et les divisions
provinciales, mais on avait continué d'enseigner
aux enfants la haine des peuples voisins et de cos-
tumer les citoyens dans le seul but de les faire
s'entre-exterminer. Il y avait eu d'interminables
guerres, sans cesse renouvelées, entre la France,
l'Angleterre, l'Allemagne, l'Italie, l'Espagne, l'Autriche, la Russie, la Turquie, etc. Les engins
d'extermination avaient suivi dans leurs perfection-
nements les progrès de la chimie, de la mécanique,
de l'aéronautique et de la plupart des sciences, et
l'on rencontrait même des théoriciens — surtout
parmi les hommes d'État — déclarant que la guerre
était la loi nécessaire du progrès, oubliant que la
plupart des inventeurs dans les sciences et l'industrie, électricité, physique, mécanique, etc., ont
tous été, au contraire, les hommes les plus paci-
fiques et les plus antibelliqueux qui fussent
au monde. La statistique avait établi que la
guerre égorgeait régulièrement quarante millions
d'hommes par siècle, onze cents par jour, sans
trêve ni relâche, et avait fait douze cents millions
de cadavres en trois mille ans. Que les nations
s'y fussent épuisées et ruinées, il n'y avait rien
là de surprenant, puisque dans le seul dix-neuvième siècle elles avaient dépensé pour ce beau
résultat la somme de 700 milliards. Ces divisions patriotiques, habilement entretenues par les
hommes politiques qui en vivaient, avaient long-

temps empêché l'Europe d'imiter l'Amérique en supprimant ses armées qui lui mangeaient toutes ses forces et absorbaient désormais plus de 10 milliards par an aux ressources si péniblement acquises par les travailleurs, et en se constituant en États-Unis d'Europe, vivant dans le travail utile et dans l'abondance. Mais, comme les hommes ne se décidaient pas à secouer les oripeaux de leurs vanités nationales, c'est le sentiment féminin qui sauva l'humanité.

Sous l'inspiration d'une femme de cœur, la majorité des mères se liguèrent, dans toute l'Europe, pour élever leurs enfants, et surtout leurs filles, dans l'horreur de la barbarie militaire. Les conversations entre parents, les causeries du soir, les récits, les lectures mettaient en évidence la stupidité des hommes, la légèreté des prétextes qui avaient lancé les nations les unes contre les autres, la fourberie des diplomates mettant tout en œuvre pour surexciter le patriotisme et aveugler les esprits, l'inutilité finale des guerres dans l'histoire, l'équilibre européen toujours troublé, jamais établi, la ruine des peuples, les champs de bataille couverts de morts et de blessés déchirés par la mitraille, morts et blessés qui une heure auparavant vivaient glorieusement au bon soleil de la nature,... et les veuves, et les orphelins, et les misères! Une seule génération de cette éducation éclairée avait suffi pour affranchir les enfants de ce restant d'animalité carnivore et pour les élever

dans un sentiment de profonde horreur contre
tout ce qui pouvait rappeler l'antique barbarie. Les
femmes étaient électrices et éligibles. Elles ob-
tinrent d'abord que la première condition d'éligi-
bilité des Administrateurs serait l'engagement de
ne plus voter le budget de la guerre, et ce fut en
Allemagne que l'évolution se fit le plus facilement,
grâce aux socialistes internationaux. Mais une
fois en fonctions, plus de la moitié des députés
oublièrent absolument leurs promesses, sous prétexte de raison d'État. Ils avouèrent qu'ils avaient
aliéné leur indépendance personnelle et qu'ils ne
pouvaient qu'obéir au mot d'ordre des chefs de
groupes parlementaires ! En réalité, les gouvernants refusaient de désarmer, et le budget de la
guerre continuait d'être voté chaque année. On
imagina ensuite que, les militaires des diverses
patries se différenciant surtout par les costumes,
il suffirait peut-être de supprimer simplement ces
costumes pour supprimer les armées; mais une
telle proposition était trop simple pour avoir
aucune chance de succès. C'est alors que les
jeunes filles se jurèrent entre elles de ne jamais
épouser tout homme qui aurait porté les armes;
elles renoncèrent au mariage, — et elles tinrent
leur serment.

Les premières années de cette ligue furent assez
dures, même pour les jeunes filles, et, si ce n'eût
été la réprobation universelle, plus d'un cœur
aurait pu se laisser prendre. Les jeunes hommes

ne manquaient pas de qualités personnelles, et
l'uniforme n'avait pas perdu les avantages d'une

J.-P. LAURENS.
Les jeunes filles renoncèrent au mariage.

certaine élégance. Il y eut, à vrai dire, quelques
défections ; mais, comme les couples ainsi formés
furent dès le premier jour méprisés de la société et
consignés en dehors comme des parias et des

renégats, ils ne furent pas nombreux. L'opinion publique était fixée, et il eût été désormais impossible de remonter le courant. On pouvait voir un peu partout sur les places publiques des inscriptions et des appels en faveur de la paix universelle. *Les belliqueux sont des assassins et des voleurs :* telle était la sentence qui se lisait le plus souvent, surtout à Berlin.

Pendant près de cinq ans, il n'y eut pour ainsi dire pas un seul mariage, pas une seule union. Tous les citoyens étaient soldats, en France, en Allemagne, en Italie, en Angleterre même, où « l'impôt du sang » avait été également voté au vingtième siècle, et il en était de même dans toutes les nations de l'Europe prêtes à se confédérer en États-Unis, mais reculant toujours pour leurs questions de drapeaux. Les femmes tinrent bon. Elles sentaient que la vérité était entre leurs mains, que leur décision délivrerait l'humanité de l'esclavage qui l'opprimait, et qu'elles ne pouvaient manquer de gagner la partie. Aux objurgations passionnées de certains hommes, elles répondaient unanimement : « Non ! nous ne voulons plus d'imbéciles. » D'autres ajoutaient : « Nous refusons d'élever des fils pour la boucherie. » Et, si la scission avait continué, elles étaient décidées à garder leur serment ou à émigrer en Amérique où depuis tant de siècles le militarisme avait disparu.

Au Comité des Administrateurs des affaires de l'État (ce qu'on appelait autrefois députés ou séna-

teurs) les citoyennes les plus éloquentes réclamaient
à chaque session le désarmement. Enfin, la cinquième année, devant le mur d'opposition féminine
qui de jour en jour se faisait plus épais et plus infran-
chissable, les députés de tous les pays, comme
poussés par un même ressort, firent assaut d'éloquence pour surenchérir encore sur tous les arguments invoqués par les femmes, et la même semaine,
en Allemagne, en France, en Italie, en Autriche,
en Espagne, le désarmement fut déclaré. La République allemande avait triomphé des vieux préjugés
dont elle avait eu elle-même le plus à souffrir.

C'était au printemps. Il n'y eut aucune révolution.
D'innombrables mariages s'ensuivirent. La Russie
et l'Angleterre étaient restées en dehors du mouvement, le suffrage des femmes n'y ayant pas été
unanime. Mais, comme l'année suivante tous les
peuples de l'Europe constitués en républiques se
confédérèrent en un seul État, sur l'invitation du
gouvernement des États-Unis d'Europe, les deux
grandes nations décrétèrent, elles aussi, le désarmement graduel et par dixièmes. Depuis longtemps
déjà les Indes n'appartenaient plus à l'Angleterre,
et celle-ci était constituée en république. Quant à
la Russie, la forme monarchique y subsistait toujours. Les ministères de la guerre furent partout
supprimés comme une monstruosité sociale, effacés
comme une tache infamante. On était alors au milieu du vingt-quatrième siècle. Dès cette époque,
le sentiment étroit de la patrie fut remplacé par le

16

sentiment général de l'humanité, et la sauvagerie internationale fit place à une fédération intelligente .

Des institutions militaires il ne resta que la musique, la seule fantaisie agréable qui eût été associée au militarisme, et que l'on se garda bien de faire disparaître. Des milices spéciales furent conservées, uniquement pour entretenir ce genre martial d'harmonie, si gai, si brillant, si ensoleillé. Dans la suite des temps, on n'arriva jamais à comprendre que cette musique eût été inventée pour conduire des troupeaux à l'abattoir.

Délivrée du boulet de l'esclavage militaire, l'Eu-rope s'était immédiatement ensuite affranchie du fonctionnarisme qui avait, d'autre part, épuisé les nations, paraissant condamnées à périr de pléthore; mais il avait fallu pour cela une révolution radicale. Les parasites du budget se virent inexorablement éliminés. Dès lors, l'Europe s'était rapidement élevée en un radieux essor, dans un merveilleux progrès social, scientifique, artistique et industriel.

On respirait enfin librement; on vivait. Pour arriver à payer 700 milliards par siècle aux citoyens détournés de tout travail productif et pour subvenir aux exigences du fonctionnarisme, les gouvernements s'étaient vus conduits à amonceler les impôts à des charges horripilantes. On avait fini par tout imposer : l'air que l'on respire, l'eau des sources et des pluies, la lumière et la chaleur du soleil; le pain, le vin, tous les objets de consom-mation; les vêtements jusqu'à la chemise; les

habitations ; les rues des cités, les chemins des
campagnes ; les animaux, chevaux, bœufs, chiens,
chats, poules, lapins, oiseaux en cage ; les plantes,
les fleurs ; les instruments de musique, pianos,
orgues, violons, cithares, flûtes, cors de chasse ;
les métiers, les états, les célibataires, les gens
mariés, les enfants, les nourrices, les meubles, tout,
absolument tout ; et les impôts s'étaient accrus
jusqu'au jour où leur chiffre avait égalé le produit
net de l'activité des travailleurs, exception faite du
strict « pain quotidien ». Alors, tout travail avait
cessé. Il semblait désormais impossible de vivre.
C'est ce qui avait amené la grande révolution sociale
des anarchistes internationaux dont il a été parlé
au début de ce livre, et celles qui l'avaient suivie.

Tous les États avaient fait faillite les uns après
les autres [1].

Mais ces révolutions n'avaient pas réussi à
affranchir définitivement l'Europe de la barbarie
ancienne ; les préjugés patriotiques recommen-
çaient déjà l'endettement universel, et c'est à la

1. Dès l'année 1893, les divers États de l'Europe étaient déjà
endettés de *cent vingt et un milliards*, qui se partageaient comme
il suit. Dette publique : France, 32 milliards ; Russie, 20 milliards ;
Angleterre, 18 milliards ; Italie, 11 milliards ; Autriche-Hongrie, 10 milliards ; Allemagne, 9 milliards ; les quinze autres États, 21 milliards.
Tout citoyen en naissant était grevé dans la proportion suivante :
Français, 987 francs ; Anglais, 505 francs ; Italien, 375 francs ; Autri-
chien, 275 francs ; Russe, 220 francs ; Allemand, 200 francs. Les habitants des États-Unis n'étaient, au contraire, grevés que d'une dette
de 18 dollars ou 90 francs. L'imposition par tête s'élevait aux chiffres
suivants : France, 104 francs ; Angleterre, 57 francs ; États-Unis,
50 francs ; Belgique, 46 francs ; Allemagne, 44 francs ; Autriche,

ligue des jeunes filles que l'humanité dut cette
délivrance.

On vit alors une chose inouïe, incroyable, inad-
missible, sans précédent dans l'histoire : la diminution des impôts ! Allégé des neuf dixièmes, le
budget ne servit plus qu'à l'entretien de l'ordre
intérieur, à la sécurité des citoyens, aux écoles de
tout genre, à l'encouragement des recherches nouvelles, au progrès toujours grandissant des
sciences, des arts, de l'industrie et de toutes les
manifestations de l'activité intellectuelle; mais
l'initiative individuelle avait pris le dessus sur
l'ancienne centralisation officielle qui pendant tant

---

40 francs; Russie, 36 francs; Espagne, 33 francs. L'accroissement
de la dette publique, en France seulement, a été :

1869. . . .	13 414 972 937 fr.	1880. . . .	25 925 189 094 fr.
1871. . . .	19 297 205 447 —	1885. . . .	29 216 648 501 —
1873. . . .	23 274 496 972 —	1890. . . .	31 090 251 051 —
1875. . . .	24 579 854 314 —	1891. . . .	31 660 747 872 —

La France fait à elle seule, actuellement, 600 millions de nouvelles
dettes chaque année. Il est vrai que des habitudes très distinguées
sont spécialement vouées à l'entretien du budget : le tabac seul donne
un million par jour à l'État. L'organisation sociale du monde est
vraiment une chose merveilleuse !

Les dépenses exclusivement militaires suivent pour l'Europe la
progression suivante :

1865. . . .	2 715 millions.	1880. . . .	3 981 millions.
1870. . . .	2 748 —	1893. . . .	4 758 —

L'Europe a actuellement une armée de 3 300 000 hommes. Chacun
de ces militaires coûte en moyenne 1442 francs. Chacun d'eux
pourrait produire un travail utile valant, au minimum, 1000 francs
par an. La barbarie européenne actuelle représente donc une perte
brute d'environ 8 milliards par an, soit 22 millions par jour!... Il
faudrait encore ajouter à ce chiffre le capital immobilisé et impro-
ductif du matériel de guerre, d'environ 30 milliards.

(Note de l'auteur, 1893.)

de siècles avait, tout en gaspillant les finances publiques [1], étouffé les plus ardentes tentatives, et la bureaucratie était morte de sa belle mort.

La sottise du duel avait disparu peu après celle de la guerre. On cessa de concevoir que des divergences quelconques eussent pu être considérées comme rationnellement résolues par un coup de pistolet ou d'épée, de même que l'on n'admirait plus du tout la galanterie des officiers français de la bataille de Fontenoy, invitant, le chapeau à la main, « messieurs les Anglais à tirer les premiers ». Tout cela parut, même aux yeux des enfants, d'une grande vétusté et d'une excessive stupidité.

Malgré les inconséquences, le scepticisme vain, la nullité scientifique, l'incompétence habituelle et même les prévarications de certains politiciens, la forme républicaine avait prévalu sur tous les autres types de gouvernement, mais non la domination démocratique. On avait reconnu qu'il n'y a pas d'égalité intellectuelle et morale entre les hommes et qu'il vaut mieux confier le gouvernement à un Conseil d'esprits éminents qu'à une foule d'ambitieux dont le principal mérite avait été d'être munis de solides poumons et doués d'une intarissable

---

1. Le gouvernement de la France seule coûte, *par heure*, aux contribuables une somme qui augmente d'année en année dans la proportion suivante :

En 1810. . . .	115 000 francs.	En 1860. . . .	250 000 francs.
1820. . . .	119 000 —	1880. . . .	395 000 —
1840. . . .	150 000 —	1890. . . .	404 000 —

Le budget annuel de la France s'élève à 3 milliards 538 millions.

loquacité, et qui n'avaient songé qu'à faire tourner à leur profit personnel le jeu perpétuel des passions populaires. Les erreurs grossières et les excès brutaux de la démagogie avaient plus d'une fois mis la République en danger de mort; mais l'hérédité monarchique ne garantissant pas davantage les devoirs d'un gouvernement rationnel, on avait fini par adopter une Constitution dirigée par un très petit nombre de citoyens élus sous les garanties d'un suffrage restreint et éclairé.

L'unification des peuples, des idées, des langues avait eu pour complément celle des poids et mesures. Aucune nation n'était restée réfractaire à l'adoption du système métrique, établi sur la mesure même de la planète. Une seule monnaie fut universellement adoptée. Un seul méridien initial régla la géographie : ce méridien passait par l'Observatoire de Greenwich, et c'est à son antipode que le jour changeait de nom à midi : le méridien de Paris était tombé en désuétude vers le milieu du vingtième siècle. La sphère terrestre avait été pendant plusieurs siècles conventionnellement partagée en fuseaux de 24 heures; mais les différences avec l'heure vraie ayant eu pour conséquences des irrégularités illogiques et inutiles, les heures locales, absolument nécessaires dans les observations astronomiques, avaient reparu, comme des satellites de *l'heure universelle*. On compta consécutivement de 0 à 24, et non plus enfantinement, comme autrefois, deux fois douze heures.

Transformations non moins complètes dans les sciences, dans les arts, dans l'industrie surtout, et dans les littératures. La classification des connaissances humaines au point de vue de leur valeur intrinsèque changea avec le progrès relatif de chacune d'elles. La météorologie, par exemple, devint une science exacte et atteignit la précision de l'astronomie : vers le trentième siècle, on arriva à prédire le temps comme nous prédisons aujourd'hui l'arrivée d'une éclipse ou le retour d'une comète. Les almanachs antiques firent place à des annuaires précis annonçant longtemps à l'avance tous les phénomènes de la nature. Les fêtes publiques, les parties de plaisir furent toujours couronnées d'un beau ciel, et sur les mers les navires n'allèrent plus au-devant des tempêtes.

Les forêts avaient entièrement disparu, détruites par la culture — et pour la fabrication du papier.

Le taux légal de l'intérêt était descendu à un demi par 100. Les gros rentiers avaient rejoint les âges fossiles.

L'électricité avait remplacé la vapeur. Les chemins de fer, les tubes pneumatiques fonctionnaient encore, mais surtout pour les transports de matériel. On voyageait de préférence, surtout pendant le jour, en ballons dirigeables, en aéronefs électriques, aéroplanes, hélicoptères, en appareils aériens, — les uns plus lourds que l'air, comme les oiseaux, les autres plus légers, comme les aérostats. Les anciens wagons, sales, fumeux, poussiéreux, bruyants et trépidants, avec les sifflets fantasques et extravagants des locomotives, avaient fait place aux esquifs aériens, légers, élégants, qui fendaient les airs en silence dans la pure atmosphère des hauteurs.

Par le seul fait de la navigation aérienne, les frontières — qui n'ont jamais existé, d'ailleurs, pour la science, ni pour les savants dans leurs rapports réciproques — auraient été supprimées si elles ne l'eussent été par les progrès de la raison. Les voyages perpétuels sur toute la surface du globe avaient amené l'internationalisme et le libre-échange absolu du commerce et des idées. Les douanes avaient été abolies. Richesse universelle. Aucune dette publique. Ni armée, ni marine ; ni douanes, ni octrois. Tout l'organisme social était simplifié.

L'industrie avait fait d'éclatantes conquêtes. Dès le trentième siècle la mer avait été amenée à Paris par un large canal, et les navires électriques arrivaient de l'Atlantique — et du Pacifique par l'isthme de Panama — au débarcadère de Saint-Denis, au delà duquel la grande capitale s'étendait fort loin au nord. Les navires faisaient en quelques heures le trajet de Saint-Denis au port de Londres, et bien des voyageurs les prenaient encore, malgré les trains réguliers d'aéronefs, le tunnel et le viaduc de la Manche. Au delà de Paris régnait la même activité ; car le canal des Deux-Mers, joignant la

A. ROBIDA

Un commutateur transportait instantanément au fond de l'Asie, faisant apparaître...

Méditerranée à l'Atlantique, de Narbonne à Bordeaux, avait supprimé le long détour du détroit de Gibraltar, et d'autre part un tube métallique constamment franchi par les trains à air comprimé reliait la République d'Ibérie (anciennement Espagne et Portugal) à l'Algérie occidentale (ancien Maroc). Paris et Chicago avaient alors neuf millions d'habitants, Londres dix, New-York douze. Ayant continué sa marche séculaire vers l'ouest, Paris s'étendait du confluent de la Marne au delà de Saint-Germain. Il ne rappelait que par d'antiques monuments laissés en ruines le Paris du dix-neuvième et du vingtième siècle. Pour n'en signaler que quelques aspects, il était illuminé pendant la nuit par cent lunes artificielles, phares électriques allumés sur des tours de mille mètres; les cheminées et la fumée avaient disparu, la chaleur étant empruntée au globe terrestre ou à des sources électriques; la navigation aérienne s'était substituée aux voitures primitives des époques barbares; on ne voyait plus dans les rues de pluie ni de boue : des auvents en verre filé étaient immédiatement abaissés à la première goutte, et les millions de parapluies antiques se trouvaient avantageusement remplacés par un seul. Ce que nous appelons aujourd'hui civilisation n'était que barbarie à l'égard des progrès réalisés.

Toutes les grandes villes avaient progressé au détriment des campagnes; l'agriculture était exploitée par des usines à l'électricité; l'hydrogène était extrait de l'eau des mers ; les chutes d'eau et les marées utilisées donnaient au loin leur force transformée en lumière ; les rayons solaires emmagasinés en été étaient distribués pendant l'hiver, et les saisons avaient à peu près disparu, surtout depuis que les puits souterrains amenaient à la surface du sol la température intérieure du globe, qui paraissait inépuisable.

Tous les habitants de la Terre pouvaient communiquer entre eux téléphoniquement.

La téléphonoscopie faisait immédiatement connaître partout les événements les plus importants ou les plus intéressants. Une pièce de théâtre jouée à Chicago ou à Paris s'entendait et se voyait de toutes les villes du monde. En pressant un bouton électrique, on pouvait, à sa fantaisie, assister à une représentation théâtrale choisie à volonté. Un commutateur transportait immédiatement au fond de l'Asie, faisant apparaître les bayadères d'une fête de Ceylan ou de Calcutta. Mais non seulement on entendait et on voyait à distance : le génie de l'homme était même parvenu à transmettre par des influences cérébrales la sensation du toucher ainsi que celle du nerf olfactif. L'image qui apparaissait pouvait, en certaines conditions spéciales, reconstituer intégralement l'être absent.

Au cinquantième siècle, des instruments merveilleux, en optique, en physique, furent imaginés. Une nouvelle substance remplaça le verre et apporta à la science des résultats absolument inat-

tendus. De nouvelles forces de la nature furent
conquises.

Le progrès social avait marché parallèlement
avec le progrès scientifique.

Les machines mues par la force électrique
s'étaient graduellement substituées aux travaux
manuels. Pour les usages quotidiens de la vie, on
avait dû renoncer aux domestiques humains,
parce qu'il n'en restait aucun qui n'exploitât odieu-
sement ses maîtres et n'ajoutât à des gages prin-
ciers un vol régulièrement organisé. De plus,
dans toutes les villes importantes, les marchés
avaient disparu, délaissés par les
clients, à cause des injures que l'on
était obligé de subir de la part des
vendeurs. C'est ce qui avait conduit insensiblement à supprimer
tous les intermédiaires et à puiser
aussi directement que possible
aux sources de la nature, à
l'aide d'appareils automatiques
dirigés par des Simiens. Il n'y
eut plus d'autres domestiques
que les singes apprivoisés. La
domesticité des humains n'au-
rait pu, au surplus, ne pas disparaître des mœurs,
comme autrefois l'antique esclavage.

D'ailleurs, en même temps, les modes d'alimentation s'étaient entièrement transformés. La synthèse chimique était parvenue à substituer des

sucres, des albumines, des amidons, des graisses,
extraits de l'air, de l'eau et des végétaux, composés des combinaisons les plus avantageuses,
en proportions savamment calculées, de carbone,
d'hydrogène, d'oxygène, d'azote, etc., et les repas
les plus somptueux s'effectuaient non plus autour
de tables où fumaient des débris d'animaux égor-
gés, assommés ou asphyxiés, bœufs, veaux, mou-
tons, porcs, poulets, poissons, oiseaux, mais en
d'élégants salons ornés de plantes toujours vertes,
de fleurs toujours épanouies, au milieu d'une atmosphère légère que les parfums et la musique
animaient de leurs harmonies. Les hommes et les
femmes n'avalaient plus avec une gloutonnerie
brutale des morceaux de bêtes immondes, sans
même séparer l'utile de l'inutile. D'abord, les
viandes avaient été distillées; ensuite, puisque les
animaux ne sont formés eux-mêmes que d'éléments
puisés au règne végétal et au règne minéral, on
s'en était tenu à ces éléments. C'était en bois-
sons exquises, en fruits, en gâteaux, en pilules,
que la bouche absorbait les principes nécessaires
à la réparation des tissus organiques, affranchie
de la nécessité grossière de mâcher des viandes.
L'électricité et le Soleil, d'ailleurs, fabriquaient
perpétuellement l'analyse et la synthèse de l'air et
des eaux.

A partir du soixantième siècle surtout, le système nerveux s'était affiné et développé sous des
aspects inattendus. Le cerveau féminin était tou-

jours resté un peu plus étroit que le cerveau mas-
culin et avait toujours continué de penser un peu
autrement (son exquise sensibilité étant immédiatement frappée par des appréciations de sentiment,
avant que le raisonnement intégral ait le temps de
se former dans les cellules plus profondes) et la
tête de la femme était restée plus petite, avec le
front moins vaste, mais si élégamment portée sur
un cou d'une gracieuse souplesse, si supérieure-
ment détachée des épaules et des harmonies du
buste, qu'elle captivait plus que jamais l'admiration
de l'homme. Pour être restée comparativement
plus petite que celle de l'homme, la tête de la femme
avait néanmoins grandi, avec l'exercice des facultés
intellectuelles ; mais c'étaient surtout les circon-
volutions cérébrales qui étaient devenues plus
nombreuses et plus profondes, sous les crânes
féminins comme sous les crânes masculins. En
résumé, la tête avait grossi. Le corps avait
diminué ; on ne rencontrait plus de géants.

Quatre causes permanentes avaient contribué à
modifier insensiblement la forme humaine : le développement des facultés intellectuelles et du cerveau,
la diminution des travaux manuels et des exercices
corporels, la transformation de l'alimentation et le
choix des fiancés. La première avait eu pour effet
d'accroître le crâne proportionnellement au reste du
corps ; la deuxième avait amoindri la force des
jambes et des bras ; la troisième avait diminué
l'ampleur du ventre, apetissé, affiné, perlé les dents ;

la quatrième avait plutôt tendu à perpétuer les formes classiques de la beauté humaine, la stature masculine, la noblesse du visage élevé vers le ciel, les courbes fermes et gracieuses de la femme.

Vers le centième siècle de notre ère, il n'y eut plus qu'une seule race, assez petite, blanche, dans laquelle les anthropologistes auraient peut-être pu retrouver quelques vestiges de la race anglo-saxonne et de la race chinoise.

Aucune autre race ne vint se substituer à la nôtre et la dominer. Lorsque les poètes avaient annoncé que l'homme finirait, dans le progrès merveilleux de toutes les choses, par acquérir des ailes et par voler dans les airs par sa seule force musculaire, ils n'avaient pas étudié les origines de la structure anthropomorphique ; ils ne s'étaient pas souvenus que, pour que l'homme eût à la fois des bras et des ailes, il eût dû appartenir à un ordre zoologique de sextupèdes qui n'existe pas sur notre planète, tandis qu'il est issu des quadrupèdes dont le type s'est graduellement transformé. Mais, si l'homme n'avait pas acquis de nouveaux organes naturels, il en avait acquis d'artificiels. Il savait notamment se diriger dans les airs, planer dans les hauteurs du ciel, à l'aide d'appareils légers mus par l'électricité, et l'atmosphère était devenue son domaine, comme celui des oiseaux. Il est bien probable que, si une race de grands voiliers avait pu acquérir par le développement séculaire de ses facultés d'observation un cerveau

analogue à celui de l'homme même le plus primitif,
elle n'aurait pas tardé à dominer l'espèce humaine
et à substituer une nouvelle race à la nôtre. Mais,
l'intensité de la pesanteur terrestre s'opposant à
ce que les races ailées acquièrent jamais un pareil
développement, l'humanité — perfectionnée — était
restée la souveraine de ce monde.

Vers le deux centième siècle environ, l'espèce
humaine cessa de ressembler aux singes.

CHAPITRE II

LES MÉTAMORPHOSES

Vidi ego, quod fuerat quondam solidissima tellus,
Esse fretum; vidi fractas ex æquore terras;
Et procul a pelago conchæ jacuere marinæ,
Et vetus inventa est in montibus anchora summis.

OVIDIUS, *Métamorph.*, xv, 262.

On connaît la légende de l'Arabe de Kazwini, racontée par un voyageur du treizième siècle, qui n'avait pourtant encore aucune idée de l'étendue des époques de la nature.

« Passant un jour, dit-il, par une ville très ancienne et prodigieusement peuplée, je demandai à l'un de ses habitants depuis combien de temps elle était fondée. « C'est vraiment », me répondit-il,

17

« une cité puissante, mais nous ne savons depuis
« quand elle existe, et nos ancêtres, à ce sujet,
« étaient aussi ignorants que nous. »

« Cinq siècles plus tard, je repassai par le même
lieu, et ne pus apercevoir aucun vestige de la ville.
Je demandai à un paysan, occupé à cueillir des
herbes sur son ancien emplacement, depuis combien de temps elle avait été détruite : « En vérité, »
me dit-il, « voilà une étrange question. Ce ter-
« rain n'a jamais été autre chose que ce qu'il est
« à présent. » — « Mais n'y eut-il pas ici ancienne-
« ment, » lui répliquai-je, « une splendide cité? »
— « Jamais, » me répondit-il, « autant du moins
« que nous en puissions juger par ce que nous
« avons vu, et nos pères mêmes ne nous ont jamais
« parlé d'une pareille chose. »

« A mon retour, cinq cents ans plus tard, dans
ces mêmes lieux, je les trouvai occupés par la mer;
sur le rivage stationnait un groupe de pêcheurs, à
qui je demandai depuis quand la terre avait été
couverte par les eaux. « Est-ce là, » me dirent-ils,
« une question à faire pour un homme comme vous?
« Ce lieu a toujours été ce qu'il est aujourd'hui. »

« Au bout de cinq cents années, j'y retournai
encore, et la mer avait disparu; je m'informai, d'un
homme que je rencontrai seul en cet endroit, depuis
combien de temps le changement avait eu lieu, et il
me fit la même réponse que j'avais eue précédemment.

« Enfin, après un laps de temps égal aux précé-

dents, j'y retournai une dernière fois, et j'y trouvai
une cité florissante, plus peuplée et plus riche en
monuments que la première que j'avais visitée, et,
lorsque je voulus me renseigner sur son origine,
les habitants me répondirent : « La date de sa fonda-
« tion se perd dans l'antiquité la plus reculée ; nous
« ignorons depuis quand elle existe, et nos pères, à
« ce sujet, n'en savaient pas plus que nous. »

N'est-ce pas là l'image de la brièveté de la mémoire humaine et de la petitesse de nos horizons
dans le temps comme dans l'espace ? Nous sommes
portés à croire que la Terre a toujours été ce qu'elle
est ; nous ne nous représentons qu'avec difficulté
les transformations séculaires qu'elle a subies ; la
grandeur de ces temps nous écrase, comme en
astronomie la grandeur de l'espace.

Pourtant tout change, tout se transforme, tout se
métamorphose. Le jour vint où Paris, ce centre
attractif de toutes les nations, vit pâlir sa lumière et
cessa d'être l'astre du monde.

Après la fusion des États-Unis d'Europe en une
seule confédération, la République russe avait
formé, de Saint-Pétersbourg à Constantinople, une
sorte de barrière au développement de l'émigration
chinoise qui déjà avait établi des villes populeuses
sur les bords de la mer Caspienne. Mais les natio-
nalités antiques ayant disparu avec le progrès ; les
drapeaux européens, français, anglais, allemands,
italiens, ibériques, ayant été usés, déchirés par les
mêmes causes ; les communications de l'est à l'ouest

entre l'Europe et l'Amérique étant devenues de plus en plus faciles et la mer ayant cessé d'opposer un obstacle à la marche de l'humanité conforme à celle du Soleil, aux territoires épuisés de l'Europe occidentale l'activité industrieuse avait préféré les terres nouvelles du vaste continent américain, et déjà dès le vingt-cinquième siècle le foyer de la civilisation brillait sur les bords du lac Michigan, en une Athènes nouvelle de neuf millions d'habitants, égale à Paris. Mais ensuite l'élégante capitale française n'avait pas tardé à suivre l'exemple de ses aînées, Rome, Athènes, Memphis, Thèbes, Ninive, Babylone. Les grandes richesses, les ressources de tout ordre, les attractions efficaces étaient ailleurs.

L'Ibérie, l'Italie, la France, graduellement délaissées, avaient vu les solitudes s'étendre sur les ruines des antiques cités. Lisbonne avait disparu, détruite sous les flots; Madrid, Rome, Naples, Florence étaient en ruines; Paris, Lyon, Marseille avaient, un peu plus tard, suivi la même destinée. Les types humains et les langues avaient subi une telle transformation qu'il eût été impossible à l'ethnologiste ou au linguiste de retrouver quoi que ce fût du passé. On ne parlait plus depuis longtemps, ni français, ni anglais, ni allemand, ni italien, ni espagnol, ni portugais. L'Europe avait émigré au delà de l'Atlantique et l'Asie avait émigré en Europe. Les Chinois, au nombre d'un milliard, avaient insensiblement envahi toute l'Europe occidentale. Mélangés à la race anglo-saxonne, ils avaient en quelque sorte formé une nouvelle espèce humaine. Leur capitale principale s'était étendue comme une rue sans fin de chaque côté du canal des Deux-Mers, de Bordeaux à Toulouse et à Narbonne. Les causes qui avaient fondé Lutèce dans l'île de la Seine et graduellement développé la cité des Parisiens jusqu'aux splendeurs du vingt-cinquième siècle n'existaient plus, et Paris s'était éteint avec la disparition des causes qui l'avaient allumé et fait resplendir. Le commerce avait pris possession de la Méditerranée et des grands parcours océaniques, et le canal des Deux-Mers était devenu l'emporium du monde.

Les nations, que nous appelons modernes, s'étaient évanouies comme les anciennes. Après avoir vécu environ deux mille ans d'une vie bien personnelle, la France s'était fondue, effacée au vingt-huitième siècle dans l'État européen, et il en avait été de même de l'Allemagne au trente-deuxième et de l'Italie au vingt-neuvième; l'Angleterre s'était répandue à la surface océanique. L'antique Europe offrait aux yeux et à la pensée les mêmes spectacles que les plaines de l'Assyrie, de la Chaldée, de l'Égypte et de la Grèce. Autres temps, autres hommes. Des êtres nouveaux peuplèrent les anciennes cités. Ainsi, de nos jours, Rome et Athènes vivent encore; mais depuis longtemps les Romains et les Grecs ont disparu de la scène du monde.

Les rivages du sud et de l'ouest de l'ancienne France avaient été protégés par des digues contre

les envahissements de la mer; mais le nord-ouest
et le nord ayant été négligés par l'afflux des populations au sud et au sud-ouest, l'abaissement lent
et continu des rivages continentaux observé depuis
l'époque de César avait fait descendre les plaines
anciennes au-dessous du niveau de la mer, et
l'Océan, continuant à élargir la Manche et à ronger
les falaises, depuis le Havre jusqu'à la pointe du
Helder, les digues hollandaises cessèrent d'être
entretenues, et la mer avait envahi les Pays-Bas,
la Belgique et le nord de la France. Amsterdam,
Utrecht, Rotterdam, Anvers, Bruxelles, Lille,
Amiens, Rouen s'étaient vues submergées par les
eaux, et les navires avaient flotté au-dessus de
leurs ruines englouties.

Paris lui-même, après avoir été pendant longtemps port de mer et rivage maritime, avait vu les
eaux monter à la hauteur ancienne des tours Notre-
Dame, et recouvrir de leurs flots agités toute la
plaine mémorable où pendant tant d'années s'étaient
jouées les plus brillantes destinées de la Terre[1].

---

1. Dès le dix-neuvième siècle, les études des historiens de la nature
avaient découvert les oscillations verticales séculaires de la croûte
terrestre, variant suivant les régions, et constaté le lent abaissement
du sol occidental et septentrional de la France, et l'envahissement
progressif de la mer, depuis l'origine des traditions historiques. On
avait vu successivement la mer détacher du continent les îles de
Jersey, des Minquiers, de Chausey, des Écrehous, de Cézembre, du
Mont-Saint-Michel, et engloutir les villes d'Is, d'Hélion, de Tommen,
Portzmeûr, Harbour, Saint-Louis, Monny, Bourgneuf, la Feillette,
Paluel, Nazado, et la presqu'île armoricaine reculer lentement devant
l'invasion des flots. De siècle en siècle, l'heure du déluge océanique
avait sonné aussi pour Herbavilla, à l'ouest de Nantes; pour Saint-
Denis-Chef-de-Caux, au nord du Havre; pour Saint-Étienne-de-Paluel

il s'était passé pour la France ce qui s'était passé
autrefois en Zélande dont les villages engloutis
par l'irruption de la mer laissèrent apercevoir

Villages de Zélande submergés au quinzième siècle.

pendant longtemps leurs ruines au-dessous des
flots.

Oui, Paris, le beau Paris, l'antique et glorieuse
cité, n'était plus qu'un amas de ruines. Le sol de

et Gardoine, au nord de Dol; pour Tolente, à l'ouest de Brest; plus
de quatre-vingts lieux habités de la Hollande avaient été engloutis
au quinzième siècle, etc., etc. En d'autres régions, la modification
s'était effectuée en sens contraire et la mer avait reculé. Mais à l'ouest
et au nord de Paris, la double action de l'abaissement lent du sol et
de la dégradation des rivages avait en huit mille ans amené l'océan à
Paris, avec une épaisseur d'eau navigable pour les navires du plus
fort tonnage.

Leur capitale s'étendait de Bordeaux à Narbonne, le long du canal des Deux-Mers.

O. SAUNIER.

Paris, le beau Paris, l'antique et glorieuse cité, n'était plus qu'un amas de ruines.

l'Europe, surtout à l'ouest, au nord-ouest et au
nord, avait insensiblement baissé, au taux moyen

Carte de la France à un niveau de 50 mètres plus élevé que de nos jours.

de 30 centimètres par siècle, et la mer avait rongé
les falaises, avançant de près de 3 mètres par
siècle à la place des terres désagrégées. La carte

de France avait lentement changé. L'abaissement
avait été de 3 mètres en mille ans, de 24 mètres

Carte de la France à un niveau de 50 mètres plus bas que de nos jours.

en huit mille ans, et, puisque le niveau de la Seine
à Paris n'est que de 25 mètres au-dessus de celui
de la mer, les grandes marées étaient venues

arroser de leurs vagues les quais de Paris port de mer, au pied des falaises de Saint-Germain.

En même temps, l'érosion du continent par la mer avait enlevé 24 kilomètres de largeur à toutes les côtes.

L'usure des montagnes par les pluies, les ruisseaux, les torrents, avait, en huit mille ans, un peu rongé le relief continental (de 56 centimètres seulement). Mais le niveau de la mer ne s'était pas élevé par cette cause, parce que la quantité d'eau avait diminué à peu près dans la même proportion.

Dans un laps de temps du double environ, en dix-sept mille ans, l'abaissement avait été de 50 mètres. Après avoir été insensiblement abandonné, Paris avait fini par être presque entièrement submergé. Le voyageur errant dans les ruines éparses sur les collines cherchait la place du Louvre, des Tuileries, de l'Institut, de toutes les anciennes gloires de la capitale défunte.

Il est curieux de voir quelle variation géographique apporte une faible différence de niveau en plus ou en moins. Traçons deux cartes de France : l'une avec le sol élevé de 50 mètres au-dessus de son état actuel, comme elle le fut autrefois ; l'autre avec un abaissement de même valeur, comme elle paraît devoir le subir dans l'avenir, et mettons-les en regard. Quelle transformation !

Tous les rivages de l'ancienne France s'étaient découpés en sortes de presqu'îles. L'axe de la province des États-Unis d'Europe qui remplaçait le peuple français disparu était géographiquement tracé de Cologne au canal des Deux-Mers. Dès lors, Paris, comme la France furent entièrement effacés de l'histoire de notre planète. La Hollande, la Belgique, une partie du nord de la France, étaient entièrement submergées. Amsterdam, Rotterdam, Anvers, Lille, étaient sous les eaux. La mer arrivait à Londres depuis longtemps. La petite Bretagne était une île.

L'aspect géographique de la France, de l'Europe et de la Terre entière s'était modifié de siècle en siècle. Les mers avaient pris la place des continents, et de nouveaux dépôts au fond des eaux recouvraient les âges disparus, formant de nouvelles couches géologiques. Ailleurs, les continents avaient pris la place des mers. Aux Bouches-du-Rhône, par exemple, la terre ferme, qui d'abord avait gagné sur la mer tous les terrains qui s'étendent d'Arles au rivage, avait continué de s'étendre au sud; en Italie, les alluvions du Pô avaient continué de s'avancer dans l'Adriatique, comme celles du Nil, du Tibre et de plusieurs fleuves plus récents dans la Méditerranée. Ailleurs, des dunes et des cordons littoraux avaient accru en proportions variables le domaine de la terre ferme. La figure des continents et des mers avait été changée au point qu'il eût été absolument impossible de reconnaître les anciennes cartes géographiques de l'histoire.

Ce n'est plus par périodes de cinq siècles que l'historien des époques de la nature doit compter, comme l'Arabe du treizième siècle dont nous rappelions tout à l'heure la légende : décupler cette période suffit à peine pour modifier sensiblement les configurations terrestres, car cinq mille années ne sont qu'une ride sur l'océan des âges. C'est par dizaines de milliers d'années qu'il faut compter pour voir l'ensemble des continents descendus au fond des eaux et de nouvelles terres émergées au soleil, par suite des changements séculaires du niveau de l'écorce terrestre, dont l'épaisseur et la densité varient selon les régions, et dont le poids sur le noyau planétaire, encore plastique et mobile, fait osciller les plus vastes contrées. Une légère variation d'équilibre, un mouvement de bascule insignifiant, de moins de cent mètres, souvent, sur les 12 000 kilomètres de diamètre du globe, suffit pour transformer la face du monde.

Et, si nous envisageons l'ensemble de l'histoire de la Terre, non plus par périodes de dix, vingt ou trente mille ans, mais par périodes de cent mille ans, par exemple, nous constatons qu'en une dizaine de ces grandes époques, soit en un million d'années, la surface du globe a été maintes fois métamorphosée, surtout en certaines régions d'activité des agents intérieurs et extérieurs.

En nous avançant à un ou deux millions d'années dans l'avenir, nous assistons à un flux et à un reflux prodigieux des êtres et des choses. Combien de fois, en cette durée de dix ou vingt mille siècles, combien de fois la mer n'est-elle pas venue rouler ses ondes sur les antiques cités humaines! Combien de fois la terre ferme n'est-elle pas sortie de nouveau, vierge et régénérée, des abîmes de l'océan! Ces variations avaient eu lieu jadis par révolutions brusques, affaissements du sol, déplacements du niveau, rupture des digues naturelles, tremblements de terre, convulsions du sol, éruptions volcaniques, soulèvements de montagnes, aux époques primitives où la planète encore chaude et liquide n'était recouverte extérieurement que d'une mince pellicule figée au-dessus d'un océan brûlant. Plus tard les transformations avaient été lentes, à mesure que cette croûte superficielle s'était épaissie et consolidée; la contraction graduelle du globe avait amené la formation de vides au-dessous de l'enveloppe solide, la chute des diverses parties de cette enveloppe sur le noyau pâteux, et enfin des mouvements de bascule qui avaient transformé le relief du sol. Plus tard encore, des modifications insensibles avaient été amenées par les agents extérieurs : d'une part, les fleuves, charriant constamment à leurs embouchures les débris des montagnes, avaient exhaussé le fond de la mer et augmenté lentement le domaine de la terre en avançant dans l'intérieur des mers, faisant remonter de siècle en siècle les anciens ports dans la terre continentale, et, d'autre part, l'action des vagues et des tempêtes, rongeant constamment les falaises,

avait diminué le domaine des continents au bénéfice
de la mer. Perpétuellement et sans trêve, la confi-
guration géographique des rivages s'était transformée, la mer avait pris la place de la terre, et la
terre avait pris la place de la mer, et plus d'une
fois. Notre planète était devenue, pour l'historien,
un tout autre monde. Tout avait changé. Continents,
mers, configurations géographiques, races, langues,
mœurs, corps et esprit, sentiments, idées, tout. La
France sous les eaux, le fond de l'Atlantique
émergé, une partie des États-Unis disparue, un
continent à la place de l'Océanie, la Chine au-
dessous de la mer; la mort remplaçant la vie, la vie
remplaçant la mort; et l'oubli éternel de tout ce qui
autrefois avait fait la gloire et la grandeur des
nations. Si l'humanité actuelle émigrait sur Mars,
elle y serait peut-être moins dépaysée que si l'un
quelconque d'entre nous revenait sur la Terre
après ces étapes de l'avenir.

En même temps, de périodes en périodes, la
population animale du globe s'était graduellement
transformée. Les espèces sauvages, lions, tigres,
hyènes, panthères, éléphants, girafes, kangourous,
aussi bien que les baleines, les cachalots, les
phoques, disparurent entièrement. Il en fut de
même des anciens oiseaux de proie. L'humanité
avait conquis et domestiqué les espèces qu'elle
pouvait utiliser, et détruit les autres en prenant
possession complète du globe. Le domaine de la
nature avait constamment reculé devant les victoires

de la civilisation. La planète entière avait fini par
devenir le jardin de l'humanité, jardin désormais
dirigé scientifiquement, intelligemment et rationnellement : on ne vit plus les arbres fruitiers et
les vignes se mettre en fleur avant les gelées du
printemps, ni la grêle dévaster les fruits de la terre,
ni les orages coucher les blés, ni les rivières inonder
les villages, ni les pluies ou la sécheresse empêcher
les récoltes, ni l'excès de chaleur ou de froid tuer
les êtres. On utilisa pendant l'hiver la chaleur
solaire emmagasinée soigneusement pendant l'été.
L'ordre naturel comme l'ordre social furent organisés. Les travailleurs ne moururent plus de faim,
décimés par l'indigence, et les fainéants ne moururent plus d'apoplexie ou de gastralgie pour avoir
trop mangé. L'intelligence régna.

CHAPITRE III

L'APOGÉE

Des ailes ! des ailes !
Des ailes au-dessus de la vie !
Des ailes par delà la mort !

RUCKERT.

Le Progrès est la loi suprême imposée à tous les êtres par le Créateur. Chaque être cherche le meilleur. Nous ne savons ni d'où venons, ni où nous allons. Les systèmes solaires emportent les mondes à travers les espaces infinis. Nous ne voyons ni l'origine, ni la fin, et le but reste inconnu. Mais, dans notre sphère de perception si bornée, si limitée, si incomplète, malgré la

mort des individus, des espèces et des mondes,
nous constatons que le Progrès régit la nature
et que tout être créé évolue constamment vers un
degré supérieur. Chacun veut monter. Nul ne veut
descendre.

A travers les métamorphoses séculaires de la
planète, l'humanité avait continué de grandir dans
le progrès, dans ce progrès qui est la loi suprême,
et depuis les origines de la vie sur la Terre jusqu'au jour où les conditions d'habitabilité du globe
commencèrent à décroître, tous les êtres vivants
s'étaient développés en beauté, en richesse d'organes et en perfections. L'arbre de la vie terrestre,
inauguré au temps des protozoaires rudimentaires,
acéphales, aveugles, sourds, muets, presque entièrement dépourvus de sensibilité, s'était élevé dans
la lumière, avait acquis successivement les merveilleux organes des sens, et avait abouti à l'homme
qui, perfectionné lui-même de siècle en siècle, s'était
lentement transformé, depuis le sauvage primitif,
esclave de la nature, jusqu'au souverain intellectuel
qui avait dominé le monde et avait fait de la Terre
un paradis de bonheur, d'esthétique jouissance,
de science et de volupté.

La sensibilité nerveuse de l'homme avait acquis
un développement prodigieux. Les six sens anciens, la vue, l'ouïe, l'odorat, le toucher, le goût, le
sens génésique s'étaient graduellement élevés au-
dessus des grossières sensations primitives pour
atteindre une délicatesse exquise. Par l'étude des

propriétés électriques des êtres vivants, un sep-
tième sens, le sens électrique, s'était pour ainsi
dire créé de toutes pièces, et tout homme, toute
femme, avait la faculté plus ou moins active, plus
ou moins vive, selon les tempéraments, d'exercer
une attraction ou une répulsion sur les corps, soit
vivants, soit inertes. Mais le sens qui dominait tous
les autres et qui jouait le plus grand rôle dans les
relations humaines, c'était assurément le huitième,
le sens psychique, qui faisait communiquer entre
elles les âmes à distance.

Deux autres sens avaient été entrevus, mais
avaient subi un arrêt fatal de développement dès
leur naissance pour ainsi dire. Le premier avait
eu pour objet la visibilité des rayons ultra-violets,
si sensibles aux procédés chimiques, mais complètement obscurs pour la rétine humaine : les
yeux qui s'étaient exercés dans ce sens n'avaient
presque rien acquis comme facultés nouvelles, et
avaient beaucoup perdu comme facultés anciennes.
Le second avait eu pour but l'orientation, mais
n'avait pas réussi davantage, même par les
recherches d'adaptation du magnétisme terrestre.

On n'était pas parvenu non plus à fermer ses
oreilles à d'ennuyeux discours, comme on ferme
les yeux à volonté, faculté qui existe en certains
mondes plus privilégiés que le nôtre. Notre organisation imparfaite s'était fatalement opposée à
plus d'un progrès désirable.

La découverte de la périodicité sexuelle de l'œuf

féminin avait amené pendant quelque temps une
perturbation menaçante dans la proportion des
naissances, car on put craindre qu'il n'y eût plus
que des garçons. L'équilibre ne se rétablit que
par une véritable transformation sociale. Insensiblement, en plusieurs contrées, les femmes du
monde cessèrent à peu près
d'être mères, et les charges
de la maternité, dont les
élégances féminines
ne s'accommodèrent
plus, furent abandon-
nées aux filles du
peuple et des cam-
pagnes.

   L'amour était de-
venu la loi suprême,
portant son propre
but en lui-même, lais-
sant dans l'ombre et dans
l'oubli l'antique devoir de la
perpétuité de l'espèce, enveloppant l'être sensitif
de caresses et de plaisirs. La beauté et le parfum
des fleurs font parfois oublier les fruits. Depuis
longtemps, d'ailleurs, c'était des rangs du peuple
que sortaient les générations solides; car les
couches aristocratiques énervées n'avaient que
de rares descendants chétifs et infirmes, et l'on
avait vu dans les resplendissantes cités une nouvelle race de femmes ramener sur le monde le

charme caressant et lascif des voluptés orientales, raffinées encore par les progrès d'un luxe extravagant.

Les mœurs et les conventions sociales avaient subi des transformations profondes. Les enfants étaient élevés aux frais de l'État. Les héritages avaient été entièrement supprimés. Les liens du mariage légal avaient été rompus et aucune loi ne pouvait plus enchaîner deux êtres l'un à l'autre. Les femmes, électrices et éligibles, qui avaient conquis une place importante dans la législation, avaient fait tous leurs efforts pour maintenir dans son intégrité l'antique et avantageuse institution du mariage; mais elles n'avaient pu l'empêcher de tomber graduellement en désuétude, les unions inspirées par le sentiment d'amour, ardent et partagé, ayant remplacé toutes les anciennes associations d'intérêts. Le libre choix des fiancés, la sélection et l'hérédité produisirent une race d'hommes régé-

nérés, comme si elle était sortie de la terre
fécondée par un nouveau déluge, et qui, de nouveau, transforma la face du monde.

De nouvelles civilisations se succédèrent, flux et
reflux de l'immense marée de l'histoire humaine.
La matière s'humilia peu à peu sous la domination
ascendante de l'esprit.

Les travailleurs intellectuels, pour lesquels les
journées passent si vite, étaient parvenus à allon-
ger de deux heures, sans fatigue nouvelle, le
temps qu'ils consacraient aux recherches utiles à
l'humanité, en prenant ces deux heures aux hommes
sans valeur intellectuelle qui demandent à « tuer
le temps ». D'un commun accord, les premiers
s'étaient créé des journées de vingt-six heures et
les seconds des journées de vingt-deux, en ce sens
que les premiers ne dormaient plus que six heures
au lieu de huit, tandis que les seconds dormaient
dix heures, pendant lesquelles d'habiles praticiens
leur soutiraient, en une imperceptible opération
de quelques secondes, une certaine dose de force
virile qu'ils transfusaient dans les artères des
premiers. C'est comme s'ils avaient tous dormi
huit heures ; mais il y avait réellement deux heures
de gagnées en faveur des hommes utiles.

Le huitième sens surtout, le sens psychique, jouait
un grand rôle dans les relations humaines.

Le développement des facultés intellectuelles de
l'homme, la culture des études psychiques avaient
complètement transfiguré notre race. On avait dé-

ROCHEGROSSE

A distance, l'être évoquait l'être.

couvert dans l'âme des puissances latentes qui avaient sommeillé pendant la première période des instincts grossiers, pendant plus d'un million d'années, et, à mesure que l'alimentation, de bestiale qu'elle était restée pendant si longtemps, était devenue d'ordre chimique, les facultés de l'âme s'étaient élevées, avivées, agrandies dans un magique essor. Dès lors on pensa tout autrement que l'humanité ne pense actuellement. Les âmes communiquèrent facilement entre elles à distance. Les vibrations éthérées qui résultent des mouvements cérébraux se transmettaient en vertu d'un magnétisme transcendant dont les enfants mêmes savaient se servir. Toute pensée excite dans le cerveau un mouvement vibratoire; ce mouvement donne naissance à des ondes éthérées et, lorsque ces ondes rencontrent un cerveau en harmonie avec le premier, elles peuvent lui communiquer la pensée initiale qui leur a donné naissance, de même qu'une corde vibrante reçoit à distance l'ondulation émanée d'un son lointain et que la plaque du téléphone reconstitue la voix silencieusement transportée par un mouvement électrique. Ces facultés, longtemps latentes dans l'organisme humain, avaient été étudiées, analysées et développées. Il n'était pas rare de voir une pensée en évoquer une autre à distance et faire apparaître devant elle l'image de l'être désiré. L'être évoquait l'être. La femme continua d'exercer sur l'homme une attraction plus vive que celle de l'homme sur la femme. L'homme resta toujours esclave de l'amour. Aux heures d'absence, de solitude, de rêverie, il lui suffisait, à elle, de penser, de désirer, d'appeler, pour voir apparaître la douce image du bien-aimé. Et parfois même la communication était si complète que l'image devenait tangible et audigible, tant les vibrations des deux cerveaux étaient unifiées. Toute sensation est dans le cerveau, non ailleurs.

Les êtres terrestres qui vivaient ainsi dans la sphère spirituelle communiquaient même avec des êtres invisibles qui existent autour de nous, dépourvus de corps matériel, et communiquaient aussi d'un monde à un autre. La première communication interastrale avait été faite avec la planète Mars, la seconde avec la planète Vénus, et elle dura jusqu'à la fin de la Terre ; mais celle de Mars s'arrêta par la mort de l'humanité martienne, tandis que les communications avec Jupiter commencèrent seulement, et pour quelques rares initiés, vers la fin de l'humanité terrestre.

Ces études ultramondaines et des sélections bien dirigées dans les unions avaient fini par créer une race véritablement nouvelle, dont la forme organique ressemblait assurément à la nôtre, mais dont les facultés intellectuelles étaient toutes différentes. La connaissance de l'hypnose, l'action hypnotique, magnétique, psychique avait remplacé avantageusement les anciens procédés si barbares et parfois si aveugles de la médecine, de la pharmacie et même de la chirurgie. La télépathie était devenue une science vaste et féconde.

L'humanité avait atteint un degré de raison suffisant pour vivre tranquillement et avec esprit. Les efforts de l'intelligence et du travail avaient été appliqués à la conquête de nouvelles forces de la nature et au perfectionnement constant de la civilisation. Insensiblement, graduellement, la personne humaine avait été transformée, ou, pour mieux dire, transfigurée.

Les hommes étaient presque tous intelligents. Ils se souvenaient, en souriant, des ambitions enfantines de leurs aïeux, à l'époque où, au lieu d'être « quelqu'un », chacun cherchait à être « quelque chose » : député, sénateur, académicien, préfet, général, pontife, directeur de ceci ou de cela, grand-croix d'un hochet national, etc., et combattait si fiévreusement dans la lutte des apparences. Ils avaient enfin compris que le bonheur est dans l'esprit, que l'étude est la plus haute satisfaction de l'âme, que l'amour est le soleil des cœurs, que la vie est courte et ne mérite pas qu'on s'attache à l'écorce, et tous étaient heureux dans l'indépendance de la pensée, sans souci des fortunes que l'on n'emporte pas.

Les femmes avaient acquis une beauté parfaite, avec leurs tailles affinées, si différentes de l'ampleur hellénique, leur chair d'une translucide blancheur, leurs yeux illuminés de la lumière du rêve,

leurs longues chevelures soyeuses, où les brunes
et les blondes d'autrefois s'étaient fondues en un
châtain roux, ensoleillé des tons fauves du soleil
couchant, modulé de reflets harmonieux; l'antique
mâchoire bestiale avait disparu pour s'idéaliser en
une bouche minuscule, et devant ces gracieux sou-
rires, à l'aspect de ces perles éclatantes enchâssées
dans la tendre chair des roses, on ne comprenait
pas que les amants primitifs eussent pu embrasser
avec ferveur les bouches des premières femmes.
Toujours, dans l'âme féminine, le sentiment avait
dominé le jugement, toujours les nerfs avaient
conservé leur auto-excitabilité si curieuse, toujours
la femme avait continué de penser un peu autrement que l'homme, gardant son indomptable téna-
cité d'impressions et d'idées; mais l'être tout entier
était si exquis, les qualités du cœur enveloppaient
l'homme d'une atmosphère si douce et si péné-
trante, il y avait tant d'abnégation, tant de dévoue-
-ment et tant de bonté, que nul progrès n'était plus
désirable et que le bonheur semblait en son apogée
pour l'éternité. Peut-être la jeune fille fut-elle une
fleur trop vite ouverte; mais les sensations étaient
si vives, décuplées, centuplées par les délicatesses
de la transformation nerveuse graduellement
opérée, que la journée de la vie n'avait plus d'aurore ni de crépuscule. D'ailleurs l'esprit, la pensée,
le rêve dominaient l'antique matière. La beauté
régnait. C'était une ère d'idéale volupté. Il semblait
vraiment que ce fût là une tout autre race humaine,

magnifiquement supérieure à celle des Aristote, des Kepler, des Hugo, — des Phryné, des Diane de Poitiers, des Pauline Borghèse. La transformation était si complète que l'on montrait avec un étonnement voisin de l'incrédulité, dans les musées géologiques, les spécimens des hommes fossiles du vingtième au centième siècle, avec leurs dents brutales et leurs grossiers intestins : on admettait à peine que des organismes aussi épais eussent été vraiment les ancêtres de l'homme intellectuel.

Ainsi notre race était parvenue à un état de civilisation, de grandeur intellectuelle, de bonheur physique et moral, de perfectionnement scientifique, artistique et industriel sans comparaison possible avec tout ce que nous connaissons. Nous avons dit que la chaleur centrale du globe avait été conquise et appliquée au chauffage général de la surface terrestre en hiver, villes, villages, usines, industries diverses, pendant plusieurs millions d'années. Lorsque cette chaleur, s'étant graduellement abaissée, avait fini par disparaître, les rayons solaires avaient été captés, emmagasinés, dirigés à la fantaisie humaine ; l'hydrogène avait été extrait de l'eau des mers ; la force des chutes d'eau d'abord, puis celle des marées, avait été transformée en force calorifique et lumineuse ; la planète terrestre tout entière était devenue la chose de la science qui jouait à volonté de tous les éléments. Les anciens sens humains élevés à un degré de raffinement que l'on qualifierait actuellement d'extra-terrestre ; les nouveaux sens dont nous avons parlé, perfectionnés de générations en générations ; l'être humain dégagé de plus en plus de la lourde matière ; le mode d'alimentation transformé ; l'intelligence gouvernant les corps ; les appétits vulgaires des temps primitifs oubliés ; les facultés psychiques en exercice perpétuel, agissant à distance sur toute la surface du globe, communiquant même, comme nous l'avons dit, avec les habitants des planètes voisines ; des appareils inconcevables pour nous remplaçant pour la science les anciens instruments d'optique qui avaient commencé les progrès de l'astronomie physique ; tout un monde entièrement nouveau de perceptions et d'études, en un état social éclairé d'où l'envie et la jalousie avaient disparu en même temps que le vol, la misère et l'assassinat : c'était une humanité réelle, en chair et en os, comme la nôtre, mais aussi supérieure en grandeur intellectuelle à celle de notre temps que nous le sommes aux singes de l'époque tertiaire. L'intérêt vénal, surtout, avait cessé d'empoisonner les pensées et les actions humaines. Le sentiment guidait les cœurs ; l'intelligence dirigeait les esprits.

Grâce aux progrès de la physiologie, à l'hygiène universelle, aux soins méticuleux de l'antisepsie, à l'assimilation des extraits orchitiques et vertébraux, au renouvellement du sang dans les tissus, au développement du bien-être général et à l'exercice bien équilibré de toutes les facultés intellec-

tuelles, la durée de la vie humaine avait été très
prolongée, et il n'était pas rare de voir des
vieillards de cent cinquante ans. On n'avait pu supprimer la mort, mais on avait trouvé le moyen
de ne pas vieillir, et les facultés de la jeunesse se
perpétuaient au delà de la centième année. La plupart des maladies avaient été vaincues par la
science, depuis la phtisie jusqu'au mal de dents.
Et les caractères étaient presque tous aimables
— à part certaines nuances inévitables — parce
qu'ils dépendent beaucoup des tempéraments et
de la santé, et que les organismes étaient presque
tous bien équilibrés.

L'humanité avait tendu à l'unité : une seule race,
une seule langue, un seul gouvernement général,
une seule religion (la philosophie astronomique),
plus de systèmes religieux officiels, la seule voix
des consciences éclairées, — et dans cette unité les
différences anthropologiques anciennes avaient
fini par se fondre. On ne rencontrait plus de têtes
en pains de sucre et de fanatiques crédules, ni de
têtes aplaties et de sceptiques aveugles. Les religions d'autrefois, le christianisme, l'islamisme, le
bouddhisme, le mosaïsme avaient rejoint les lé-
gendes mythologiques. La Trinité chrétienne habi-
tait le ciel païen. Les holocaustes offerts pendant
tant de siècles aux dieux anthropomorphes et à
leurs prophètes, à Bouddha, à Osiris, à Jéhovah,
à Baal, à Jupiter, à Jésus ou à Marie, à Moïse ou à
Mahomet, les cultes des temps anciens et moder-

C'était une ère d'idéale volupté.

nes, toutes ces abstractions de la pensée pieuse
s'étaient envolées avec l'encens des prières, s'é-
taient perdues dans le ciel terrestre, dans l'atmosphère nuageuse, sans atteindre l'Être inat-
tingible. L'esprit humain n'avait pu connaître
l'incognoscible.

L'astronomie avait atteint son but : la connaissance de la nature des autres mondes.

Comme les langues, comme les idées, comme
les mœurs, comme les lois, la manière de suppu-
ter le temps avait changé. On comptait toujours
par années et par siècles ; mais l'ère chrétienne
avait disparu ainsi que les saints du calendrier,
aussi bien que les ères musulmane, juive, chinoise,
africaine et autres. Les anciennes religions d'État
s'étaient éteintes avec les budgets des cultes, et
progressivement elles avaient été remplacées dans
les cœurs par la philosophie astronomique.

Il n'y avait plus qu'un seul calendrier pour l'humanité entière, composé de douze mois partagés
en quatre trimestres égaux formés de trois mois
de 31, 30 et 30 jours, chaque trimestre contenant
treize semaines exactement. Le « jour de l'an »
était un jour de fête et ne comptait pas dans l'année. Aux années bissextiles, il y en avait deux.
La semaine avait été conservée. Toutes les années
commençaient le même jour, le lundi, et les mêmes
dates correspondaient indéfiniment aux mêmes
jours de la semaine. L'année commençait pour
tout le globe à l'ancienne date du 20 mars. L'ère,

purement astronomique, avait pour origine la coïncidence du solstice de décembre avec le périhélie et se renouvelait tous les vingt-cinq mille sept cent soixante-cinq ans. La première ère, embrassant toute l'histoire ancienne et supprimant les dates négatives antérieures à la naissance de Jésus-Christ, avait été datée de l'année 24517 avant l'ère chrétienne. C'était là l'origine de l'histoire. La seconde ère avait été fixée à l'an 1248 de notre ère; la troisième avait commencé, par une fête universelle, l'an 27013, et l'on avait continué ainsi, en tenant compte, dans la suite, des variations astronomiques séculaires de la précession des équinoxes et de l'obliquité de l'écliptique. Les principes rationnels avaient fini par avoir raison de toutes les bizarreries fantaisistes des calendriers anciens.

La science avait su conquérir toutes les énergies de la nature et diriger toutes les forces physiques et psychiques au profit de l'humanité; les seules limites de ses conquêtes avaient été celles des facultés humaines, qui, assurément, sont peu étendues, surtout lorsqu'on les compare aux facultés de certains êtres extra-terrestres, mais qui surpassent considérablement celles que nous connaissons aujourd'hui.

Notre planète arriva ainsi à former une seule patrie, illuminée d'une éclatante lumière intellectuelle, voguant dans ses hautes destinées comme un chœur qui se déroule à travers les accords d'une immense harmonie.

Toutefois chaque planète a sa sphère, et notre Terre comportait, elle aussi, un maximum qui ne pouvait être dépassé.

Pendant les dix millions d'années de l'histoire de l'humanité, l'espèce humaine, survivant à toutes les générations, comme si elle eût été un être réel, avait subi toutes ces grandes transformations, au physique et au moral. Elle était toujours restée la souveraine de la Terre et n'avait été détrônée par aucune race nouvelle, car nul être ne descend du ciel ni ne monte des enfers, nulle Minerve ne naît tout armée, nulle Vénus ne s'éveille à l'âge nubile dans une coquille de nacre au bord des flots; tout devient, et l'espèce humaine, issue de ses ancêtres, avait été dès ses commencements le résultat naturel de l'évolution vitale de la planète. La loi du progrès l'avait autrefois fait sortir des limbes de l'animalité; cette même loi du progrès avait continué d'agir sur elle et l'avait graduellement perfectionnée, transformée, affinée.

Mais l'époque arriva où, les conditions de la vie terrestre commençant à décroître, l'humanité devait cesser de progresser et entrer elle-même dans la voie de la décadence.

La chaleur intérieure du globe, encore considérable au dix-neuvième siècle, mais déjà sans aucune action sur la température de la surface, qui était uniquement entretenue par le Soleil, avait lentement diminué, et la Terre avait fini par être entièrement refroidie. Ce refroidissement n'avait

pas influencé directement les conditions physiques de la vie terrestre, qui était restée dépen-
dante de la chaleur solaire et de l'atmosphère. Le
refroidissement interne de la planète ne peut pas
amener la fin du monde.

Insensiblement, de siècle en siècle, le globe
s'était nivelé. Les pluies, les neiges, les gelées, la
chaleur solaire, les vents avaient agi sur les mon-

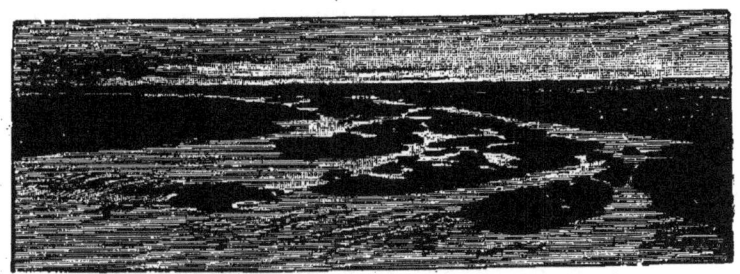

Le sol se nivela, puis les eaux diminuèrent.

tagnes ; les eaux des torrents, des ruisseaux, des
rivières, des fleuves avaient lentement transporté
à la mer les débris de tous ces reliefs continentaux ; le fond des mers s'était exhaussé et les
montagnes avaient presque entièrement disparu...
en neuf millions d'années. En même temps, la
planète avait vieilli plus vite que le Soleil. Elle
avait perdu ses conditions de vitalité plus rapidement que l'astre du jour n'avait perdu ses
facultés rayonnantes de lumière et de chaleur.

Cette évolution planétaire est conforme à notre
connaissance actuelle de l'univers. Sans doute,
notre logique est fatalement incomplète, puérile,

à côté de la grande Vérité universelle et éternelle,
et elle vaut celle de deux fourmis causant entre
elles de l'histoire de France. Mais, malgré la
modestie infligée à notre sentiment par l'infinité
des choses créées, malgré l'humilité de notre être
et son néant devant l'infini, nous ne pouvons pas
nous soustraire à la nécessité de nous paraître
logiques à nous-mêmes; nous ne pouvons pas
prétendre qu'abdiquer notre raison soit une meilleure garantie de jugement que d'en faire usage.
Nous croyons à une constitution intelligente de
l'univers, à une destinée des mondes et des
êtres; nous pensons que les globes importants du
système solaire doivent durer plus longtemps
que les moindres et que, par conséquent, la vie des
planètes n'est pas également suspendue aux rayons
du Soleil et ne doit pas durer uniformément autant
que cet astre. L'observation directe confirme
d'ailleurs elle-même cette vue générale de l'univers. La Terre, soleil éteint, s'est refroidie plus
vite que le Soleil; Jupiter, immense, en est encore
à son époque primordiale; la Lune, plus petite
que Mars, est plus avancée que lui dans les phases
de sa vie astrale (peut-être même arrivée à sa
fin); Mars, plus petit que la Terre, est plus avancé
que nous et moins que la Lune. Notre planète, à
son tour, doit précéder Jupiter dans sa destinée
finale et précéder également l'extinction du Soleil.

Considérons, en effet, la grandeur comparée de
la Terre et des autres planètes : Jupiter est onze

fois plus large que notre globe en diamètre et le
Soleil environ dix fois plus large que Jupiter. Le
diamètre de Saturne vaut neuf fois celui de la
Terre. Il nous semble naturel de penser que Jupiter
et Saturne vivront plus longtemps que notre
planète, Vénus, Mars ou Mercure, ces pygmées
du ciel !

Les événements confirmèrent ces déductions
de la science humaine. Des pièges nous étaient
tendus dans l'immensité ; mille accidents pouvaient nous atteindre, comètes, corps célestes
obscurs ou enflammés, nébuleuses, etc. ; mais
notre planète ne mourut pas d'accident. La vieillesse l'attendit, elle aussi, comme tous les êtres.
Et elle vieillit plus vite que le Soleil ; elle perdit
ses conditions de vitalité plus vite que l'astre central ne perdit sa chaleur et sa lumière.

Pendant les périodes séculaires de sa splendeur
vitale, lorsqu'elle trônait dans le chœur des
mondes en portant à sa surface une humanité intellectuelle victorieuse des forces aveugles de la
nature, alors une atmosphère vivifiante enveloppait
ses empires d'une auréole protectrice, au sein
de laquelle se jouaient tous les jeux de la vie et
du bonheur. Un élément essentiel de la nature,
l'eau, régissait la vie terrestre ; cette substance
était entrée dès l'origine dans la composition de
tous les corps, végétaux, animaux et humains ;
elle formait la partie active de la circulation
atmosphérique ; elle constituait l'organe principal

des climats et des saisons ; elle était la souveraine de l'État terrestre.

De siècle en siècle, la quantité d'eau avait
diminué dans les mers, les fleuves et l'atmosphère. Une partie des eaux de pluie avait d'abord
été absorbée dans l'intérieur du sol et n'était pas
revenue à la mer, parce que, au lieu d'y descendre
en glissant sur des couches imperméables et de
former soit des sources, soit des cours d'eau
souterrains et sous-marins, elle s'était infiltrée
profondément et avait insensiblement rempli tous
les vides, toutes les fissures, saturant les roches
jusqu'à une grande profondeur. Tant que la
chaleur intérieure du globe avait été assez élevée
pour s'opposer à la descente indéfinie de ces
eaux et pour les convertir en vapeur, la quantité
était restée considérable à la surface du globe.
Mais les siècles vinrent où la chaleur intérieure
du globe fut entièrement dispersée dans l'espace
et cessa de s'opposer à l'infiltration des eaux dans
cette masse poreuse. Elles diminuèrent graduellement de la surface ; elles s'associèrent aux roches
sous forme d'hydrates et se fixèrent ; elles disparurent en partie de la circulation atmosphérique.

En effet, que la diminution des eaux des mers
soit seulement de quelques dixièmes de millimètre
par an, et en dix millions d'années il n'en reste plus.

L'infiltration graduelle des eaux dans l'intérieur
du globe, à mesure que la chaleur primitive de ce
globe se perdit dans l'espace, la fixation lente des

oxydes et des hydrates amenèrent, au bout de huit millions d'années environ, une diminution des trois quarts dans la quantité d'eau en circulation à la surface de la Terre. Par suite du nivellement des reliefs continentaux, dû à l'œuvre séculaire des pluies, des neiges, des glaces, des vents, des ruisseaux, des torrents, des rivières, des fleuves, entraînant lentement tous les débris à la mer, en obéissance passive aux lois de la pesanteur, le globe terrestre approchait d'une surface de niveau, et les mers n'avaient presque plus de profondeur. Mais comme, dans l'évaporation et dans la formation de la vapeur d'eau atmosphérique, c'est la surface seule des étendues d'eau qui agit, et non la profondeur, l'atmosphère était encore restée très riche en vapeur aqueuse. Notre planète atteignit alors les conditions d'habitabilité que nous observons actuellement sur le monde de Mars, où nous voyons les grands océans disparus, les mers réduites à d'étroites méditerranées, peu profondes, les continents aplanis, l'évaporation facile, la vapeur d'eau encore en quantité considérable dans l'atmosphère, les pluies rares, les neiges abondantes dans les régions polaires de condensation, et leur fusion presque totale pendant les étés de chaque année, monde encore habitable par des êtres analogues à ceux qui peuplent la Terre.

Cette époque marqua l'apogée de l'humanité terrestre. A partir de là, les conditions de la vie s'appauvrirent. De générations en générations, les êtres subirent des transformations profondes. Espèces végétales, espèces animales, race humaine, tout changea encore. Mais, tandis que jusqu'ici les métamorphoses avaient.enrichi, embelli, perfectionné les êtres, le jour vint où la décadence commença.

L'intelligence humaine avait si complètement conquis les forces de la nature qu'il semblait que jamais l'apogée si glorieusement atteint ne pourrait finir. La diminution de l'eau, toutefois, commença à donner l'alarme aux plus optimistes. Les grands océans avaient disparu. Les pôles étaient restés gelés. Les continents qui occupaient les latitudes anciennes où Babylone, Ninive, Ecbatane, Thèbes, Memphis, Athènes, Rome, Paris, Londres, New-York, Chicago, Liberty, Pax et tant d'autres foyers de civilisation avaient répandu un si vif éclat, étaient d'immenses déserts sans un fleuve et sans une mer. Insensiblement, l'humanité s'était rapprochée de la zone tropicale encore arrosée par des cours d'eau, des lacs et des mers. Il n'y avait plus de montagnes, plus de condenseurs de neiges. La Terre était presque aplanie, et des méditerranées peu profondes, des lacs et quelques cours d'eau confinèrent la végétation et la vie à la zone étroite des régions équatoriales.

CHAPITRE IV

VANITAS VANITATUM

> Eternité, néant, passé, sombres abimes,
> Que faites-vous des jours que vous engloutissez
> Parlez : nous rendrez-vous ces extases sublimes
> Que vous nous ravissez?
>
> LAMARTINE, *Méditations.*

Tout cet immense progrès de l'humanité, lentement et graduellement atteint par un travail de plusieurs millions d'années, devait, ô loi mystérieuse et inconcevable pour l'homunculus terrestre ! devait aboutir au sommet d'une courbe, à un apogée, et s'arrêter.

Et la courbe géométrique qui pourrait tracer pour notre esprit la figure de l'histoire humaine va descendre comme elle est montée. Partie de zéro, de la nébuleuse cosmique primitive, élevée

par les stages planétaires et humains jusqu'à sa
cime lumineuse, elle redescend ensuite pour
tomber dans la nuit éternelle.

Oui, tout ce progrès, toute cette science, tout ce
bonheur, toutes ces gloires devaient aboutir un
jour au dernier sommeil, au silence, à l'anéantissement de l'histoire elle-même. La vie terrestre
était née : elle devait finir. Le soleil de l'humanité
s'était levé, autrefois, dans les espérances de
l'aurore; il était monté glorieux à son méridien; il
allait descendre pour s'évanouir dans une nuit
sans lendemain.

A quoi donc toutes ces gloires, toutes ces luttes,
toutes ces conquêtes, toutes ces vanités avaient-
elles servi, puisque la lumière et la vie devaient
s'éteindre?

Les martyrs et les apôtres de toutes les libertés
avaient versé leur sang pour arroser cette terre
destinée à mourir à son tour.

Tout devait disparaître, et la Mort devait rester
la dernière souveraine du monde. Avez-vous
jamais pensé, en contemplant un cimetière de
village, combien ce cimetière est petit, pour contenir toutes les générations qui se sont empilées là
pendant des siècles et des siècles? L'homme
existait déjà avant la dernière époque glaciaire,
antérieure à nous de deux mille siècles, et son
antiquité semble remonter à plus de deux cent
cinquante mille ans. L'histoire écrite date d'hier.
On a trouvé à Paris des silex taillés et polis

attestant la présence de l'homme sur les rives de
la Seine longtemps avant la première origine historique des Gaulois. Les Parisiens de la fin du
dix-neuvième siècle mar-
chent sur une terre
sacrée par plus de dix
mille années d'ancêtres.
Que reste-t-il de tous
ces êtres qui ont four-
millé dans ce forum du
monde? Que reste-t-il
des Romains, des Grecs,
des Égyptiens, des Asia-
tiques qui ont régné à
travers les siècles? Que
reste-t-il des milliards
d'hommes qui ont vécu?
Pas même une poignée
de cendres!

Il meurt un être hu-
main par seconde, sur
l'ensemble du globe,
soit environ quatre-

Combien ce cimetière est petit!

vingt-six mille par jour, et il en naît un même
nombre, ou, pour mieux dire, un peu plus. Cette
statistique faite au dix-neuvième siècle s'applique
à une longue époque, en augmentant le chiffre
proportionnellement au temps. Le nombre des
habitants de la Terre est allé en croissant de
période en période. Au temps d'Alexandre, il y

avait peut-être un milliard d'hommes à la surface
du globe. A la fin du dix-neuvième siècle il y en
avait un milliard et demi. Au vingt-deuxième
siècle il y en avait eu deux milliards, au vingt-
neuvième trois milliards. A son apogée, la population terrestre avait atteint dix milliards. Puis elle
avait commencé à décroître.

Des innombrables corps humains qui ont vécu,
il ne reste rien. Tout est retourné aux éléments
pour reformer d'autres êtres. Le ciel sourit, le
champ fleurit : la Mort moissonne.

A mesure que les jours passent, ce qui a existé
pendant ces jours tombe dans le néant. Travaux,
plaisirs, chagrins, bonheurs : le temps a fui et le
jour passé n'existe plus. Les gloires d'autrefois
ont fait place à des ruines. Dans le gouffre de
l'éternité, ce qui fut a disparu. Le monde visible
s'évanouit à chaque moment. Le seul réel, le seul
durable, c'est l'invisible.

Les conditions de la vie terrestre avaient lentement changé. L'eau avait diminué à la surface de la
planète. C'était la vapeur d'eau atmosphérique qui
entretenait la chaleur et la vie; c'est sa disparition
qui amena le refroidissement et la mort. Si, dès
maintenant, la vapeur d'eau disparaissait de l'atmosphère, la chaleur solaire serait incapable d'entretenir la vie végétale et animale, vie qui, d'ailleurs,
ne pourrait subsister, puisque végétaux comme
animaux sont essentiellement composés d'eau.

C'est la vapeur d'eau invisible répandue dans
l'air qui exerce la plus grande influence sur la tem-

pérature. Sans doute, la quantité de cette vapeur
paraît faible et presque négligeable, puisque l'oxygène et l'azote forment à eux seuls les 99 centièmes

et demi de l'air que nous respirons, et que dans le demi-centième restant il y a, outre la vapeur d'eau, de l'acide carbonique, de l'ammoniaque et d'autres substances. Il n'y a guère plus d'un quart de centième de vapeur d'eau. En considérant les atomes constitutifs de l'air, le physicien constate que, sur deux cents atomes d'oxygène et d'azote, il y en a à peine un de vapeur aqueuse. Mais cet atome a quatre-vingts fois plus d'énergie absorbante que les deux cents autres.

La chaleur rayonnante du Soleil vient échauffer la surface de la Terre après avoir traversé l'atmosphère. Les ondes de chaleur qui émanent de la Terre échauffée ne vont pas se perdre dans l'espace extérieur : elles se heurtent aux atomes de vapeur d'eau comme à un plafond qui les arrête et les conserve à notre planète.

C'est là l'une des plus brillantes et des plus fécondes découvertes de la physique moderne. Les molécules d'oxygène et d'azote, d'air sec, ne s'opposent pas à la déperdition de la chaleur. Mais, comme nous venons de le dire, une molécule de vapeur d'eau a quatre-vingts fois plus d'énergie absorbante que les deux cents autres d'air sec et, par conséquent, une telle molécule a seize mille fois plus de puissance qu'une molécule d'air sec pour conserver la chaleur ! C'est donc la vapeur d'eau, et non pas l'air proprement dit, qui règle les conditions de la vie terrestre.

Si l'on enlevait à l'air qui recouvre la Terre la

vapeur d'eau qu'il contient, il se ferait à la surface
du sol une déperdition de chaleur semblable à
celle qui a lieu aux altitudes supérieures : l'atmosphère aérienne n'a pas plus d'action que le
vide pour conserver la chaleur. Ce serait un froid
analogue à celui qui existe à la surface de la Lune.
Le sol pourrait encore s'échauffer directement
sous l'action du Soleil; mais, pendant le jour même,
la chaleur ne serait pas conservée, et dès le coucher de l'astre la Terre serait exposée au froid
ultra-glacial de l'espace, qui paraît être de 273 degrés au-dessous de zéro.

_ C'est dire que la vie végétale, animale, humaine,
serait impossible, si elle ne l'était déjà par l'absence même de l'eau.

_ Sans doute, nous pouvons, nous devons admettre
que l'eau n'a pas été sur tous les mondes de l'infini
comme sur le nôtre la condition essentielle de la
vie. La nature n'a pas sa puissance bornée par la
sphère de l'observation humaine. Il doit exister, il
existe, dans les champs de l'immensité sans bornes,
des myriades, des millions de soleils différents du
nôtre, de systèmes de mondes où d'autres substances, d'autres combinaisons chimiques, d'autres
conditions physiques et mécaniques, d'autres milieux ont produit des êtres absolument différents
de nous, vivant d'une autre vie, munis d'autres sens,
incomparablement plus éloignés de notre organisation que le poisson ou le mollusque des profondeurs océaniques ne le sont de l'oiseau ou du

papillon. Mais ce sont les conditions de la vie
terrestre que nous étudions ici, et ces conditions
sont déterminées par la constitution même de
notre planète.

A mesure que la quantité d'eau avait diminué,
que les pluies avaient été plus rares, que les sources
avaient été taries, que la vapeur aqueuse de l'air
s'était abaissée, les végétaux avaient changé d'aspect, augmenté le volume de leurs feuilles, allongé
leurs racines, cherché par tous les moyens à
absorber l'humidité nécessaire à leur subsistance.
Les espèces qui n'avaient pu se plier au nouveau
régime avaient disparu. Les autres s'étaient trans-
formées. Aucun des arbres, aucune des plantes que
nous connaissons, n'aurait pu être reconnu : il n'y
avait plus ni chênes, ni frênes, ni ormes, ni peu-
pliers, ni charmes, ni tilleuls, ni saules, et les
paysages ne ressemblaient en rien à ceux de notre
époque. Les espèces rudimentaires de cryptogames
subsistaient seules.

Il en avait été de même dans le règne animal.
Les formes avaient considérablement changé ; les
anciennes races sauvages avaient disparu ou
avaient été domestiquées. La diminution de l'eau
avait modifié le mode d'alimentation des herbivores
comme des carnivores. Les espèces récentes,
transformation de celles qui avaient subsisté,
étaient plus petites, moins denses en chair, plus
osseuses. Le nombre des plantes ayant sensiblement diminué, l'acide carbonique de l'air était

moins absorbé, et la proportion en était un peu plus grande.

La population humaine était graduellement descendue de dix milliards à neuf, à huit, à sept, lorsqu'elle pouvait encore s'étendre sur la moitié de la surface du globe. Puis, à mesure que la zone habi-

Les espèces rudimentaires de cryptogames subsistaient seules.

table s'était resserrée vers l'équateur, elle avait continué de s'amoindrir, en même temps que la durée moyenne de la vie avait diminué elle-même. Le jour arriva où elle fut réduite à quelques centaines de millions, disséminés par groupes le long de l'équateur, et ne vivant que par les artifices d'une industrie savante et laborieuse.

Dans les habitations humaines, le fer et le verre
s'étaient substitués à la pierre et au bois, et les
villes comme les villages semblaient être de cristal.
Aux avantages de cette architecture s'était imposée,
vers la fin des temps, une obligation climatologique; car, la vapeur d'eau atmosphérique ayant

Les anciens édifices n'étaient plus que des ruines abandonnées ..

sensiblement diminué avec la diminution des mers,
l'air s'était considérablement refroidi. Le plus
important avait été désormais de capter les rayons
solaires et de les conserver. Partout de hautes
salles vitrées emmagasinaient la chaleur solaire.
Les anciens édifices n'étaient plus que des ruines
abandonnées.

Malgré les millions d'années accomplis, le Soleil

De hautes salles vitrées emmagasinaient la chaleur solaire.

versait encore sur la Terre presque la même quantité de chaleur et de lumière; du moins cette quantité n'avait pas varié de plus d'un dixième. L'astre était seulement un peu plus jaune et un peu plus petit.

La Lune tournait toujours autour de la Terre, mais plus lentement. Elle s'était éloignée graduellement de notre globe et sa dimension apparente avait diminué (pour le Soleil, c'était sa dimension réelle qui avait changé). En même temps, le mouvement de rotation de la Terre s'était ralenti. Ce triple effet — ralentissement du mouvement de rotation de notre globe, éloignement de la Lune et allongement du mois lunaire — avait été produit par le frottement des marées, qui agissent un peu à la façon d'un frein. Si la Terre et la Lune duraient assez longtemps, ainsi que les océans et les marées, le calcul permet même de prévoir qu'il arriverait une époque à laquelle la rotation de notre globe serait tellement ralentie qu'elle finirait par devenir l'égale du mois lunaire, allongé lui-même à ce point qu'il n'y aurait plus dans l'année que cinq jours un quart : la Terre présenterait alors toujours la même face à la Lune. Mais une telle transformation de choses ne demanderait pas moins de cent cinquante millions d'années pour s'accomplir. La période à laquelle nous sommes arrivés (dix millions d'années) ne représente que le quinzième de cette durée; au lieu d'être soixante-dix fois plus longue qu'aujourd'hui, la rotation de la Terre n'était seulement que quatre fois et demie plus longue, de cent dix heures environ.

Ces longs jours permettaient au Soleil de chauffer longuement la surface terrestre ; mais cette chaleur n'était plus guère efficace que dans les régions qui

Ruines silencieuses et solitaires...

la recevaient de face, c'est-à-dire dans la zone équatoriale, entre les deux cercles tropicaux : l'obliquité de l'écliptique n'avait pas changé, l'axe de la Terre était toujours incliné de la même quantité (à 2 degrés près) et les variations de l'excentricité de l'orbite terrestre n'avaient produit aucun effet bien sensible sur les saisons et les climats.

Force humaine, alimentation, respiration, fonctions organiques, vie physique et intellectuelle, idées, jugements, religions, sciences, langues, tout avait changé. De l'homme d'autrefois presque rien ne subsistait, et un peu partout, sur la surface du globe, le voyageur ne rencontrait que des ruines silencieuses et solitaires, qui, d'années en années, allaient en s'effondrant et s'écroulaient pour ne plus jamais se relever.

CHAPITRE V

OMÉGAR

Tu sais de quel linceul le temps couvre les hommes.
Tu sais que, tôt ou tard, dans l'ombre de l'oubli
Siècles, peuples, héros, tout dort enseveli.

LAMARTINE, *Harmonies.*

Le froid s'accentuait. C'était comme un éternel
hiver, malgré le Soleil. Toutes les espèces animales
et végétales devenaient caduques, malgré leurs
transformations, et cessaient de lutter pour la vie,
comme si elles eussent compris leur condamnation.
Les merveilleuses facultés d'adaptation de l'espèce
humaine et une sorte d'énergie sauvage et infatigable avaient prolongé la vie physique et intellec-

tuelle de notre race plus longtemps que les races
animales supérieures, mais dans quelques foyers
de civilisation privilégiés seulement ; car l'ensemble
de l'humanité, condamné à une irrémédiable misère, était retombé lentement à la barbarie et ne
devait plus se relever.

Il ne restait plus que deux groupes de quelques
centaines d'êtres humains, occupant les dernières
capitales de l'industrie. Sur tout le reste du globe,
la race humaine avait à peu près disparu, desséchée, épuisée, dégénérée, graduellement, inexorablement, de siècle en siècle, par manque d'atmosphère assimilable comme par manque d'alimentation suffisante. Ses derniers rejetons semblaient être revenus à la barbarie, végétant
comme des sauvages sur une terre d'Esquimaux, et
tous mouraient lentement de faim et de froid. Les
deux foyers antiques de civilisation n'avaient subsisté, tout en dépérissant graduellement aussi,
qu'au prix de luttes incessantes du génie industriel
contre l'implacabilité de la nature.

Les dernières régions habitées du globe se trouvaient en deux points voisins de l'équateur, en
deux larges vallées occupant le fond des anciennes mers depuis longtemps desséchées, vallées
peu profondes, car le nivellement général était
presque absolu. On ne voyait plus ni pics, ni
montagnes, ni ravins, ni gorges sauvages, ni
vallons boisés, ni précipices; tout était plaine;
fleuves et mers avaient insensiblement disparu.

Mais comme les agents météoriques, les pluies et les torrents avaient diminué d'intensité parallèlement avec les eaux, les derniers abîmes marins n'avaient pas été entièrement comblés, et des vallées peu profondes restaient, vestiges de l'ancienne structure du globe. Là se rencontraient encore quelques terrains humides et glacés, mais il n'y avait plus pour ainsi dire aucune circulation d'eau dans l'atmosphère, et les derniers fleuves coulaient en des cours souterrains, comme des veines invisibles.

L'absence de vapeur d'eau dans l'air donnait un ciel toujours pur, sans nuages, sans pluies et sans neiges. Moins éblouissant et moins chaud qu'aux anciens jours du monde, le Soleil brillait d'un éclat jaune topaze. Le ciel était plutôt vert marine que bleu. L'atmosphère avait considérablement diminué d'étendue. L'oxygène et l'azote s'étaient en partie fixés aux minéraux, à l'état d'oxydes et d'azotates, et l'acide carbonique avait légèrement augmenté à mesure que les végétaux, manquant d'eau, étaient devenus de plus en plus rares et en avaient absorbé de moins en moins. L'atmosphère était moins vaste et la couche d'air moins élevée. Mais la masse de la Terre s'était accrue de siècle en siècle par la chute incessante des étoiles filantes, des bolides et des uranolithes, de sorte que l'atmosphère, tout en s'étant appauvrie, avait gardé la même densité et à peu près la même pression.

Remarque assez inattendue, les neiges et les glaces avaient diminué à mesure que le globe se refroidissait, parce que la cause de ce refroidissement était l'absence de vapeur d'eau dans l'atmosphère, et que cette diminution de la vapeur d'eau avait été corrélative de celle de la surface des mers. A mesure que les eaux avaient pénétré l'intérieur du globe et que, d'abord la profondeur, par suite du nivellement, ensuite la surface, avaient diminué, la serre protectrice de la vie, formée par la couche invisible de vapeur d'eau, avait graduellement perdu de sa valeur, et le jour était venu où la chaleur reçue du Soleil, n'étant plus conservée par une garantie suffisante, se perdait dans l'espace à mesure qu'elle était reçue, comme si elle était tombée sur un miroir incapable de s'échauffer.

Tel était l'état du globe terrestre. Les derniers représentants de l'espèce humaine n'avaient survécu à toutes ces transformations physiques que grâce au génie de l'industrie qui, lui aussi, avait su tout transformer. Les derniers efforts avaient tendu à continuer d'extraire les substances alimentaires de l'air, des eaux souterraines et des plantes, et à remplacer la vapeur protectrice disparue par des toits et des constructions de verre.

Comme nous l'avons vu plus haut, il avait fallu à tout prix capter les rayons solaires et leur interdire toute déperdition dans l'espace. Il était facile d'en faire une grande provision, puisque le Soleil

brillait tout le jour sans qu'aucun nuage vînt
l'éclipser, et le jour était long : cinquante-cinq
heures.

Les efforts des architectes n'avaient plus eu
depuis longtemps d'autre objet que d'emprisonner
les rayons solaires et de les empêcher de se disperser pendant les cinquante-cinq heures de nuit.
Ils y étaient parvenus par une ingénieuse combinaison d'ouverture et de fermeture de plusieurs
toits de verre superposés, avec écrans mobiles.
Depuis longtemps aussi on n'avait plus aucun
genre de combustible à brûler, car l'hydrogène
même des eaux n'était plus que très difficilement
à la portée de l'industrie.

La température moyenne du jour, à l'air libre,
n'était pas extrêmement basse, car elle ne des-
cendait guère au-dessous de 15 degrés de froid[1].
Malgré leurs transformations séculaires, les espèces végétales ne pouvaient plus vivre, même
dans cette zone équatoriale.

Quant aux autres latitudes, depuis des milliers
d'années déjà elles étaient devenues complètement

---

1. Plus d'un lecteur considérera ce climat comme très supportable,
attendu que dès notre époque on peut citer sur le globe des contrées
dont la température moyenne est fort inférieure à celle-là, et qui
sont néanmoins habitées. Exemple Verchnoiansk, dont la température
moyenne annuelle est de — 19°,3. Mais, en ces contrées, il y a un été
dans lequel la glace dégèle, et, s'ils ont en janvier des froids de
60 degrés et même davantage, ils ont en juillet des chaleurs de 15 et
20 degrés au-dessus de zéro. Au point où nous sommes arrivés dans
l'histoire du monde, au contraire, cette température moyenne de la
zone équatoriale était constante, et plus jamais les glaces ne pouvaient
fondre.

inhabitables, malgré tous les efforts réalisés pour s'y maintenir. Aux latitudes où vivent aujourd'hui Paris, Nice, Rome, Naples, Alger, Tunis, l'atmosphère ayant cessé de servir de serre protectrice, l'obliquité des rayons solaires ne pouvait plus rien échauffer et la terre restait gelée à toutes les profondeurs accessibles, comme un véritable rocher de glace.

Entre les tropiques mêmes et à l'équateur, les deux derniers groupes humains, qui subsistaient encore au prix de mille difficultés devenant d'année en année de plus en plus insurmontables, ne survivaient à l'humanité disparue qu'en végétant pour ainsi dire sur ses derniers restes. En ces deux vallées océaniques, situées, l'une vers les abîmes actuels de l'Océan Pacifique, l'autre vers le sud de l'île actuelle de Ceylan, s'étaient étendues, aux siècles précédents, deux immenses villes de verre, le fer et le verre étant depuis longtemps les matériaux essentiels employés pour toutes les constructions. C'étaient comme d'immenses jardins d'hiver, sans étages, avec leurs plafonds transparents suspendus à de grandes hauteurs. Il restait encore quelques salles de ces anciens palais. Les dernières plantes cultivées étaient là, en dehors de celles que l'on récoltait dans les galeries souterraines, qui conduisaient aux rivières intérieures.

Partout ailleurs, à la surface de l'ancien monde terrestre, il n'y avait que des ruines, et là aussi on ne retrouvait plus que les derniers vestiges des grandeurs évanouies.

Dans la première de ces antiques villes de
cristal, les derniers survivants étaient deux vieillards et le petit-fils de l'un d'eux, Omégar. Le
jeune homme errait désespéré dans les vastes
solitudes, ayant vu successivement mourir de

Il restait encore quelques salles des anciens palais.

consomption sa mère et ses sœurs. Les deux
vieillards étaient un ancien philosophe, qui avait
consacré sa longue carrière à l'étude de l'histoire
de l'humanité mourante, et un médecin, dont les
années avaient été vainement appliquées à sauver
de la consomption finale les derniers habitants
de la Terre. Leurs corps semblaient émaciés par
l'anémie plutôt que par l'âge. Ils étaient pâles

comme des spectres, avec leurs longues barbes blanches, et leur énergie morale seule semblait les maintenir encore un instant contre la destinée finale.

Ils étaient condamnés...

Mais ils ne purent lutter longtemps contre cette destinée; les derniers survivants de la race étaient condamnés comme leurs ancêtres, et un jour Omégar les trouva étendus sans vie l'un près de l'autre. Le premier avait laissé échapper de ses mains défaillantes la dernière histoire qui eût été

La Mort souveraine du monde.

écrite, un demi-siècle auparavant, des transformations ultimes de l'humanité. Le second s'était éteint
en cherchant à entretenir dans son laboratoire les
derniers tubes alimentaires, automatiquement entretenus par des machines mues par la force solaire.

Les derniers domestiques, simiens transformés
depuis longtemps par l'éducation, avaient succombé depuis plusieurs années déjà. Il en était
de même de la plupart des espèces animales
apprivoisées pour le service de l'humanité. Les
chiens, les chevaux, les rennes, les ours et certains grands oiseaux appliqués aux transports
aériens survivaient encore, mais si singulièrement
transformés qu'ils ne ressemblaient plus du tout
à leurs ancêtres.

La condamnation irrévocable de la race humaine
était évidente. Insensiblement, les sciences avaient
disparu avec les savants, les arts avec les artistes,
et les derniers êtres humains ne vivaient plus que
sur le passé. Les cœurs ne connaissaient plus
l'espérance, les esprits ne connaissaient plus l'am-
bition. La lumière était derrière ; l'avenir tombait
dans l'éternelle nuit. Plus rien ! Les gloires d'autrefois étaient pour jamais évanouies. Si quelque
voyageur égaré dans les solitudes profondes avait
cru, dans les siècles précédents, retrouver la place
de Paris, de Rome, ou des brillantes capitales qui
leur avaient succédé, il n'y eût eu là qu'une illusion
de son imagination, car depuis des millions
d'années cette place même n'existait plus, ayant

été balayée par les eaux de la mer. De vagues
traditions étaient restées flottantes à travers les
âges, grâce à la durée de l'imprimerie et aux
copistes des grandes lignes de l'histoire; mais ces
traditions mêmes étaient incertaines et souvent
mensongères, car, pour Paris entre autres, les
annales des peuples n'avaient gardé quelques
traces que d'un Paris maritime, et les milliers
d'années de l'existence de Paris capitale de la
France n'avaient laissé aucun souvenir. Les noms
qui nous semblent ineffaçables de Jésus, de
Moïse, de Confucius, de Platon, de Mahomet,
d'Alexandre, de César, de Charlemagne, de Napoléon, — de la France, de l'Italie, de la Grèce, de
l'Europe, de l'Amérique, n'avaient pas surnagé,
étaient annulés. L'art avait conservé de beaux souvenirs, mais ces souvenirs étaient loin de remonter
jusqu'aux époques de l'enfance de l'humanité et
dataient au plus de quelques millions d'années.
On aurait pu croire que la planète avait été habitée
par plusieurs races consécutives séparées par
des déluges ou même par des créations nouvelles.

Omégar s'était arrêté dans l'antique galerie de
tableaux léguée par les siècles antérieurs et con-
templait les images des grandes cités disparues.
La seule qui se rapportât à l'Europe ancienne
montrait une vue de grande capitale consistant en
un promontoire avancé dans la mer, couronné
par un temple astronomique, animé par des héli-

coptères aériens volant aux environs des terrasses des hautes tours. D'immenses navires
voguaient sur la mer. Ce Paris classique était celui
du cent soixante-dixième siècle de l'ère chrétienne,
correspondant au cent cinquante-septième de la
première ère astronomique; c'était le Paris qui
avait immédiatement précédé l'envahissement définitif de l'océan : son nom même était transformé,
car les mots changent, comme les êtres et les
choses. A côté, d'autres tableaux représentaient
les grandes cités moins antiques, qui avaient brillé
sur l'Amérique, sur l'Australie, sur l'Asie, et, plus
tard, sur les terres océaniques émergées. Et ainsi
cette sorte de musée rétrospectif rappelait la suc-
cession des fastes historiques de l'humanité jusqu'à la fin.

La fin! Son heure sonnait au cadran des destinées. Omégar savait que toute la vie de la Terre
consistait désormais dans son passé, que nul
avenir ne devait plus exister pour elle, et que le
présent même allait s'évanouissant comme le songe
d'un instant. L'héritier du genre humain sentit se
condenser dans sa pensée le sentiment profond de
l'immense vanité des choses. Attendrait-il qu'un
miracle inimaginable le sauvât de l'évidente condamnation? Allait-il ensevelir les vieillards et partager leur tombeau? Chercherait-il à conserver
quelques jours, quelques semaines, quelques
années peut-être, une existence solitaire, inutile et
désespérée? Il erra tout le jour dans les vastes

galeries silencieuses, et le soir s'abandonna au
sommeil qui l'envahissait. Tout était noir autour de
lui, comme la nuit du sépulcre.

Un doux rêve éveilla cependant sa pensée endolorie et vint entourer son âme d'une auréole d'an-

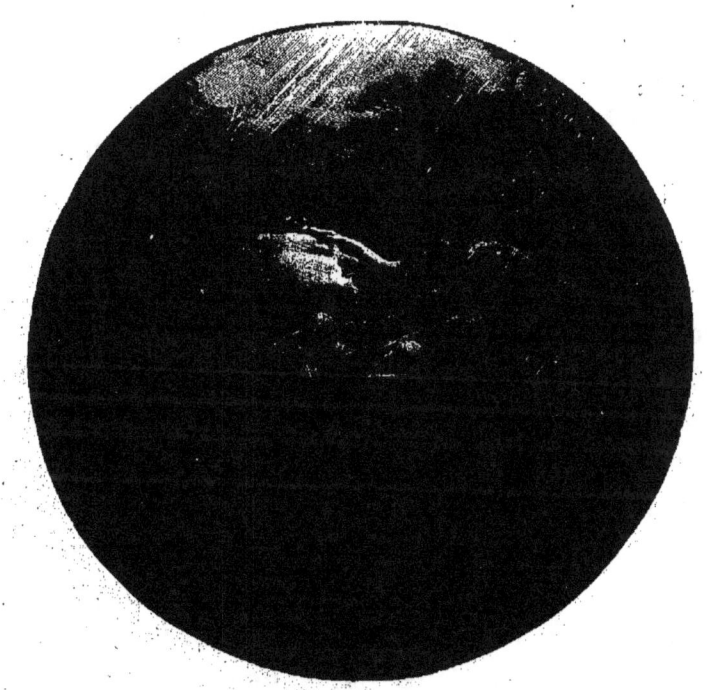

Un doux rêve éveilla sa pensée endolorie.

gélique clarté. Le sommeil lui apporta l'illusion
de la vie. Il n'était plus seul. Une image sédui-
sante, qu'il avait déjà vue plus d'une fois, était
venue se placer devant lui. Des yeux, caressants
comme une lumière céleste et profonds comme
l'infini, le regardaient, l'attiraient. C'était en un

jardin rempli de fleurs parfumées. Des oiseaux chantaient dans les nids sous la feuillée. Et, au fond du paysage, les ruines immenses des villes mortes se faisaient encadrer par les plantes et les fleurs. Puis il aperçut un lac sillonné par des oiseaux, et deux cygnes en glissant lui apportaient un berceau, dans lequel un enfant nouveau-né lui tendait les bras.

Jamais un tel rayon de lumière n'avait illuminé son âme. L'émotion fut si vive qu'il se réveilla soudain, ouvrit les yeux, et ne retrouva devant lui que la sombre réalité. Alors une tristesse plus douloureuse encore que celle des jours passés envahit son être tout entier. Il ne put ressaisir un instant de calme. Il se leva, revint à sa couche, attendit le jour avec peine. Il se souvint de son rêve, mais n'y crut pas. Il sentait vaguement qu'un autre être humain existait encore; mais sa race dégénérée avait perdu en partie les facultés psychiques, et peut-être, sans doute, la femme exerça-t-elle toujours sur l'homme une puissance attractive plus intense que celle de l'homme sur la femme. Lorsque le jour reparut, lorsque le dernier homme revit les ruines de son antique cité se profiler sur la lumière de l'aurore, lorsqu'il se retrouva seul avec les deux derniers morts, il sentit plus que jamais son irrévocable destinée, et, en un instant, se décida à terminer subitement une vie absolument misérable et désespérée.

Se dirigeant vers le laboratoire, il chercha un

flacon dont la formule lui était bien connue, le déboucha et le porta à ses lèvres pour le vider tout entier.

Mais, au moment même où le poison allait toucher ses lèvres, il sentit une main qui lui saisissait le bras...

Il se retourna brusquement. Il n'y avait personne dans le laboratoire. Et, dans la galerie, il ne retrouva que les deux morts.

CHAPITRE VI

EVA

Fragilité des choses qui sont.
Éternité des choses qu'on rêve.

DARMESTETER.

Dans les ruines de l'autre ville équatoriale, occupant le fond de la vallée jadis sous-marine qui s'étendait au sud de l'ancienne île de Ceylan, une jeune fille restait seule, après avoir vu tomber, victimes du froid et de la consomption, sa sœur aînée et sa mère. C'était la dernière famille qui eût survécu à l'extinction de toutes les autres.

Suprême épave de la ruine universelle, après la décadence graduelle de toute l'espèce humaine, la

dernière race aristocratique, qui s'était conservée
par des efforts inouïs et avait lutté constamment
contre la misère générale, dans la vaine espérance
de survivre au reste du monde, se maintenait
encore vivante au milieu des ruines des palais
antiques, à grand'peine disputés aux injures du
temps. Un retour atavique, que les lois de l'hérédité peuvent expliquer, avait donné à la dernière
fleur de l'arbre humain un rayon de beauté depuis
longtemps évanoui dans la décadence universelle.
C'était comme une fleur qui, dans l'arrière-saison,
éclôt au dernier soleil d'automne, sur l'écorce d'un
arbre mort. Depuis longtemps, dans les campagnes stériles, les êtres vieillis, épuisés, rape-
tissés, diminués de corps et d'esprit, rétrogradés
à l'état sauvage, avaient presque tous laissé leurs
maigres cadavres dans les solitudes glacées. Le
flambeau de la vie était éteint.

Assise sous les derniers arbustes polaires qui,
dans la haute serre, mouraient les uns après les
autres, la jeune fille tenait dans ses mains les
froides mains de sa mère, morte de la veille, consumée en pleine jeunesse. La nuit était glacée. La
pleine lune brillait comme un flambeau d'or dans
les hauteurs du ciel, mais ses rayons d'or étaient
aussi froids que les rayons d'argent de l'antique
Séléné. Un silence profond régnait dans l'immense
salle, solitude de mort que la respiration seule de
l'enfant animait pour elle-même d'une sorte de vie
silencieuse.

Elle ne pleurait plus. Ses seize années renfermaient plus d'expérience et de sagesse que soixante années des époques fleuries. Elle savait qu'elle était la dernière survivante du groupe d'humains qui venait de s'éteindre, et que tout bonheur, toute joie, toute espérance avaient disparu pour toujours. Ni présent, ni avenir. La solitude, le silence, la difficulté physique et morale de vivre, et bientôt le sommeil éternel. Elle songeait aux femmes d'autrefois, à celles qui avaient vécu de la vie réelle de l'humanité, aux amantes, aux épouses, aux mères, et ses yeux rougis et desséchés ne voyaient autour d'elle que les tableaux de la mort, et au delà des murs de verre, que le désert infertile, les dernières glaces et les dernières neiges. Parfois son cœur battait violemment dans sa poitrine juvénile, et ses petites mains ne parvenaient pas à comprimer ces battements tumultueux; parfois, au contraire, toute vie semblait arrêtée dans son sein et sa respiration même était suspendue. Lorsqu'elle s'endormait un instant, elle revoyait en rêve ses jeux d'autrefois, sa sœur rieuse et insouciante,

sa mère chantant encore d'une voix pure et péné-
trante les belles inspirations des derniers poètes,
et de loin elle croyait revoir les dernières fêtes
d'une société brillante, comme répercutées sur la
face d'un lointain miroir. Puis, à son réveil, la
magie des souvenirs s'évanouissait pour faire
place à la réalité funèbre! Seule! seule au monde!
Et demain la mort, sans avoir connu la vie. Fin
inéluctable, révoltes inutiles, condamnation du
destin, c'était la loi brutale; il n'y avait qu'à
obéir, attendre la fin qui ne pouvait tarder,
puisque ni l'alimentation ni la respiration n'entretenaient plus les fonctions organiques, ou
bien ne pas l'attendre et se délivrer tout de
suite d'une vie douloureuse et irrémédiablement
condamnée.

Elle se dirigea vers la salle de bains, où l'eau
tiède circulait encore, quoique les appareils combinés par l'industrie pour tous les soins domestiques eussent cessé d'être entretenus depuis
longtemps déjà, les derniers serviteurs (races spéciales descendant des simiens antiques et transfor-
mées comme la race humaine avec l'appauvrissement des conditions de la vie terrestre) étant
tombés, eux aussi, victimes de la diminution graduelle des eaux. Elle se plongea dans l'eau par-
fumée, fit jouer un commutateur qui laissa encore
arriver la force électrique venue des cours d'eau
souterrains non encore gelés, et parut, en éprou-
vant un repos réparateur, oublier un instant la

condamnation du destin. Un spectateur indiscret qui l'aurait contemplée ensuite lorsque, debout sur une peau d'ours devant la haute glace réfléchissant son image, elle se mit à tresser sur sa tête les boucles de sa longue chevelure d'un châtain pâle et presque blond, aurait pu voir un sourire effleurer ses lèvres et montrant qu'en ce moment elle oubliait la noire destinée. Elle retrouva dans une autre pièce les sources qui tous les jours précédents lui avaient donné les éléments de l'alimentation moderne, extraits des eaux, de l'air, des plantes et des fruits automatiquement cultivés dans les serres par l'énergie solaire elle-même.

Tout cela marchait encore comme une horloge remontée. Depuis plusieurs milliers d'années, tout le génie des hommes avait été presque exclusivement appliqué à dominer la loi du destin. On avait forcé les dernières eaux à circuler en des canaux intérieurs où l'on avait également forcé la chaleur solaire à descendre. On avait conquis les derniers animaux pour en faire les serviteurs passifs des machines, et les dernières plantes pour développer à l'extrême leurs propriétés nutritives. On avait fini par vivre de rien comme quantité, chaque substance alimentaire nouvellement créée étant complètement assimilable. Les dernières villes humaines étaient des serres ensoleillées, où arrivaient toutes les substances aqueuses nécessaires à l'alimentation, substituées

aux anciennes productions de la nature. Mais de
siècle en siècle il avait été de plus en plus difficile
d'obtenir les produits indispensables à la vie. La
mine avait fini par s'épuiser. La matière avait été
vaincue par l'intelligence, mais le jour était arrivé
où l'intelligence elle-même devait être vaincue :
tous les travailleurs étaient successivement morts
à la peine, la Terre cessant de pouvoir fournir. Il
y avait eu là une lutte gigantesque et d'une formidable énergie, du côté de l'homme qui ne voulait
pas mourir. Mais les derniers efforts n'avaient pu
empêcher l'absorption des eaux par le globe terrestre, et les dernières provisions ménagées par
une science qui semblait plus forte que la nature
même étaient arrivées à leur limite.

Eva était revenue auprès du corps de sa mère.
Elle lui prit encore les mains glacées dans les
siennes. Les facultés psychiques des êtres
humains des derniers jours avaient acquis, avons-
nous dit, une transcendante puissance. Elle
songea un instant à évoquer sa mère du sein des
ombres. Il lui semblait qu'elle désirait d'elle,
sinon une approbation, du moins un conseil.
Une idée la dominait mystérieusement, l'obsédait
tout en la charmant. Et c'était cette idée seule
maintenant qui l'empêchait de désirer une mort
immédiate.

Elle voyait de loin la seule âme qui pût répondre à la sienne. Depuis sa naissance, aucun
homme n'avait existé dans les tribus dont elle

était le dernier rejeton. Là, les femmes avaient survécu au sexe jadis qualifié de fort. Les tableaux
suspendus le long de la grande salle de la bibliothèque lui montraient ses aïeux et les anciens
personnages célèbres de la cité. Les livres, les
gravures, les statues lui montraient l'homme. Mais
elle n'en avait jamais vu.

Elle rêvait, pourtant, et souvent des images
inconnues et troublantes passaient devant ses
yeux fermés. Son âme flottait parfois dans le
mystère ignoré, le rêve l'emportait dans une vie
nouvelle, et l'amour ne lui semblait pas encore
entièrement exilé de la Terre. Depuis la domination suprême du froid, depuis plusieurs années,
les communications électriques entre les derniers
foyers humains du globe étaient arrêtées. On ne se
parlait plus, on ne se voyait plus, on ne se sentait
plus à distance. Mais elle connaissait la ville océanienne comme si elle l'avait vue, et lorsqu'elle
fixait son regard sur la grande sphère terrestre
qui trônait au centre de la bibliothèque, lorsque,
ensuite, elle fermait les yeux et y portait sa pensée, lorsqu'elle appliquait son sens psychique à
l'objet de sa volonté, elle agissait à distance avec
une intensité d'un ordre différent mais aussi efficace que celle des anciens appareils électriques.
Elle appelait, et elle sentait qu'une autre pensée
l'entendait.

La nuit précédente, elle s'était envolée jusqu'à
l'antique cité d'Omégar et, un instant, lui était

apparue en rêve. Le matin même, elle avait vu de
loin son acte désespéré, et, par un suprème effort
de volonté, avait arrêté son bras.

Et voilà que soudain elle tomba, rêveuse et
comme assoupie, dans son fauteuil, en face de sa
mère étendue morte ; sa pensée errante alla flotter
au-dessus de la cité océanienne et son âme solitaire alla chercher pour sœur la seule âme qui
vécut encore sur la Terre. Dans la dernière
cité océanienne, Omégar l'entendit. Lentement,
comme en rêvant, il monta à l'embarcadère des
aéronefs. Subissant une mystérieuse influence,
il obéit à la voix lointaine. L'aéronef électrique
prit son vol vers l'occident, traversa les froides
terres tropicales qui occupaient la place de
l'ancien Océan Pacifique, de la Polynésie, de
la Malaisie et des îles de la Sonde, et vint
s'abattre sur la plate-forme de l'antique palais
cristallin où la jeune fille fut tirée de son rêve
par la chute du voyageur aérien qui se précipitait à ses pieds.

Elle s'enfuit, saisie d'épouvante, jusqu'au fond
de l'immense salle, et soulevait la lourde peau
qui séparait cette pièce de la bibliothèque, lorsque,
arrivé tout près d'elle, il s'arrêta, mit un genou
à terre, lui prit une main dans les siennes, et lui
dit simplement :

« Vous m'avez appelé : je suis venu. »

Et il ajouta aussitôt : « Je vous connais depuis
longtemps, je savais que vous existiez, je vous

« Vous m'avez appelé : je suis venu. »

ai vue souvent ; vous êtes la perpétuelle attraction de mon âme. Mais je n'avais jamais osé venir. »

Elle l'avait relevé : « Mon ami, fit-elle, je sais que nous sommes seuls au monde et que nous allons mourir. Une voix plus forte que moi-même m'a ordonné de vous appeler. Il m'a semblé que c'était la pensée suprême de ma mère, suprême, au delà de la mort. Voyez ! elle dort ainsi depuis hier. Combien cette nuit est longue ! »

Le jeune homme s'était agenouillé et avait pris la main de la morte. Ils étaient là tous deux, devant la couche funèbre, comme en prière.

Doucement il se pencha vers la jeune fille.

Leurs têtes s'effleurèrent. Il abandonna la main de la morte.

Eva eut un frisson : « Non ! » fit-elle.

Mais, tout d'un coup, Omégar se leva, terrifié, les yeux hagards. La morte s'était réveillée. Elle avait retiré la main qu'il avait prise dans les siennes ; elle avait ouvert les yeux ; elle fit un mouvement ; elle les regarda.

« Je sors d'un rêve étrange, dit-elle, sans paraître surprise de la présence d'Omégar ; tenez, mes enfants, le voici. »

Étendant la main, elle leur montra dans le ciel la planète Jupiter, qui rayonnait d'un splendide éclat.

Et comme ils regardaient l'astre, ils le virent approcher d'eux, grandir démesurément, prendre la place du paysage polaire, s'offrir dans son étendue à leur contemplation émerveillée.

Des mers immenses étaient couvertes de na-

Ils virent l'astre grandir, approcher d'eux...

vires, des flottilles aériennes voguaient dans les
airs ; les rivages des mers, les embouchures des

grands fleuves étaient le siège d'une activité pro-
digieuse ; de brillantes cités apparaissaient, peu-
plées de multitudes en mouvement ; on ne distinguait ni les détails de ces habitations ni la forme
de ces êtres nouveaux, mais on devinait que c'était
là une humanité toute différente de la nôtre, vivant
au sein d'une autre nature, ayant à sa disposition
d'autres organes, d'autres sens, et l'on devinait
aussi que c'était là un monde prodigieux, incomparablement supérieur à la Terre.

« Voilà où nous serons demain, fit la morte,
et où nous retrouverons toute l'ancienne humanité terrestre, perfectionnée et transformée. Jupiter
a reçu l'héritage de la Terre. Notre monde a
accompli son œuvre. Il n'y aura plus de générations ici-bas. Adieu ! »

Elle leur tendait les bras. Ils se penchèrent sur
son pâle visage et posèrent un long baiser sur
son front. Mais ils s'aperçurent que ce front était
resté, malgré cet étrange réveil, froid comme un
marbre. La morte avait fermé les yeux et ne les
rouvrit plus.

CHAPITRE VII

DERNIER JOUR

Amour, être de l'être ! Amour, âme de l'âme
LAMARTINE, *Harmonies.*

Il est doux de vivre... L'amour remplace tout,
fait oublier tout. Musique ineffable des cœurs, ta
divine mélodie enveloppe l'être dans l'extase des
voluptés infinies ! Quels historiens illustres ont
célébré les héros du Progrès, la gloire des armes,
les conquêtes de l'intelligence et les sciences de
l'esprit ? Après tant de siècles de travaux et de

luttes, il ne restait plus sur la Terre que les pal-
pitations de deux cœurs, les baisers de deux
êtres ; il ne restait plus que l'amour. Et l'amour
demeurait le sentiment suprême, dominant comme
un phare inextinguible l'immense océan des âges
disparus.

Mourir ! Ils n'y songeaient guère. Ne se suffi-
saient-ils pas à eux seuls ? L'envahissement du
froid venait les pénétrer jusqu'aux moelles : ne
portaient-ils pas dans leur sein une ardeur assez
chaude pour vaincre la nature ? Le Soleil ne bril-
lait-il pas toujours du plus radieux éclat, et la
condamnation finale de la Terre ne pouvait-elle
être retardée longtemps encore ? Omégar s'ingé-
niait à maintenir tout le merveilleux système organisé depuis longtemps pour l'extraction automa-
tique des principes alimentaires tirés par la chimie
de l'air, de l'eau et des plantes, et paraissait y
réussir. Ainsi, autrefois, après la chute de l'empire romain, on vit pendant des siècles les barbares utiliser les aqueducs, les bains, les sources
thermales et toutes les créations de la civilisation
du temps des Césars et puiser en des industries
disparues les éléments de leur vitalité.

Un jour ils virent arriver, dans ce dernier palais
de la dernière capitale, un groupe d'êtres chétifs,
malheureux, à demi sauvages, qui n'avaient presque
plus rien d'humain et qui semblaient avoir rétro-
gradé vers les espèces simiennes primitives, depuis si longtemps disparues. C'était une famille

errante, débris d'une race dégénérée, qui venait chercher un refuge contre la mort. Par suite de l'appauvrissement séculaire des conditions de la vie sur la planète, l'humanité qui, pendant plusieurs millions d'années, avait régné en souveraine victorieuse de la nature, ayant atteint l'unité si longuement attendue, et n'ayant désormais formé qu'une seule espèce dans le sein de laquelle toutes les anciennes variétés s'étaient confondues, cette humanité supérieure et homogène avait graduellement perdu sa force et sa grandeur. Les influences locales de climats et de milieux n'avaient pas tardé à s'exercer et à disloquer l'unité acquise, et de nouvelles variétés, de nouvelles races s'étaient formées. C'est à grand'peine que les deux civilisations les plus solides et les plus énergiques avaient résisté et s'étaient maintenues, comme nous l'avons vu, dans les hauteurs de l'ordre intellectuel. Tout le reste de l'humanité avait subi le poids des années et s'était affaibli en se modifiant sous l'action des influences prépondérantes. L'antique loi du progrès avait fait place à une sorte de loi de décadence, la matière avait repris ses droits et l'homme retournait à l'animalité. Mais toutes ces races de la vieillesse du monde, caduques et désagrégées, avaient successivement succombé. Quelques groupes de spectres erraient seuls dans les ruines du passé.

Omégar essaya d'appliquer ces serviteurs d'un nouveau genre à l'entretien des appareils de chimie culinaire qui fonctionnaient encore, et surtout à la conservation et à l'utilisation de la chaleur solaire. L'espérance rayonna au-dessus de l'amoureux séjour comme le brillant arc-en-ciel après la sombre pluie ; ils oublièrent le passé et devinrent insouciants de l'avenir, tout entiers au bonheur présent.

Ils vécurent ainsi plusieurs mois dans l'ivresse de cette irrésistible attraction qui les unissait. On a dit que l'amour est la poésie des sens et l'éternel baiser de deux âmes. On a dit aussi que gloire, science, esprit, beauté, jeunesse, fortune, tout est impuissant à donner le bonheur sans l'amour. Nous pourrions ajouter qu'en ce dernier jour du monde, cet amour seul brillait encore comme une étoile dans la nuit universelle. Les deux amants ne s'apercevaient pas qu'ils s'embrassaient dans un cercueil.

Parfois, le soir, à l'heure où le soleil venait de descendre derrière les ruines, Eva sentait son âme oppressée en contemplant l'immense désert qui les environnait et, tout en serrant son bien-aimé dans ses bras, elle ne pouvait refouler les larmes qui venaient obscurcir ses yeux. Oui, elle espérait en l'avenir. Mais quelle solitude et quel silence ! Quel étrange héritage d'une aussi radieuse humanité ! Les souvenirs étaient là. Les livres de la bibliothèque racontaient les gloires du passé, les gravures les faisaient revivre devant les yeux

émerveillés, les appareils phonographiques faisaient entendre quand on le voulait les voix des
morts illustres, et l'image elle-même de ces morts
pouvait apparaître à volonté sur le translucide
écran des projections téléphotiques. Dans les
vieux coffres métalliques, grands comme des
chambres, les mains pouvaient plonger à travers
des milliards de monnaies d'or de tous poids et
de toutes marques, stérile héritage de richesses
inutilement accumulées. Les instruments de physique et d'astronomie qui avaient transformé le
monde gisaient dans la poussière. Maîtres du
monde, de toutes ses valeurs mobilières et immo-
bilières, possesseurs de tout, ils étaient plus
pauvres que les plus pauvres des anciens jours.

« A quoi donc tout a-t-il servi? disait-elle, en
laissant ses yeux errer sur tous ces brillants souvenirs de l'humanité défunte ; oui, à quoi ont
servi tous les travaux, tous les efforts, toutes les
découvertes, toutes les conquêtes, tous les crimes
et toutes les vertus? Tour à tour, chaque nation
a grandi et disparu. Tour à tour, chaque cité a
rayonné dans la gloire et dans le plaisir et s'est
émiettée en poussière. Les voilà, ces ruines; la
Terre en est couverte. Les anciennes sont ense-
velies sous les nouvelles : ruines sur ruines. Les
dernières auront le même sort. Des milliards
d'hommes qui ont vécu ici, que reste-t-il? Rien.
Et pourquoi donc, ô mon adoré, toi qui sais

tout, pourquoi donc Dieu a-t-il créé la Terre?...
Et pourquoi avait-il créé l'humanité?... Dieu n'est-il
pas un peu fou, mon amour? Tous ces milliards
d'hommes qui sont venus pulluler et se quereller
sur cette petite boule tournante, à quoi ont-ils
servi, puisqu'il ne reste rien? Est-ce que ce n'est
pas exactement maintenant comme s'il n'y avait
rien eu du tout? Je sais bien que les habitants de
Mars ont eu le même sort, et quand ceux de
Vénus communiquaient encore avec nous, il y a
quelques siècles, ils s'imaginaient aussi ne jamais
mourir. Voici ceux de Jupiter qui commencent, et
qui n'ont pas encore été capables de comprendre
nos messages. Eux aussi subiront la même destinée. Dis-moi, est-ce une comédie que cette créa-
tion-là, ou bien est-ce un drame? Le Créateur
s'amuse-t-il de ses pantins ou aime-t-il les faire
souffrir? Est-il monstre, ou idiot,... dis, mon
amour?

« — Pourquoi chercher, mon Eva? Que tes beaux
yeux ne s'égarent pas ainsi! Viens t'asseoir sur
mes genoux, viens reposer ta jolie tête près de
mon cœur. Dieu n'a créé le monde que pour
l'amour. Oublie le reste.

« — Mais comment l'oublier, comment fermer les
yeux, comment faire taire sa raison et son cœur
en ces heures solennelles? Oui, notre amour, c'est
tout, absolument tout. Mais, ma chère âme, comment ne pas penser aussi que tous les couples
qui nous ont précédés sur cette Terre depuis le

commencement du monde ont disparu, eux aussi,
et que tous les amours enchanteurs qui ont bercé
les visions humaines, toutes ces bouches sur lesquelles on croyait respirer une jouissance éternelle,
tous ces divins baisers, tous ces enlacements éper-
dus, se sont évanouis en fumée, oui, en fumée,
et qu'il n'en reste rien non plus, ni de ces amours,
ni de leurs fruits adorés, rien, rien ! O mon Omégar, l'humanité a vécu dix millions d'années pour
ne rien savoir ! La science merveilleuse entre toutes,
la science de l'univers, la sublime astronomie,
nous a tout appris, nous a donné la vraie religion, et ne nous a pas montré la logique de
Dieu !

« — Tu veux trop en savoir. Pourtant tu n'ignores
pas que l'humanité terrestre a flotté dans l'inconnaissable. Nous ne pouvons pas connaître l'inconnaissable. Le rouage d'une montre sait-il
pourquoi il a été fabriqué et pourquoi il tourne ?
Il faut nous résigner à n'avoir été que des rouages.
Nous sommes des êtres finis. Dieu est infini. Il n'y
a pas de commune mesure entre le fini et l'infini.
Nous sommes dans la situation d'une roue de
montre qui raisonnerait dans sa boîte sur l'industrie des horlogers. A coup sûr, elle pourrait raisonner aussi pendant dix millions d'années sans
trouver que l'appareil dont elle fait partie a pour
but de correspondre au mouvement diurne de notre
planète. Chère bien-aimée, une roue de montre n'a
qu'une fonction réelle à remplir : c'est de tourner.

L'humanité terrestre n'a eu, elle aussi, qu'à tourner. Toutes les doctrines philosophiques et religieuses ont été vaines dans la recherche de l'absolu.

« Cependant, la science n'est pas tout à fait illusoire. Nous savons que le monde visible, tangible, perceptible à nos sens, n'existe pas sous les formes mensongères qui nous frappent et n'est que le voile d'un monde réel invisible. Nous savons que l'atome constitutif de la matière est intangible ; que la lumière, la chaleur, le son, n'existent pas plus que la solidité apparente des corps. Nos sens, nos moyens de perception, nous donnent une fausse image de la réalité. C'est quelque chose que de savoir cela, et de savoir aussi que la réalité réside dans le monde invisible, que l'âme est une force psychique indestructible, qui devient personnellement immortelle, c'est-à-dire qui a conscience de son immortalité, du jour où elle vit intellectuellement, où elle est dégagée des lourdeurs matérielles. Sur les milliards d'êtres humains qui ont peuplé la Terre, la proportion des âmes ayant conscience de leur immortalité et gardant le souvenir de leurs existences passées est faible, même sur Jupiter, où elles vivent actuellement. Mais le progrès est la loi de la nature et toutes doivent atteindre un jour cette valeur consciente. C'est la force psychique qui meut le monde. L'univers est un dynamisme. Ce qui est visible pour l'œil du corps est composé d'éléments invisibles. Ce que l'on voit est fait de choses qui ne

se voient pas. Les classifications scientifiques
qui ont pendant tant de millions d'années con-
stitué la science humaine ont été fondées sur des
sensations superficielles; mais l'humanité a appris,
par l'analyse même de ces sensations, par l'observation et par l'expérience, que des forces im-
matérielles régissent l'univers, que les âmes
sont des réalités, des êtres indestructibles,
qu'elles peuvent communiquer et se manifester à
distance, que l'espace n'est pas une séparation
entre les mondes, mais un lien, que la petite
Terre qui termine en ce moment son histoire est
un astre du ciel, comme ses voisines, et que son
humanité n'aura été qu'une province de l'immense
création. Et comment cette humanité s'est-elle
aussi longuement perpétuée? Par la loi suprême
de l'attraction amoureuse. C'est l'amour qui a jeté
les âmes dans le creuset universel. C'est l'amour
qui doit régner au delà des temps comme dans
l'histoire humaine. C'est lui le créateur perpétuel,
l'image sensible et charmante de la Puissance
invisible et inconnaissable qui irradie éternelle-
ment dans l'insondable mystère... »

Ainsi, dans ces derniers jours du monde, les
deux derniers descendants de l'humanité causaient
encore entre eux des grands problèmes qui avaient
dans tous les âges sollicité la curiosité humaine.
Ils s'étaient rattachés à la vie et à l'espérance
divine de l'au-delà, qui en cet instant suprême

rayonna dans leurs cœurs comme une lumière
éclatante et inextinguible. C'était là le vrai et réel
soleil. Le soleil terrestre brillait et chauffait toujours. Ils se voyaient vivre longtemps encore. Le
système de circulation des eaux et de l'extraction
des principes alimentaires fonctionnait sous les
efforts des serviteurs acharnés, et la dernière
heure ne paraissait pas encore prête à sonner
au cadran séculaire des destinées.

Mais un jour, quelque merveilleux qu'il fût, le
système s'arrêta. Les eaux souterraines elles-
mêmes ne coulèrent plus. Le sol fut gelé jusqu'à
une grande profondeur. Les rayons du Soleil
échauffaient toujours l'air dans les habitations aux
toits de verre, mais aucune plante ne pouvait plus
vivre : l'eau manquait.

Tous les efforts combinés de la science et de
l'industrie n'avaient pu donner à l'atmosphère terrestre des qualités nutritives, comme en est naturellement douée l'atmosphère de certains mondes,
et l'organisme humain réclamait toujours les principes reconstituants que ces efforts avaient obte-
nus, comme nous l'avons vu, de l'air, des eaux et
des plantes. Désormais les sources étaient taries.

La condamnation était prononcée.

Après s'être heurté à tous les obstacles infran-
chissables et avoir reconnu l'inutilité de la lutte,
le dernier couple humain ne se résigna point à
attendre la mort. Autrefois, avant qu'ils se con-

nussent, l'un et l'autre, séparément, l'attendait
sans crainte. Mais maintenant chacun d'eux voulait disputer l'être aimé à l'impitoyable destinée.
L'idée seule de voir Omégar gisant inanimé auprès
d'elle frappait Eva d'un tel sentiment de douleur
qu'elle ne pouvait en supporter l'image. Et lui se
désespérait de ne pouvoir enlever sa bien-aimée
de ce monde condamné au néant, s'envoler avec
elle vers ce brillant Jupiter qui les attendait,
et ne point laisser à la Terre ce beau corps
adoré.

Il songea que peut-être il existait encore sur le
globe quelque région gardant un peu de cette eau
bienfaisante sans laquelle la vie s'évanouissait, et,
quoique déjà sans forces l'un et l'autre, il prit la
résolution suprême de partir à cette recherche.
L'aéronef électrique fonctionnait encore. Abandonnant la dernière cité humaine, qui n'était plus
qu'un tombeau, les deux derniers descendants de
l'humanité disparue oublièrent les régions inhos-
pitalières et partirent à la recherche de quelque
oasis inconnue.

Les anciens royaumes du monde passèrent sous
leurs pieds. Ils reconnurent les vestiges des derniers foyers illustrés par les splendeurs de la civilisation et qui semaient çà et là des ruines le long de
la zone équatoriale. Tout était mort. Omégar revit
la vieille cité qu'il avait quittée naguère, mais il
savait que là aussi la suprême ressource de vie
manquait, et ils n'y descendirent point. Ils parcou-

rurent ainsi, dans leur aéronef solitaire, les régions qui avaient reçu les dernières étapes de l'histoire ; mais partout les ruines et la mort, partout le silence, partout le désert glacé. Plus de prairies, plus de plantes, même polaires ; les derniers

Partout les ruines et la mort.

cours d'eau se dessinaient comme sur une carte géographique et l'on sentait que sur leur parcours la vie terrestre s'était prolongée ; mais ils s'étaient désormais desséchés pour toujours, et, lorsque parfois on distinguait dans les bas-fonds quelque lac immobilisé, ce lac était de pierre : le soleil, même à l'équateur, ne fondait plus les glaces éternelles. Les animaux, sortes d'ours à longs

poils, que l'on voyait encore errant sur la terre
gelée, trouvaient avec peine dans les anfractuosités
une maigre nourriture végétale. On apercevait
aussi de temps en temps des espèces de morses et
de pingouins marchant sur les glaces, et de grands
oiseaux polaires gris voletant gauchement et s'a-
battant tristement.

Les condamnés ne trouvèrent en aucun point
l'oasis cherchée. La Terre était bien morte.

La nuit arrivait. Aucun nuage au ciel. Un courant
moins froid, venant du sud, les avait portés au-
dessus de l'ancienne Afrique, devenue terre gla-
ciale. Le mécanisme de l'aéronef avait cessé de
fonctionner. Le froid, plutôt que la faim encore,
les jetait sans force au fond de leur nacelle con-
struite en peaux d'ours polaires.

Ils crurent apercevoir une ruine et mirent pied à
terre. C'était une immense base quadrangulaire
montrant les vestiges d'assises d'énormes pierres.
On pouvait encore reconnaître l'antique pyramide
égyptienne. Construction séculaire fondée pour
l'éternité, elle avait d'abord survécu au milieu du
désert à la disparition de la civilisation qu'elle
représentait; plus tard elle était descendue au-
dessous du niveau de la mer avec toute la terre
d'Égypte, de Nubie et d'Abyssinie; ensuite elle
était remontée à la lumière et avait été luxueuse-
ment restaurée au sein d'une nouvelle capitale et
d'une nouvelle civilisation plus éclatante que les
splendeurs de Thèbes et de Memphis; puis enfin

23

elle avait été abandonnée au sein des solitudes. C'était le seul monument des premiers âges de l'humanité qui subsistât, et il le devait à la stabilité de sa forme géométrique.

« Reposons-nous, restons ici, dit Eva, s'abandonnant, souriante et plaintive. Puisque nous sommes condamnés à mort — et d'ailleurs qui ne l'a pas été? — je veux mourir en repos dans tes bras. »

Ils cherchèrent une anfractuosité dans les ruines et s'assirent l'un près de l'autre en face de l'immense solitude. La jeune femme se blottissait fiévreusement, en serrant son époux dans ses bras, essayant encore de lutter par son énergie contre l'envahissement du froid qui la pénétrait. Lui l'avait attirée sur son cœur et la réchauffait de ses baisers.

« Je t'aime, et je meurs, fit-elle. Mais non, tu l'as dit, nous ne mourrons pas. Vois-tu l'étoile qui nous appelle! »

Au même moment, ils entendirent derrière eux, sortant du tombeau de Khéops, un bruit léger, rappelant celui du vent dans les feuilles. Frémissants, ils se tournèrent d'un même mouvement vers le côté d'où venait le bruit. Une ombre blanche, qui semblait lumineuse par elle-même, car la nuit était déjà sombre, et il n'y avait pas de clair de lune, glissait plutôt qu'elle ne marchait, s'approchant d'eux. Elle vint s'arrêter devant leurs yeux effrayés et stupéfaits.

O. GUILLONNET.

L'ombre de Khéops leur apparut.

« Ne craignez rien, dit-elle, je viens vous recevoir. Non, vous ne mourrez point. Personne n'est jamais mort. Le temps tombe dans l'éternité. L'éternité demeure. Je fus Khéops, roi d'Égypte, et j'ai régné ici aux anciens jours du monde terrestre. Depuis j'ai expié mes crimes en plusieurs existences d'esclave, et, lorsque mon âme eut mérité l'immortalité, j'ai habité Neptune, Ganymède, Rhéa, Titan, Saturne, Mars, d'autres mondes, inconnus de vous. Jupiter est actuellement mon séjour. Aux temps de la grandeur de l'humanité terrestre, ce globe était inhabitable pour l'intelligence : il parcourait ses périodes de préparation. C'est ce monde immense qui reçoit maintenant l'héritage des progrès terrestres. Les mondes se succèdent dans le temps comme dans l'espace. Tout est éternel, tout se fond dans le Divin. Confiez-vous à moi. Venez ! »

Et, tandis que le vieux Pharaon parlait encore, ils sentirent un délicieux fluide pénétrer leur être mental, comme il arrive parfois lorsque l'oreille est entièrement séduite par une exquise mélodie. La sensation d'un bonheur calme et transcendant coula dans leurs veines. Jamais aucun songe, jamais aucune extase n'avait donné une telle jouissance.

Eva serra encore Omégar dans ses bras défaillants. « Je t'aime !... Je t'aime ! » répéta-t-elle. Sa voix n'était plus qu'un souffle. Il posa ses lèvres sur sa bouche déjà glacée et l'entendit encore qui murmurait en frissonnant : « Oh! comme je l'aurais aimé!... »

L'astre de Jupiter étincelait au ciel.

Eva rouvrit les yeux, fixa son regard sur l'immense planète et parut s'abîmer dans sa lumière, comme fascinée par une vision. Tout à coup son visage s'illumina dans une rayonnante extase. On voit souvent, au moment du dernier soupir, une lueur d'ineffable tranquillité s'étendre sur la physionomie du mourant qui, délivré de ses souffrances, semble s'endormir dans un rêve enchanteur. Ainsi, et plus radieusement, en une illumination divine, fut transfiguré le visage de la dernière femme. Elle voulut parler. Elle étendit les bras vers Jupiter. Ranimée par une force nouvelle, elle s'écria, transportée d'admiration :

« Oui, c'est vrai. La voilà, la Vérité, celle que tu m'as fait pressentir. Qu'ils sont beaux! Esprits immortels, je suis avec vous. Ah! tu l'as dit, rien ne meurt. Je suis consolée. Omégar est avec moi. Nous continuons de vivre, nous vivons, nous vivons, toujours nous vivons! »

Et elle s'exaltait encore. Illuminés d'enthousiasme, ses yeux se tournèrent vers Omégar. Mais elle ne le vit pas. « Oui, dit-elle, il est avec moi. Nous vivons, nous sentons, nous voyons. Le bonheur est dans la vie, dans la vie... éternelle. »

Poussée par une force surnaturelle, elle s'était levée, comme si elle avait voulu s'envoler dans

L'ombre s'éleva dans l'espace.

l'immensité du ciel; mais, tournoyant sur elle-même, elle était retombée dans les bras d'Omégar qui s'était précipité pour la recevoir. Elle était morte en prononçant le dernier mot.

Il colla ses lèvres sur les siennes et, traversé d'un frisson glacial, sentit lui-même que sa propre vie s'évanouissait. Son cœur précipita ses battements, et, tout d'un coup, s'arrêta.

Leurs regards s'étaient éteints ensemble en recevant les rayons de Jupiter, et doucement leurs yeux se fermèrent.

L'ombre de Khéops s'éleva dans l'espace et disparut. Celui qui aurait pu la voir, non point avec les yeux du corps qui ne perçoivent que les vibrations physiques, mais avec ceux de l'esprit qui savent percevoir les vibrations psychiques, celui-là aurait vu, emportées par cette ombre, deux petites flammes brillant l'une près de l'autre et mariées dans une même attraction, montant ensemble dans les cieux.

Alors il ne resta plus sur la Terre que quelques groupes humains chétifs, mourant de froid et de faim, sortes d'Esquimaux sauvages vêtus de peaux de bêtes, cherchant dans les dernières cavernes leur dernier abri, leur suprême tombeau. La race humaine intelligente était bien finie. Des espèces animales dégénérées survécurent encore pendant quelques milliers d'années. Puis, insen-

siblement, graduellement, toute la vie terrestre
s'éteignit.

Ces événements se passèrent, comme nous

Il ne resta que quelques groupes chétifs...

l'avons vu, dix millions d'années après l'époque à
laquelle nous vivons. Le Soleil brilla encore
pendant vingt millions d'années, Jupiter et Saturne
étant alors le siège de générations florissantes.

Mais la Terre était bien morte. Elle continua de rouler dans l'espace comme un morne cimetière sur lequel aucun oiseau ne chanta plus. Un silence éternel enveloppa les ruines de l'humanité défunte. Toute l'histoire humaine s'était évanouie comme une vaine fumée.

Et dans l'abîme céleste pas une pierre mortuaire, pas un souvenir ne marqua la place où notre pauvre planète avait rendu son dernier soupir.

ÉPILOGUE

APRES LA FIN DU MONDE TERRESTRE

ÉPILOGUE

APRÈS LA FIN DU MONDE TERRESTRE

Dissertation philosophique finale.

— φ —

> Alors l'ange jura, par Celui qui vit
> dans les siècles des siècles, qu'*il n'y*
> *aurait plus de temps désormais.*
> APOCALYPSE, X, 6.

La Terre était morte. Les autres planètes étaient mortes l'une après l'autre. Le Soleil était éteint. Mais les étoiles brillaient toujours : il y avait toujours des soleils et des mondes.

Dans l'éternité sans mesure, le temps, essentiellement relatif, est déterminé par le mouvement de chacun des mondes, et même en chaque monde il est apprécié diversement selon les sensations personnelles des êtres. Chaque globe mesure sa propre durée. Les années de la Terre ne sont pas celles de Neptune. L'année de Neptune égale cent soixante-quatre des nôtres, et n'est pas plus longue dans l'absolu. Il n'y a pas de commune mesure entre le temps et l'éternité. Dans l'espace vide, il n'y a pas de temps : on n'est là en aucune année, en aucun siècle ; mais il y a cependant la possibilité d'une mesure qu'y déterminerait l'arrivée d'un globe tournant.

Sans mouvement périodique, on ne peut avoir aucune notion d'un temps quelconque.

La Terre n'existait plus. Ni la Terre, ni sa voisine céleste la petite île de Mars, ni le beau globe de Vénus, ni le monde colossal de Jupiter, ni l'univers étrange de Saturne qui avait perdu son auréole, ni les planètes lentes d'Uranus et de Neptune, ni même le sublime Soleil dont les feux avaient pendant tant de siècles fécondé les célestes patries gravitant dans sa lumière. Le Soleil était un boulet noir, les planètes étaient d'autres boulets noirs, et ce système invisible continuait de courir dans l'immensité étoilée, au sein du froid de l'espace obscur. Au point de vue de la vie, tous ces mondes étaient morts, n'existaient plus. Ils survivaient à leur antique histoire comme les ruines des villes mortes de l'Assyrie que l'archéologue découvre dans le désert sauvage, et roulaient obscurs dans l'invisible et dans l'inconnu. Tout cela était ultra-glacé, à 273 degrés au-dessous de zéro.

Nul génie, nul devin n'aurait pu reconstruire le temps évanoui, ressusciter les anciens jours où la Terre flottait ivre de lumière, avec ses belles plaines verdoyantes s'éveillant au soleil du matin, ses rivières ondulant comme de longs serpents le long des prés verts, ses bois animés du chant des oiseaux, ses forêts profondes aux ombres mystérieuses, ses mers se soulevant sous l'attraction des marées ou mugissant dans les tempêtes, ses montagnes dont les versants débordaient de sources et de cascades, ses sillons d'or, ses jardins émaillés de fleurs, ses nids d'oiseaux, ses berceaux d'enfants, ses populations humaines laborieuses dont l'activité l'avait transformée et qui avaient vécu si joyeusement au soleil de la vie, perpétuées par les ravissements d'un amour sans fin. Alors tout ce bonheur semblait éternel. Que sont devenus ces matins et ces soirs ? ces fleurs et ces amantes ? ces rayons et ces parfums ? ces harmonies et ces joies ? ces beautés et ces rêves ? Tout a disparu.

La Terre morte. Toutes les planètes mortes. Le Soleil éteint. Tout le système solaire annulé. Le temps lui-même suspendu !

Le temps s'écoule dans l'éternité. Mais l'éternité demeure — et le temps ressuscite.

Avant l'existence de la Terre, pendant toute une éternité, il y a eu des soleils et des mondes, des humanités vivant et agissant comme la nôtre aujourd'hui. Elles vivaient ainsi dans le ciel il y a des millions et des millions d'années, et alors notre Terre n'existait pas. L'univers antérieur n'était pas moins brillant que le nôtre. Après nous, ce sera comme avant nous : notre époque n'a pas d'importance.

En examinant l'histoire passée de la Terre, nous pourrions remonter d'abord à l'époque primitive où notre planète brillait dans l'espace, véritable soleil ; nous la verrions ensuite à l'époque où, semblable à Jupiter et à Saturne, elle a été enveloppée d'une atmosphère dense et chargée de vapeurs chaudes, et nous pourrions la suivre en ses transformations jusqu'à la période humaine. Nous venons de voir aussi que, lorsque sa chaleur fut entièrement dissipée, lorsque ses eaux furent absorbées, lorsque la vapeur d'eau de son atmosphère eut disparu et que cette atmosphère fut plus ou moins absorbée elle-même par la planète, notre globe dut offrir l'image de ces grands déserts lunaires révélés par le télescope, avec les différences individuelles de la nature terrestre régie par ses propres éléments, avec ses dernières configurations géographiques, ses derniers rivages et ses derniers cours d'eau desséchés. Cadavre planétaire ! Terre morte et glacée, elle emporte toutefois dans son sein une énergie non perdue, celle de son mouvement de translation autour du Soleil, laquelle énergie, transformée en chaleur par l'arrêt de ce mouvement, suffirait pour fondre le globe entier, en réduire une partie en vapeur et recommencer pour notre planète une nouvelle histoire, mais de bien courte durée ; car, si ce mouvement de translation venait à cesser, la Terre tomberait dans le Soleil et perdrait son existence propre. Arrêtée tout d'un coup, elle tomberait en ligne droite vers le Soleil, avec une vitesse croissante qui la précipiterait sur lui en soixante-cinq jours ; arrêtée graduellement, elle tomberait en spirale et viendrait après un temps plus long s'évanouir dans l'astre central.

L'histoire entière de la vie terrestre est là devant nos yeux, elle a son commencement et sa fin : sa durée, quel que soit le nombre des siècles qui la composent, est précédée par une éternité, suivie par une éternité, de telle sorte qu'elle ne représente, en définitive, qu'un instant perdu dans l'infini, une vague imperceptible sur l'immense océan des âges.

Longtemps après que la Terre eut cessé d'être le séjour de la vie, les mondes gigantesques de Jupiter et de Saturne, arrivés plus lentement de la phase solaire à la phase planétaire, régnèrent à leur tour au sein du système solaire, dans le rayonnement d'une vitalité incomparablement supérieure à toute l'histoire organique de notre globe. Mais pour eux aussi les jours de la vieillesse arrivèrent, et eux aussi descendirent dans la nuit du tombeau.

— X —

Navigateurs lancés pour n'atteindre aucun port!
SULLY PRUDHOMME, *le Zénith.*

Si la Terre avait conservé assez longtemps ses
éléments de vitalité, comme Jupiter, par exemple,
elle ne serait morte que par l'extinction du Soleil
même. Mais la durée de la vie des mondes est en
proportion de leur grandeur et de leurs éléments
de vitalité.

La chaleur solaire est due à deux sources principales : la condensation de la nébuleuse primitive et
la chute des météores. La première cause a produit,
d'après les calculs les mieux établis de la thermodynamique, une chaleur surpassant de dix-huit millions de fois celle que le Soleil rayonne par an, en
supposant que la nébuleuse primitive ait été froide,
ce qui n'est pas probable. En continuant de se
condenser, le Soleil peut rayonner sans rien perdre
pendant des siècles et des siècles.

La chaleur émise à chaque seconde est égale à
celle qui résulterait de la combustion de onze
quatrillions six cent mille milliards de tonnes de
charbon de terre brûlant ensemble! La Terre
n'arrête au passage que la demi-milliardième partie
de ce rayonnement, et ce demi-milliardième suffit
pour entretenir l'immense feu de la vie terrestre

tout entière. Sur soixante-sept millions de rayons de lumière et de chaleur que le Soleil envoie dans l'espace, un seul est reçu et utilisé par les planètes.

Eh bien, pour conserver cette source de chaleur, il suffirait que le globe solaire continuât de se condenser de telle sorte que son diamètre ne diminuât que de 77 mètres par an, soit de 1 kilomètre en treize ans. Cette contraction est si lente qu'elle serait tout à fait imperceptible à l'observation. Il faudrait neuf mille cinq cents ans pour réduire le diamètre d'une seule seconde d'arc.

Si même le Soleil était encore actuellement gazeux, sa chaleur, loin de diminuer ou même de rester stationnaire, s'accroîtrait encore par la contraction seule ; car, si un corps gazeux se condense, d'une part, en se refroidissant, d'autre part, la chaleur engendrée par la contraction est plus que suffisante pour empêcher la température de s'abaisser, et la chaleur augmente jusqu'à ce que la condensation commence sous forme liquide. Le Soleil semble arrivé à ce point.

La condensation du globe solaire, dont la densité n'est encore que le quart de celle du globe terrestre, peut donc à elle seule entretenir pendant bien des siècles (au moins dix millions d'années) la chaleur et la lumière de l'astre radieux. Mais nous venons de parler d'une seconde source d'entretien de cette température : la chute des météores. Il en tombe constamment sur la

Terre : cent quarante-six milliards d'étoiles filantes par an. Il en tombe incomparablement plus sur le Soleil, à cause de son attraction prépondérante. S'il en recevait par an environ la centième partie de la masse de la Terre, cette chute suffirait pour entretenir son rayonnement, non point par la combustion de ces météores, — car, si le Soleil se consumait lui-même, il n'aurait pas duré plus de six mille ans, — mais par la transformation en chaleur du mouvement subitement arrêté, et égal à 650 000 mètres dans la dernière seconde de chute, tant l'attraction solaire est intense.

La Terre tombant sur le Soleil entretiendrait pendant 95 ans la dépense actuelle d'énergie du Soleil ;

Vénus pendant 84 ans ;

Mercure pendant 7 ans ;

Mars pendant 13 ans ;

Jupiter pendant 32 254 ans ;

Saturne pendant 9652 ans ;

Uranus pendant 1610 ans ;

Et Neptune pendant 1890 ans.

C'est-à-dire que la chute de toutes les planètes dans le Soleil produirait assez de chaleur pour entretenir sa production pendant près de quarante-six mille ans.

Il est donc certain que la chute des météores ajoute une longue durée à l'entretien de la chaleur solaire. Un trente-trois-millionième de la masse solaire ajouté chaque année suffirait pour com-

penser la perte, et la moitié seulement si l'on
admettait que la condensation ait une part égale
à celle de la chute des météores dans l'entretien
de la chaleur solaire ; il faudrait des siècles pour
que les astronomes s'en aperçussent par l'accélération des révolutions planétaires.

Nous pouvons donc admettre, au minimum, vingt
millions d'années à l'avenir solaire par ces deux
causes seules. Il ne serait point exagéré d'aller
jusqu'à trente. Et cette durée peut encore être
augmentée par la réserve des causes inconnues,
sans même songer à la rencontre d'un essaim
météorique.

Le Soleil resta donc le dernier vivant de son
système, le dernier animé du feu vital.

Mais lui aussi s'éteignit. Après avoir si longtemps versé sur ses filles célestes les rayons vivi-
ficateurs de sa lumière, il vit ses taches augmenter
en nombre et en étendue, sa brillante photosphère
se ternir, et sa surface jadis étincelante s'assom-
brir et se figer. Un énorme boulet rouge remplaça
dans l'espace l'éblouissant foyer des mondes
disparus.

Longtemps l'astre énorme conserva à sa surface une température élevée et une sorte d'atmosphère phosphorescente ; son sol vierge donna
naissance à des flores merveilleuses, à des faunes
inconnues, à des êtres absolument différents en
organisation de tous ceux qui s'étaient succédé
sur les mondes de son système, éclairés par la

lumière stellaire et par des effluves électriques
formant une sorte d'atmosphère autour de l'antique foyer.

Pour lui aussi, la dernière fin arriva, et l'heure
sonna à l'horloge éternelle des destinées, où le
système solaire tout entier fut rayé du livre de vie.
Et successivement toutes les étoiles, dont chacune
est un soleil, tous les systèmes solaires, tous les
mondes eurent le même sort...

Et pourtant l'univers continua d'exister comme
aujourd'hui.

— ψ —

Tout sera, tout semble être, et tout n'est que néant,
BOUDDHA.

La science mathématique nous dit : « Le système solaire ne paraît plus posséder actuellement
que la quatre cent cinquante-quatrième partie
de l'énergie transformable qu'il avait lorsqu'il
était à l'état de nébuleuse. Bien que ce résidu
constitue encore un approvisionnement dont
l'énormité confond notre imagination, il sera un
jour dépensé aussi. Plus tard, la transformation sera accomplie pour l'univers entier, et il

finira par s'établir un équilibre général de température comme de pression.

« L'énergie ne sera plus alors susceptible de
transformation. Ce sera non pas l'immobilité
absolue, puisque la même somme d'énergie exis-
tera toujours sous forme de mouvements atomi-
ques, mais l'absence de tout mouvement sensible,
de toute différence et de toute tendance, c'est-
à-dire la mort définitive. »

Voilà ce que dit notre science mathématique
actuelle.

L'observation établit, en effet, que d'une part la
quantité de matière reste constante, que d'autre
part la quantité de force ou d'énergie reste aussi
constante, à travers toutes les transformations des
corps et des positions, mais que l'univers tend à
un état d'équilibre, à l'état de la chaleur uniformément répartie. La chaleur du Soleil et de tous les
astres paraît due à la transformation des mouvements initiaux, aux chocs des molécules, et la chaleur actuelle provenant de cette transformation de
mouvement rayonne constamment dans l'espace,
ce qui durera jusqu'à ce que tous les astres soient
refroidis à la température de l'espace même. Si
nous considérons nos sciences actuelles, la mécanique, la physique et les mathématiques, comme
valables, et si nous admettons la permanence des
lois qui régissent aujourd'hui la nature et notre
raisonnement humain, tel est le sort réservé à
l'univers.

Loin d'être éternelle, la Terre où nous vivons a commencé. Dans l'éternité, cent millions d'années, un milliard d'années ou de siècles sont comme un jour : il y a l'éternité avant et l'éternité après, et la longueur apparente de la durée s'évanouit pour se réduire à un point. L'étude scientifique de la nature et la connaissance de ses lois nous ramènent donc à la question autrefois posée par les théologiens, qu'ils s'appellent Zoroastre, Platon, saint Augustin ou saint Thomas d'Aquin, ou que ce soit un naïf séminariste tonsuré de la veille : « Qu'est-ce que Dieu faisait avant la création du monde et que fera-t-il après sa fin ? » ou, sous une forme moins anthropomorphique, puisque Dieu est inconnaissable : « Quel était l'état de l'univers antérieurement à l'ordre actuel des choses et que sera-t-il après ? »

La question est la même, soit que l'on admette un Dieu personnel, raisonnant et agissant dans un certain but, soit que l'on n'admette l'existence d'aucun esprit dans la nature, mais seulement des atomes indestructibles et des forces représentant une quantité d'énergie invariable et non moins indestructible. Dans le premier cas, pourquoi Dieu, puissance éternelle et non créée, serait-il resté d'abord inactif, ou, étant resté inactif, satisfait de son immensité absolue que rien ne peut accroître, pourquoi aurait-il changé cet état et aurait-il créé la matière et les forces ? Le théologien peut répondre : « Parce que cela lui a fait plaisir. » Mais le philosophe n'est pas satisfait de cette variation dans l'idée divine. Dans la seconde conception du monde, puisque l'origine de l'ordre actuel des choses ne remonte qu'à une certaine date et qu'il n'y a pas d'effet sans cause, nous avons le droit de demander quel était l'état antérieur à la formation de l'univers actuel.

Il n'est pas contestable, certainement, que, quoique l'énergie soit indestructible, il y a une tendance universelle à sa dissipation, qui doit amener un état de repos universel et de mort, et le raisonnement mathématique est impeccable.

Cependant nous ne l'admettons pas.

Pourquoi ?

Parce que l'univers n'est pas une quantité finie.

— ω —

Devant l'éternité tout siècle est du même âge.

LAMARTINE, *Harmonies.*

Il est impossible de concevoir une limite à l'étendue de la matière. Nous avons devant nous, à travers un espace sans fin, la source intarissable de la transformation de l'énergie potentielle en mouvement sensible, et de là en chaleur et en autres

forces, et non pas un simple mécanisme fini marchant comme une horloge et s'arrêtant pour toujours.

L'avenir de l'univers, c'est son passé. Si l'univers
devait un jour avoir une fin, il y a longtemps qu'elle
serait arrivée, et nous ne serions pas ici pour
étudier ce problème.

C'est parce que nos conceptions sont finies que
nous voyons aux choses un commencement et une
fin. Nous ne concevons pas qu'une série absolument sans fin de transformations puisse exister
dans l'avenir ou dans le passé, ni que des séries
également sans fin de combinaisons matérielles
puissent se succéder de planètes en soleils, de
soleils en systèmes de soleils, de ceux-ci en voies
lactées, en univers stellaires, etc., etc. Le spectacle actuel du ciel est pourtant là pour nous montrer l'infini. Nous ne comprenons pas davantage
l'infinité de l'espace ni l'infinité du temps, et pourtant nous comprenons encore moins une limite
quelconque à l'espace ou au temps, car notre
pensée saute au delà de cette limite et continue de
voir. On marcherait toujours dans une direction
quelconque de l'espace sans en trouver la fin, et
toujours aussi on peut imaginer un ordre de suc-
cession dans les choses futures.

Absolument parlant, ce n'est ni l'espace ni le
temps que nous devons dire, sans doute, mais l'infini et l'éternité, dans le sein desquels toute mesure,
quelque longue qu'elle soit, n'est plus qu'un point.

Nous ne concevons pas, nous ne comprenons pas l'infini, dans l'espace ou dans la durée, parce que nous en sommes incapables, mais cette incapacité ne prouve rien contre l'absolu. Tout en avouant que nous ne comprenons pas, nous sentons que l'infini nous environne et qu'un espace limité par un mur, par une barrière quelconque, est une idée absurde en soi, de même qu'à un moment quelconque de l'éternité nous ne pouvons pas ne pas admettre la possibilité de l'existence d'un système de mondes dont les mouvements mesureraient le temps sans le créer. Est-ce que nos horloges créent le temps ? Non. Elles ne font que le mesurer. Nos mesures de temps et d'espace s'évanouissent devant l'absolu. Mais l'absolu demeure.

Nous vivons dans l'infini sans nous en douter. La main qui tient cette plume est composée d'éléments éternels et indestructibles, et les atomes qui la constituent existaient déjà dans la nébuleuse solaire dont notre planète est sortie, et au delà des siècles ils existeront toujours. Vos poitrines respirent, vos cerveaux pensent, avec des matériaux et des forces qui agissaient déjà il y a des millions d'années, et qui agiront sans fin. Et le petit globule que nous habitons est au fond de l'infini, — non point au centre d'un univers borné, — au fond de l'infini, aussi bien que l'étoile la plus lointaine que le télescope puisse découvrir.

La meilleure définition de l'univers qui ait été

donnée est encore celle que Pascal a répétée et à
laquelle il n'y avait et il n'y a rien à ajouter : « Une
sphère dont le centre est partout, la circonférence
nulle part. »

C'est cet infini qui assure l'éternité de l'univers.

Étoiles après étoiles, systèmes après systèmes,
myriades après myriades, milliards après milliards, univers après univers, se succèdent sans
fin dans tous les sens. Nous n'habitons pas vers
un centre qui n'existe point, et aussi bien que
l'étoile la plus lointaine dont nous venons de parler, la Terre gît au fond de l'infini.

Sans fin dans l'espace. Volons par la pensée
dans une direction quelconque du ciel, avec une
vitesse quelconque, pendant des mois, des années,
des siècles, toujours, toujours, jamais nous
ne serons arrêtés par une limite, jamais nous
n'approcherons d'une frontière : toujours nous
resterons au vestibule de l'infini ouvert devant
nous...

Sans fin dans le temps. Vivons par la pensée au
delà des âges futurs, ajoutons les siècles aux
siècles, les périodes séculaires aux périodes séculaires, jamais nous n'atteindrons la fin : toujours
nous resterons au vestibule de l'éternité ouverte
devant nous...

Dans notre petite sphère d'observation terrestre, nous constatons que, à travers tous les changements d'aspects de matière et de mouvement, la

même quantité de matière et de mouvement demeure, sous d'autres formes. Matière et forces se transforment, mais la même quantité de masse et de puissance subsiste. Les êtres vivants nous donnent cet exemple perpétuel : ils naissent, grandissent en s'agrégeant des substances puisées dans le monde extérieur et, lorsqu'ils meurent, se désagrègent et rendent à la nature tous les éléments dont leur corps avait été formé. Une loi permanente reconstitue perpétuellement d'autres corps avec ces mêmes éléments. Tout astre est comparable à un être organisé, même au point de vue de sa chaleur intérieure. Un corps reste vivant tant que les diverses énergies de ses organes fonctionnent par suite des mouvements de la respiration et de la circulation. Lorsque l'équilibre et le repos arrivent, la mort en est la conséquence ; mais, après la mort, toutes les substances dont le corps a été formé vont reconstituer d'autres êtres. La dissolution est le prélude d'un renouvellement et de la formation d'êtres nouveaux. L'analogie nous porte à croire qu'il en est de même dans le système cosmique. Rien ne peut être détruit. *Ce qui subsiste, invariable en quantité, mais toujours changeant de forme sous les apparences sensibles que l'univers nous présente, c'est une Puissance incommensurable que nous sommes obligés de reconnaître comme sans limite dans l'espace et sans commencement ni fin dans le temps.*

Voilà pourquoi il y aura toujours des soleils et

des mondes, qui ne seront ni nos soleils ni nos
mondes actuels, qui seront *autres*, mais qui
toujours se succéderont durant l'interminable
éternité.

Et cet univers visible ne doit représenter pour
notre esprit que les *apparences* variables et chan-
geantes de la RÉALITÉ absolue et éternelle constituée par l'univers invisible.

— α —

Il mit l'éternité par delà tous les âges;
Par delà tous les cieux il jeta l'infini.

V. Hugo. *Jéhovah.*

C'est en vertu de cette loi transcendante que,
longtemps après la mort de la Terre, des planètes
géantes et de l'astre central lui-même, tandis que
notre vieux soleil noir voguait toujours dans l'immensité sans bornes, emportant avec lui les mondes
défunts où les humanités terrestres et planétaires
avaient autrefois lutté dans les futiles combats de
la vie quotidienne, un autre soleil éteint, venant
aussi des profondeurs de l'infini, le rencontra
presque de face... et l'arrêta !

Alors, dans la nuit profonde de l'espace, ces

deux boulets formidables créèrent tout d'un coup par ce choc prodigieux un feu céleste immense, une vaste nébuleuse gazeuse, qui oscilla d'abord comme une flamme folle, et s'envola ensuite vers des cieux inconnus. Sa température était de plusieurs millions de degrés. Tout ce qui avait été terre, eaux, air, minéraux, plantes, hommes ici-bas, tout ce qui avait été chair, regards, cœurs palpitants d'amour, beautés séductrices, cerveaux pensants, mains tenant le glaive, vainqueurs ou vaincus, bourreaux ou victimes, atomes et âmes inférieures non dégagées de la matière, tout était devenu feu. Et ainsi des mondes de Mars, Vénus, Jupiter, Saturne et leurs frères. C'était la résurrection de la nature visible, tandis que les âmes supérieures qui avaient acquis l'immortalité continuaient de vivre sans fin dans les hiérarchies de l'univers psychique invisible. La conscience de tous les êtres humains qui avaient vécu sur la Terre s'était élevée dans l'idéal ; les êtres avaient progressé par leurs transmigrations à travers les mondes, et tous revivaient en Dieu, dégagés des lourdeurs de la matière, planant dans la lumière éternelle, progressant toujours. L'univers apparent, le monde visible est le creuset dans lequel s'élabore incessamment l'univers psychique, le seul réel et définitif.

L'effroyable choc des deux soleils éteints créa une immense nébuleuse gazeuse, qui absorba tous les anciens mondes, transformés en vapeur, et qui, superbe, gigantesque, planant dans l'espace infini, se mit à tourner sur elle-même.

Et dans les zones de condensation de cette nébuleuse primordiale, de nouveaux globes commencèrent à naître, comme autrefois à l'aurore de la Terre.

Et ce fut là un recommencement du monde, une genèse que de futurs Moïse et de futurs Laplace racontèrent.

Et la création se continua, nouvelle, diverse, non terrestre, non martienne, non saturnienne, non solaire, autre, extra-terrestre, surhumaine, intarissable.

Et il y eut d'autres humanités, d'autres civilisations, d'autres vanités ; d'autres Babylones, d'autres Thèbes, d'autres Athènes, d'autres Romes, d'autres Paris ; d'autres palais, d'autres temples ; d'autres gloires, d'autres amours, d'autres lumières. Mais toutes ces choses n'eurent plus rien de la Terre, dont les effigies s'étaient effacées comme des ombres spectrales.

Et ces univers passèrent à leur tour.

Et d'autres leur succédèrent. A une certaine époque perdue dans l'éternité future, toutes les étoiles de la voie lactée tombèrent vers un centre commun de gravité et constituèrent un immense et formidable soleil, centre d'un système dont les mondes énormes furent peuplés d'êtres organisés en une température incandescente pour nous, et dont les sens vibrant sous d'autres radiations, en une autre chimie, en une autre physique, leur montrèrent l'univers sous des aspects absolument inconnaissables pour nos yeux terrestres... Autres créations, autres êtres, autres pensées.

Et toujours l'espace infini resta peuplé de mondes et d'étoiles, d'âmes et de soleils; et toujours l'éternité dura.

CAR IL NE PEUT Y AVOIR NI FIN, NI COMMENCEMENT.

TABLE DES MATIÈRES

SEULES TRADUCTIONS AUTORISÉES

DE CET OUVRAGE

LANGUE ANGLAISE

ÉTATS-UNIS, ANGLETERRE ET AUSTRALIE

Omega, the last days of the World, translated by Arthur Sherburn Hardy. — New-York et Londres. Cosmopolitan publishing Cᵒ. 1 vol. in-8ᵒ.

LANGUE ESPAGNOLE

ESPAGNE ET AMÉRIQUE DU SUD

El Fin del Mundo. Version castellana de Gutierrez Brito. — Libreria Bouret. Paris et Mexico. 1 vol. in-12.

LANGUE SUÉDOISE

Världens undergång. — Stockholm. Hugo Gebers förlag. 1 vol. in-12.

LANGUE DANOISE

Verdens Ende. — Kopenhague. P.-G. Philipsen. 1 vol. in-12.

LANGUE ITALIENNE

La Fine del Mondo. — Rome. Luzzatto. 1 vol. in-12.

13820. — Imprimeries réunies, rue Mignon, 2, Paris.